云深不知处

杨牧之 著

增订本

三联书店

Copyright © 2016 by SDX Joint Publishing Company.
All Rights Reserved.
本作品版权由生活·读书·新知三联书店所有。
未经许可，不得翻印。

图书在版编目（CIP）数据

云深不知处 / 杨牧之著. —增订本. —北京：
生活·读书·新知三联书店，2016.1 （2019.10 重印）
ISBN 978 − 7 − 108 − 04848 − 6

Ⅰ．①云⋯　Ⅱ．①杨⋯　Ⅲ．①散文集 – 中国 – 当代
Ⅳ．① I267

中国版本图书馆 CIP 数据核字（2014）第 211210 号

责任编辑	张　荷
装帧设计	康　健
责任印制	卢　岳
出版发行	生活·讀書·新知 三联书店
	（北京市东城区美术馆东街 22 号 100010）
网　　址	www.sdxjpc.com
经　　销	新华书店
印　　刷	北京新华印刷有限公司
制　　作	北京金舵手世纪图文设计有限公司
版　　次	2016 年 1 月北京第 1 版
	2019 年 10 月北京第 2 次印刷
开　　本	635 毫米 × 965 毫米　1/16　印张 20.5
字　　数	269 千字　图 76 幅
定　　价	48.00 元

（印装查询：01064002715；邮购查询：01084010542）

目 录

火车带来的乡愁……………………………………………… 1

　　我怀念早起晚归赶火车的日子，我怀念年轻的大姐为我操劳的岁月，我怀念和父亲在火车站上的相逢。我也经常在想，范家屯那只有一两万人口的小镇，是不是还有一些铁路子弟像当年我们那样，还在那里赶着这上学的火车？

小学的回忆——怀念母亲……………………………………… 7

　　回想起来，小时候多么纯净。"再玩一会儿"是最大的快乐。其实这快乐，主要是因为母亲。母亲是挡风的墙，避雨的伞，是生命的依靠，向上的动力。

无法弥补的时候……………………………………………… 15

　　父亲的一生没有壮烈的场面，也没有多少得意的时刻，什么地方也留不下他的名字，但父亲的去世，却最后给我留下一笔遗产，让我悟出了一个人生的道理：珍惜那一切美好的东西，不要等到无法弥补的时候。

上善若水——怀念王春同志…………………………………… 21

　　在上个世纪五六十年代，作为中华书局党组织负责人的王春，竟然敢用保皇派王国维的儿子王仲闻整理古籍，竟然给摘帽大"右派"宋云彬出主意，还敢陪着老专家玩麻将，他怎么会有这样的勇气？

怀念阴法鲁先生···35

阴先生（和杨荫浏先生一起）破解了宋人音乐曲谱，使今天的人能听到宋代乐曲的悠扬，他却说自己不过是很多研究者之一。他著述严谨，送出去的文集稿子又要回来再三审读，直到去世前仍在修改。这样谦逊严谨的先生，正是那一代学者的风范。

负疚使人永远不安——纪念魏建功先生·················44

1947年，抗战胜利后，为清除日本帝国主义在台湾五十年奴化教育的影响，他毅然去台湾推行国语。1957年，他主持编纂了一本今天无人不用的《新华字典》，他还主持完成了《汉字简化方案》，但书上没有他的名字，他也从来不和人谈这些业绩……

编辑部里的年轻人···50

《文史知识》曾经风靡一时，出刊三年时，应读者强烈要求居然把已出各期重印一遍。这种情况在中国期刊史上恐为仅见。编辑部的年轻人营造的那种追求梦想与兴趣的快乐日子，令人向往。

献上一束鲜艳的花——记金沙总编辑·················68

一个长期办报的人，一个在抗日战争太行前线被誉为新闻界"太岳三杰"的人，在十分复杂的历史阶段，被派去中华书局、商务印书馆主政。后来，《中华书局九十周年大事记》中，竟然空缺了他任党委书记、总编辑的史实，好像这一段没有这样一个人。金沙是怎样一位党委书记、总编辑呢？

不忧·不惑·不惧——怀念周振甫先生·················77

敢于指出毛主席诗词中的差错，敢于力驳郭沫若对李白杜甫的评价，敢于给大学者钱锺书的《管锥编》提出数万言的审读意见，这就是周振甫先生！这是一位真正的学者，一位称职的编辑。这种渊博的学识，这种坚持真理、实事求是的精神，中国出版界有几人可以和他相比？

我敬佩的褚斌杰先生⋯⋯⋯⋯⋯⋯⋯⋯⋯⋯⋯⋯⋯⋯⋯⋯ *88*

  著名文史专家褚斌杰先生1957年被打成右派，低人一等二十年。但在他自拟的墓志铭中却写道："他生活过，感动过，快乐过，悲痛过，感谢过，嫉妒过……看到和听到过各种人间灾难，反观之，应该说自己是个十分幸运的人了。"这是何等胸怀的人啊！

记住任继愈先生的期望⋯⋯⋯⋯⋯⋯⋯⋯⋯⋯⋯⋯⋯⋯ *94*

  他每天早上四点起床，写作到八点，然后上班。下班后，又工作到晚上九点，然后睡觉！这位七八十岁的老人，一天竟然工作十五六个小时。他成绩斐然，毛泽东说，这样的哲学家真是"凤毛麟角"。

门前一树马缨花——怀念季羡林先生⋯⋯⋯⋯⋯⋯⋯⋯⋯ *104*

  他去台湾访问，去拜谒胡适之墓，想像挚友那样将自己的《文集》在"适之墓前焚掉"；他写了《牛棚杂忆》，号召人们记住"文化大革命"的罪恶，决不能让它重来；他重返哥廷根，寻访离别三十五年的母亲般的德国女房东和父亲般的老师，这就是季羡林先生。他门前的马缨花永远盛开。

臧老看过的杂志，还保存着吗？⋯⋯⋯⋯⋯⋯⋯⋯⋯⋯ *116*

  他是热情洋溢的大诗人，中外知名。他又是循循善诱、扶持年轻人成长的长者。他每天早晨在居民区散步，他和胡同里的每一位熟人打招呼。他能叫出胡同里孩子们的名字。

  他虽然死了，但他还活着。

邓广铭先生与岳飞的《满江红》⋯⋯⋯⋯⋯⋯⋯⋯⋯⋯⋯ *123*

  关于岳飞《满江红》词的作者，历来有两种意见。余嘉锡、夏承焘坚持非岳飞所作，邓先生力主为岳飞所作无疑。邓先生第一次对着录音机讲话，竟然不知怎么开口，搓着手说："怎么讲不出来啊！"

一代词宗——访夏承焘先生·················130

　　夏承焘先生在1958年写过一首打油诗，"敢想容易敢说难，说错原来不等闲。一顶帽子飞上天，搬它不动重如山。"当时，被领导赞为好诗，还被引用来批评一些领导干部听不得群众的意见。1966年6月2日，杭州大学贴出大字报，上面写道：绞死牛鬼蛇神夏承焘！这首诗，却成为攻击党的领导、应该被绞死的证据。

为后人开出一条治学的大道——记顾颉刚先生···········145

　　胡适在国外旅行，在火车上写文章推荐顾先生的《古史辨》，说它是"中国史学界一部革命的书"，他断言：治历史的人，想真实地做学问的人，都应该读这部有趣味的书。顾先生一生业绩，与这个评价是相称的。

我心中的郭沫若先生——记与郭老的几次通信交往········159

　　郭沫若的两个儿子在"文化大革命"中都遭横死。一个在1967年4月自杀身亡，一个在1968年4月跳楼自尽。原因是什么？郭老在这样极度悲愤的情况下，仍然帮我们修改书稿，回信解答问题，让我们终生难忘。

遥远的北大·····························168

　　美好的北京大学，转瞬间时时处处都有阶级斗争。在回忆百年北大赫赫业绩时，我感到北大的变化似乎不自"文革"始，北大也是多面的。但是，艰难郁闷的日子培养了我们奋斗的意志和与人为善的情怀，这又让我永远感激北大。

张振玉先生与《京华烟云》···················183

　　我们很多人都读过《京华烟云》，知道它的作者是林语堂。但林的原作是用英文写的，大家读的中文版，却是张振玉先生翻译。确如专家所云，原著与译文堪称珠联璧合，"《京华烟云》必传于世。张振玉之名会借林语堂的小说得以流传，而林语堂的小说是借张振玉的文笔得以流传"。

往事依依——记我在总署时的领导·················· *190*

宋木文、刘杲、卢玉忆、于友先、石宗源都是我在新闻出版署（总署）时期的老领导。他们有太多的出版贡献、历史功绩，那些自有权威机关、众多贤达介绍评说。我只从自身接触的感受，与我相关联的几件"小事"，抒发我的崇敬感激之情。

满架书香的追忆——怀念宋木文署长·················· *197*

木文同志是我们出版界的一代人物，他的去世，标志着出版业的一个时代结束了。去木文家吊唁，人已远去，室内只余下他的座椅和满架的图书。

《出版往事》：生命的油灯·················· *205*

从前光明书局出版的图书，封底都有一个标记：横矩形的一盏油灯，一束小小的火苗在燃烧。这个标记的创意让人联想，耗尽自身的油，为人带来一点儿光芒。也许这光芒只是一丁点儿。这让我想起如陆本瑞同志一样的老出版人，他们尽着自己的努力，让自己燃烧，给社会送去光芒，也许这光芒只是一丁点儿。

司马迁之忍——重读《报任安书》·················· *212*

司马迁遭遇了人世间最大的耻辱，但他忍辱负重，成就了传世不朽的伟业。他让我们记住：人的一生什么最重要，人的一生应该怎样面对逆境与苦难。

尼赫鲁用了很多笔墨说到玄奘——关于玄奘的通信············· *220*

"唐僧取经"的故事在中国可以说家喻户晓。但历史上真实的唐朝大和尚玄奘在印度佛界的光荣业绩，尼赫鲁对他的赞扬，却未必人人皆知，特别是玄奘回国后与印度那烂陀寺的学者僧人的绵长友情，书信往还，书写了中印两国学者间的动人篇章。

在匈牙利的台湾旷小姐·················· *231*

人就像一粒种子，不定什么时候，被风吹到哪里，就在哪里生根、发芽、过一辈子。

走出特利尔——记马克思……………………………………… 237
特利尔的故居，柏林的马克思广场，伦敦的海格特公墓，处处值得瞻仰。马克思离世时，送行的只有十一个人，在伦敦几乎没有人注意他的离去。今天，他已被公认为20世纪最伟大的思想家。

白求恩，一个多么熟悉的名字……………………………………… 244
是什么原因让白求恩从加拿大一个只有两万多人的小镇走出来，到了西班牙，又到了烽火连天的抗日战争最前线——中国？他去世前嘱咐战友，"不要忘记给他离婚的妻子拨一笔生活费"，"在那里我对她应负的责任很重"，让人动容。

托尔斯泰的追求……………………………………… 256
一位八十二岁的老人，大名鼎鼎，著作等身，却在一个冬天的早晨，毅然离开温暖舒适的家出走，以至于病倒在一个小火车站。几天后，死在车站站长的木屋里。

新圣母公墓的诉说……………………………………… 260
新圣母公墓的墓碑书写了苏联的历史。其中赫鲁晓夫的墓碑最引人注意。整个墓碑由黑白两部分大理石组成，赫鲁晓夫的头像置于黑白框架之中。据记载，这个墓碑是按赫鲁晓夫的遗嘱，由被他骂过的著名抽象派画家设计的。

黑与白代表什么？赫鲁晓夫为什么留下遗嘱由他骂过的画家设计？

相遇马德里——记塞万提斯……………………………………… 266
真正的艺术巨制，开始时常常不被人认同。如美术家梵高的作品，巴尔扎克的"人间喜剧"，巴黎铁塔，悉尼歌剧院等等皆是。塞万提斯的《堂吉诃德》，也属于此类。但是金子的光芒无法掩盖，堂吉诃德骑着他的瘦马，拿着长枪，一往无前，终于走向世界。

高迪：曲线属于上帝·················· 272

伟大的建筑家，自己却住在阴暗简陋的房屋里，许多杰出的作品令全世界为之倾倒，自己却衣着褴褛，让人以为是捡破烂的老头。高迪留给后人的都是快乐、高雅和享受。

忧郁的探戈························ 279

淘金者来到南美洲大陆，日复一日，年复一年，淘金梦无法实现。望尽天涯路，妻子、儿女、家园，只有在梦中相见。忧伤、孤独，让他们难以自持。他们无法面对漫漫长夜，只有借酒浇愁，寻找能倾听他们的女人。正是在这样的背景下，探戈诞生了。它诞生在博卡区的小酒馆里，诞生在暗暗的烛光下。

滑铁卢的雨下个不停·················· 286

维克多·雨果说："失败反而把失败者变得更崇高了。倒下的拿破仑·波拿巴仿佛比立着的拿破仑·波拿巴更为高大。"甚至连滑铁卢大战拿破仑的对手、联军统帅英国人威灵顿也称赞拿破仑，在任何时代，都是最伟大的将军。这是为什么？

梵高与蒙马特高地···················· 298

蒙马特高地培养了众多艺术家。如今，高地上的每家历史悠久的咖啡馆，都保存着这些艺术家很多让人追慕的遗迹。梵高被他的弟弟提奥引到这里，并给他介绍了很多青年艺术家的作品。梵高见到这些作品，大吃一惊。从此画风大变。人们说，是印象派在梵高的绘画生涯中打开了一个手电筒，从此照亮了梵高的画。

巴黎之夜的遐想···················· 305

静静的巴黎夜晚，让人浮想联翩。巴黎有多少动人的故事，活跃着多少后来成为伟大的艺术家、思想家的人物。《巴黎圣母院》《九三年》《双城记》……让人明白了什么是经典名著，认识了精品的力量。

在美国越战纪念碑前——记林璎……………………………………… *310*

　　一位年轻的华裔女大学生设计的作品,在 1441 件应征作品中拔得头筹。于是引起美国社会的广泛争论。最后这件作品还是被社会认可。她的才华和贡献,使她荣获了"20 世纪最重要的一百位美国人"的荣誉。2010 年 2 月,美国总统奥巴马,亲自为她颁发了代表美国艺术界最高荣誉的国家艺术奖章。

火车带来的乡愁

每天上班的时候，要经过一座铁路桥，只要我准时，总有一列火车，哐啷、哐啷从车站开出来，可以看见卧铺车厢里，稀疏的旅客，在向外张望。

下班的时候，经过这座铁路桥，如果我准时，总有一列火车，缓缓地开进车站，可以看见车厢里，灯火通明，旅客正做着下车的准备。

这时，我总感到很亲切，心思会回到小的时候。回到我住的那个小镇，镇西头我家住的小楼，小楼近处的树林，小楼远处的火车站。

我是铁路职工子弟。父亲从1927年、十四岁便进入铁路工作，直到退休。新中国成立后转到中学教书，但仍然是铁路中学。前前后后，在铁路上工作了四十六年。这之后，大姐、二姐、弟弟，都做了与铁路有关的工作。

我上初中时，每天乘火车上学，是我记忆中最清晰的故事。我刚十岁，还在读小学，父亲从长春市调到离长春市六十公里的范家屯镇。这是一个很小的小镇，当时可能只有一两万人口。但因为这个小镇地处东北粮仓吉林省怀德县中心，南来北往，周转粮食，所以一个三等小站却总是很繁忙。因为是小镇，没有完整的中学，小学念完了，我们只能去六十公里外的长春读中学。铁路照顾职工子弟，允许这些学

家乡的秋天

生每天免费乘火车上下学。大家叫我们是"通车生"。可是,乘火车上学可不像乘汽车那样方便,因为火车不像汽车,开走一辆五分钟后又来一辆。而乘火车,如果这班火车赶不上,下一班火车说不定就要几个小时之后了,等你到了学校,同学们恐怕要吃午饭了。

所以,无论如何不能误车。当然,火车有时也会晚点。那就糟了,我们就会赶不上第一节课。迟到多了,当然要影响功课。乘火车上学,早出晚归,常常需要在火车上做作业、温课。如果抓得不紧,功课自然会受影响,所以,老师认为"通车生"功课不行。

记得一次上植物课,任课老师姓校,很幽默,常和同学开玩笑,玩笑有时很尖刻,所以大家都怕他。车晚点了,我们通车的几个同学下了火车,小跑着进了学校,小心翼翼地走到教室门前。听到校老师讲课的声音,我们却谁也不敢敲门。大概老师听到了门外喊喊喳喳的声音,便喊道:"进来!"别的同学已经进去了,我在最后,突然想到要面对几十名同学,又不知校老师会说出什么话来,扭头就跑。校老师出来,高声喊:"回来!"我只好乖乖地走进教室,赶快归位。校老师看到我往座位上去,说:"站住!"我便站在教室前面,面向着讲台。老师说:"不要只对着我,向后转!"这样我就正对着全班同学了。校老师发话了:"我一出教室门,看到杨牧之同学正以奥林匹克百米冲刺的速度向外跑……"全班同学哈哈大笑。校老师又说:"别人都进来了,他为什么跑呢?只有一种可能,那就是他没有温课,怕我提问。现在,让我们试一试,看我说的对不对。"说罢,他就提了一个问

雪中的家

小楼近处的树林

题，让我回答。侥幸我答了出来。老师说:"看来他是不愿意上我的课。回到座位上，好好听课。"

那时"通车生"每天起早贪黑，跟着火车上下学，很是辛苦。到了冬天，气温降到零下二十多度，火车经常晚点，我们也就经常迟到。从早晨乘上早班车离家，到晚上乘上晚班车回家，在外面至少呆十二三个小时，每天乘火车上下学，对于一个刚上初中的孩子的确是不容易的。

冬天，天亮得晚，离开家时天还没有大亮。那时，我只有十二三岁，正是贪玩贪睡的年龄。母亲去世了，大姐每天早晨起来给我做饭、装饭盒，然后叫醒我。我经常是不吃早饭迷迷糊糊地向火车站走去。放学时，在火车上，车厢里很热。如果有座位，坐在那里就开始打瞌睡。一次，睡过了站，醒来时已经到了二十公里外的陶家屯站。望着陌生的火车站，望着远方一片漆黑，我急出一身汗。回家的火车已经没有了，走回去吧，半夜三更又不敢，只好投奔同学。同学的父亲安慰我，让我放心睡，第二天早晨他会叫醒我。但我哪里睡得着，既怕再睡过点，又惦记家里不知道，着急。躺在床上又开始后悔，为什么不走回去，不是比现在干着急好多了吗。我算好了早晨上学的火车到达陶家屯站的时间，整整一夜没合眼，躺在床上，听闹钟嘀嗒作响，等着时间到来。火车到了范家屯站，我又急忙下车，托车站上的熟人带话给家里，这时心里才踏实下来。

后来，大姐工作了，家里经济条件略好一点了。父亲担心我带的饭盒经常无法加热，总是吃凉饭，又怕火车里热，饭馊了，就每天给我一角五分钱，让我去学校对面的铁路招待所吃一顿午饭。一饭一菜正好一角五分钱。那时候，除了交书本费，我见不到一分钱。这一角五分钱归我所有、由我支配，该是多么宝贵呀！我第一个愿望是省下钱买向往已久的书。要省下这一角五分钱，我只有不吃午饭。我至今还用着的商务印书馆的《四角号码新词典》，就是省下饭钱买的第一本书。这本字典当时定价一元六角，这就说明我十顿午饭没有吃。上中下三大本的《一千零一夜》，也是省下午饭钱买的。中午不吃饭，饿一会儿就能过去，但在教室里看别人吃饭，便觉得饿得不能忍受，这时，那一角五分钱就省不下来了。时间长了，终于想出好办法。学校报刊阅览室中午开放。上午最后一节的下课铃一响，我就去阅览室看书看报。当时曾十分得意，认为自己不但省下了钱，还利用中午时间看了许多有趣的书。

后来，乘火车就是大学时的寒暑假了。高中毕业后，我考上了北京大学，又开始了每年寒暑假乘火车的历史。那时火车速度慢，从长春到北京要走二十来个小时。从北京回长春时还好，归心似箭，兴奋和期待，走一站，近一站，有盼头。车一进站，我在车窗里总能看到父亲在站台上焦急寻觅的面容。等我站到父亲面前，他那宽心的微笑，让我无比温暖。当我回校读书时，甚至，在我走上了工作岗位之后，想起这微笑总让我振奋。从长春回北京，心情就大不一样了。父亲和弟弟送我。长笛一响，看到父亲在站台上向我招手，看到他一年比一年苍老的面容，心里十分难过，总想下车回去，再和父亲呆几天，一直到火车过了山海关，心情才能渐渐平静。

我在北大读书五年，寒来暑往，乘车在北京和长春之间往返二十余次。火车就是这样带给我快乐、期盼，带给我忧伤和回忆。

参加工作了，乘火车的机会不多了。但只要时间来得及，我都争取坐火车。乘上火车仿佛又回到年轻时的岁月，仿佛又回到了家乡，仿佛铁路上的工作人员都是熟人，都是朋友，往事一幕幕，清晰可见。人们都说，回忆是最美好的。何况那时年轻，吃点苦并不算什么。但在我关于火车的回忆中，离别的难过总比相逢的喜悦更能让我记住。

如今，几十年过去了，我已经读完中学、大学，参加工作也有三十多年了，往事大多淡漠，但每天上下班的路上，看到进站出站的火车，看到车厢里通明的灯光，听着哐啷哐啷远去的车声，总能引起我无限的回忆。我怀念小时候早起晚归赶火车的日子，我怀念年轻的大姐为我操劳的岁月,我怀念和父亲在火车站上的相逢,我也经常在想,范家屯那只有一两万人口的小镇,是不是还有一些铁路子弟像当年我们那样,在那里赶着这上学的火车?

火车声哐啷哐啷越走越远,长笛一声引起我不尽的乡愁。

2004年春节初一

小学的回忆
——怀念母亲

我上小学是1949年。新中国成立了，六岁的、七岁的、八岁的，甚至九岁的孩子，过去没有条件读书的都一起进入小学一年级读书。

那时我真贪玩，每天刚背起书包上学就盼着放学。姐姐们跟我说，小时候我最爱说的一句话，就是"再玩一会儿"。放了学，书包往家里一扔就玩去了。母亲叫我回去做作业，我说，再玩一会儿。叫我回去吃晚饭，我说，再玩一会儿。该回家睡觉了，我还说，再玩一会儿。我就是在这"再玩一会儿"的日月里读完小学，度过快乐的童年的。

回忆我在念小学的时候，许多往事，至今不忘。而这些不忘的往事，大都和母亲联系在一起，温暖着我的心，让我感到童年的快乐。

一、做手工

上手工课做手工，是我最发愁的一件事。记得一次手工课，我不知做什么好，我也什么都不会做啊。摆弄摆弄这个，摆弄摆弄那个，眼看快下课了，我看到一个同学用细高粱秆做的搂草的耙子，人家嫌不好，扔了，我把它捡起来，收拾收拾交了上去。发布成绩时，老师正表扬我，说我观察得细致，做的又是生产劳动工具……突然，一声喊叫从后面传过来，"那不是他做的，那是我扔的！"老师问怎么回事。我无地自容。老师十分严肃地让我重做。回到家，着急，吃不下饭。东翻西找。母亲问我找什么，我只好告诉母亲怎么回事。母亲说，别着急，等我收拾完厨房帮你想办法。

晚上，母亲找来几块花布，找来一些旧棉花，又弄来几颗黑豆、红豆。问我，做个大金鱼，行吗？

我说："行是行，我不会做啊。"

"我帮你做。"

"老师不会信啊！"

"我教你。"

随后，母亲照金鱼样子，剪出几小块花布。又教我，怎样拼到一起去，肚子里塞进棉花，头部左右嵌上两颗黑豆，作眼睛，又教我如何缝上。我缝了几针，就把手扎出了血，母亲还是耐心地告诉我，缝不好没关系，拆了，再来。

弄了一晚上，大金鱼做成了。还真挺像。我心里怕老师不相信是我做的，问母亲，这样行吗？

母亲说，告诉老师，是我手把手教你做的。

第二天上学，把金鱼交给老师。当时老师肯定很奇怪，正面看完看反面，看完问我怎么做的。我给他讲做的过程，还给他看扎红了的手，老师非常高兴。

记得这个大金鱼在学校手工比赛上还获了奖，奖品是一套做手工的工具：小锯条、小剪子、小锥子。我高兴坏了，拿回家给母亲看。

尽管小锯条、小剪子我很喜欢，可是我至今还记得当时的心情很复杂，总觉得一个十来岁的大小伙子，自己的手工作业是针线活，很不好意思。

可是，没办法啊，我自己又不会做。母亲则认为做条金鱼是最简单的手工，我容易学会。

二、剃光头

还有一件事，我印象极深。

不知出于什么考虑，学校要求每一个男生都要剃光头。回家跟母亲说，母亲说，你头型不好看，不像有的孩子头圆圆的，剃光头好看，你脑袋坑坑凹凹的，剃个平头吧，留点头发还能遮一遮。星期日我就到经常去的理发馆剃了个平头。

我所在的小学校，虽然是一个小镇的小学，但对学生的要求还是很严格的。每周一，课间操时必按班在操场上列队，值日同学和值日老师检查每个同学的个人卫生。检查有三项重点：手指甲是否长了，脖子是否洗干净了，衣服是否整洁。检查的结果要各班评比。所以，谁都十分注意，生怕影响班级荣誉。

检查的时候，每个人都得低着头，好让检查的人检查脖子时方便；双手要平伸，手背朝上，指甲长短、指甲中是否藏污纳垢，便可看得清清楚楚。今天想起来，操场上二百多人，全都低着头，平伸着双手，那场面也够滑稽的。可在当时，大家都觉得很正常，学生嘛，就得讲卫生。不检查怎么知道你做到没做到？何况还要评比呢。

着衣是否整洁，那是一看便清楚的。有一次检查，老师特地把我叫到前面去表扬。说："你们看，杨牧之同学衣服虽然是旧的，还有补丁，但很干净，补丁也很整齐。中国有句老话，叫笑破不笑补，大家要向他学习。"那是上个世纪50年代，大家生活都不富裕，衣服打补丁很平常。我家里有三个姐姐，都在读书，一个弟弟，还很小，母亲也没有工作，全靠父亲一个人在铁路职工子弟学校做教师的微薄工资，生活怎么能不困难？大孩子的衣服小孩子穿，穿破了，补一补，我一点也不觉得不好。整整齐齐，每一针每

母亲年轻的时候

一线都含着母亲的深情和期待。

再说平头的事。周一课间操时,照例逐个检查。一个同学发现了我的平头。别人都是亮光光的,我的还留有半寸长,值日生怎么会放过?立即报告给值日老师。值日老师立即把我叫到前面去,问我为什么不剃光头,并要求今天放学就得去剃光,明天早晨检查。我很难为情,低着头,不敢有一点违抗。放了学,央求母亲陪着我,又去找给我剃平头的师傅,把那点头发铲光。我这才如释重负。至于为什么必须剃光头,连平头也不准,我今天也没想明白。今天剃光头的很多都是大明星啊,那叫"酷"。我们那时连"酷"这个词还不知在哪方呢。

三、三万元钱

小学三年级的时候,沈阳铁路局教育系统组织所属学校开展夏令营活动。选择平时学习好,又听话守规矩、懂礼貌的少先队员参加。长春铁路分局归沈阳铁路总局管,所以,我们这个长春附近小镇的铁路子弟学校也在它的组织范围内。可能老师认为我很守规矩,学习也不错,就把全校仅有的三个名额给了我一个。地点是在大连。那是我第一次离家远行,也是第一次享受这样的光荣。临走时,母亲给了我三万元钱,让我收好。大家不要误会,那是最早的一批人民币,一千元钱相当于今天一角钱,一万元钱相当于今天一元钱。三万元钱,也就相当于现在的三元钱。但对于我来说,这是第一次持有这样一大笔钱。

夏令营的生活今天也只剩下吉光片羽。第一次见到蔚蓝的大海,又激动又害怕,不敢下去游泳,生怕海浪把自己卷走。那时候旅顺港还归苏联军队使用。海边有很多休假的苏军士兵在游泳。他们看到我们这些少先队员非常高兴,左劝右劝见我们还是不敢到海浪中游泳,抱起我们就往水里扔。我们拼命挣扎喊叫,等从水中站起来,发现海水刚没过肚脐。

在海边岩石缝中抠出来的小海参,在水中岩石上捞出的橙红色的海星,岸边的小螺蚌、小石子,五颜六色,我们都带回宿舍。想等夏令营结束时带回家去。因为天热,两天后就发出怪味来,我们舍不得丢掉,晒在窗台上。一天,当我们从外面回来时,打扫卫生的管理员全给我们清理掉了,大家都垂头丧气。

可是最后一次离开海边捡到的一个小海螺,至今我还保留着。有时拿起来,放到耳边听,里边发出呜呜的风云呼啸声,还让我想起少年时那次夏令营生活。

半个月很快就过去了。辅导员老师说,大连附近熊岳的苹果很有名,也便宜,大家如果还剩下钱,可以买一点带回去。

我带了三万元,想起家里生活的困难,见到什么好玩好吃的东西,我都能忍住,半个月一分钱没花。我想,如果我把钱全都带回去交给母亲,母亲不是会很高兴吗?一个同学见我还有钱,就跟我借了一万元买了苹果。

回到家,我很自豪地把二万元交给母亲,告诉母亲,还有一万元借给同学买苹果了,那苹果又便宜又好。母亲说,"那你怎么不买一点?"我说,"省下来好都交给您啊。"

母亲说:"好儿子,长大了,知道省钱过日子了。"姐姐说:"就是不会算账。"

我怎么不会算账啊?好多年,我都不明白姐姐说的意思。

四、闯祸

小学三年级的时候，我给父亲母亲闯过一场大祸。

我家住在小镇西边，院子前后有十几个孩子总在一起玩。离我们东边一二里地，是又一伙孩子，他们总在一起玩。我们两片居民区中间有一个面积很大的坑，总是积满水。冬天我们在上面溜冰，夏天在水坑周围草地中捉蚂蚱，秋天找蟋蟀。这个大坑，是我们童年的乐园。但两伙孩子为争地盘，或者为抓蟋蟀、蚂蚱，也常常斗气。争斗激烈时，一两个人不敢去坑边玩，怕对方人多受欺负。

一天傍晚，我出门给刚在火车站工作的大姐送饭。一眼看到东边的两个孩子骑在我们院的一个孩子身上，往他身上撩土。我把饭盒放到地上，忙跑过去，一头把那两个孩子撞翻在地，趁那两个孩子还没爬起来，我们急忙跑开了。

我等大姐把饭吃完，提着空饭盒轻松愉快地往家走。老远就看见家门口围了很多人，见到我就说：回来了，回来了，快问问怎么回事。

我这才知道我闯了大祸，我那一撞，把一个孩子撞翻在地，头正好碰到一块石头上，血流不止。另一个孩子一看血流满面，吓坏了。就直接找我家来了。

三姐见到我，急忙把我拉到屋里去，嘱咐我别出来。

"妈妈呢？"我问。

"送那孩子上医院了！"

我吓坏了。那孩子不会死吧？不会把母亲扣住不让回来吧？我要去找母亲。三姐说，你不能去，有二姐陪妈就行了。三姐是怕对方看到我，我会吃亏。

很晚了，母亲才回来，说那孩子只是碰破了皮，血流了不少，但没伤着骨头，打了破伤风针，医生说，没大事。

我见到母亲平安回来了，又听说没大事，心里放松多了。可是，马上又想到父亲就快回来了，不知会怎么处治我，坐在那儿又紧张起来。

母亲见我害怕，说："已经没大事了，你也不用怕你父亲。见到两个孩子欺负一个孩子，你帮一把，还挺勇敢。以后要问明白怎么回事，不能随便动手。"

这时，我想到让母亲给人家看病，跟人家说好话，代我受过，很难过。我靠在床上，等父亲回来。不知不觉睡着了。

等我醒过来，睁开眼，已是第二天。父亲在洗脸漱口，见我醒了，瞅了我一眼，没说什么，我悬着的心这才放下。

不久，又发生了一件事。这次我可没逃过父亲的惩罚。

我家附近的人家有些很穷，男人干点力气活，收入很少；家里女人冬天晚上常到火车站卖零食，贴补家用。有一家专门在火车站附近熬大米粥卖，配有一种用洋白菜腌的咸菜，让顾客就粥吃。她总吆喝："大米粥，疙瘩白。"

我们这些孩子晚上到火车站玩，听到她总反复这么喊，后面三个字又拖着长音，觉得很好笑。在院里玩时，大家就模仿着喊，一个比一个喊得响，一个比一个喊得怪。这下坏了，她告到我家去了，说我们嘲笑她。还说："不是为供孩子上学，我们干吗要受这份苦？"

我刚进家门，父亲上来就揪我的衣服，我撒腿就跑。父亲在后面追我，手里还拿着一根棍子。我越发跑得快，绕着房子跑了三圈。我天天在房前房后玩，路熟，父亲哪里追得上？今天想起来，父亲可是气坏了。直到很晚，估计父亲睡下了，我才敢回到家门口。

母亲听到我的声音，出来说："进去吧，别再惹祸了！"我不知父亲在干什么，不敢进屋。母亲说："你那样学人家很不好。卖粥是为了养家糊口，人家赚几个钱要供孩子上学。人家很有志气，我们应该尊敬人家。"

这一夜我可没睡好，不仅是怕父亲打我，还想，是不是要向人家

青年时期的姐姐们。右起：大姐、二姐、三姐

去道歉哪？去道歉人家会不会骂我啊？

这样的记忆还有很多。回想起来，小时候多么纯净。"再玩一会儿"带来多么大的快乐。其实，这快乐很大成分是因为母亲。母亲是挡风的墙、避雨的伞，是生命的依靠，向上的动力。

我讲的这几件小事，都发生在我读小学四年级前。小学四年级的那一年冬天，母亲就去世了，只有四十一岁。唉！从那以后，那种童年的快乐在我的记忆中似乎就没有了。

在回忆往事的时候，母亲好像又在我身边了。我心里真难过，我对母亲没能尽一点孝心。

2010 年清明

无法弥补的时候

再过几天就是父亲的忌日了。一晃六年过去,六年来,每当想起父亲,我就觉得很沉重,一种对不起他老人家,而又无可挽回、无可奈何的痛楚猛烈袭来,父亲对我的挚爱与我对父亲的孝心,真是天壤之别。

那一天,办完父亲的丧事,我和姐姐、弟弟不约而同地回到父亲的卧室,翻检父亲的遗物。我们心里都明白,这既是对父亲的眷恋——父亲虽然去了,但他生前所用的物品,不也是父亲的一部分吗?又是想从中找一件父亲常用的东西作为终生的纪念。明天,我们姐弟即将东南西北,回到自己工作的地方,谁知道什么时候能够再回来祭奠父亲呢?

我一眼看到衣箱里的一个茅台酒瓶子。我拿过来,眼里顿时涌满泪水。这个酒瓶子我太熟悉了。这是我大学毕业领到第一个月工资时给父亲买的礼物。父亲爱喝酒,但从不买高级酒,也买不起高级酒。尤其是母亲去世后,家境困难,一条黄瓜就是下酒的菜。记得茅台酒当时是八元四角钱一瓶,在五六十年代,那是很贵的价钱了,一般人不买。我早就计划好了,等我领到工资,第一件事就是给父亲买一瓶茅台酒。

没想到这个酒瓶子父亲一直留到现在：二十二年过去了，瓶子旧了，商标也变了颜色，父亲依然保存着。想着想着，我的泪水不能控制。儿子对父亲的一点点好处，父亲是如此珍重！父亲对儿子的满腔期望，几十年如一日的辛勤抚育，可以用什么衡量？儿子又如何报答得了呢？

父亲去世的前几年，我因为工作忙，很少回老家。因为老家在铁路线上，有时外出开会，散会后，中途下车，回家看看老父亲。我记得在家住得最长的一次是1987年的中秋节，总共在家住了三十六个小时。那年父亲已经七十四岁，刚患过肝炎从医院出院。过去父亲住的楼房没有暖气，是弟弟自己装的土暖气，烧不太热，在房间里穿着棉衣棉鞋还缩手缩脚。这次回去，经过弟弟的努力，父亲的单位照顾他年老体弱，又刚刚病好，给他调了有暖气的楼房。外面冰雪覆盖，室内温暖如春，父亲只穿件薄毛衣，舒坦得很。我很为父亲终于住上了暖融融的房子而高兴。但看到刚出院的父亲脸色苍白，弱不禁风，酒也戒了，烟也不抽了，我心里放不下。想多住一两天，又怕耽误了工作。父亲看出我的为难，笑着对我说："回去吧，我这不是挺好吗？回去干工作去。"第二天，我走了，弟弟替我提着提包。父亲也穿好了衣服要去送我。我说什么也不同意，外面冰天雪地，寒风凛冽，万一着了凉怎么办？劝阻再三，父亲同意不去送我。没想到，我和弟弟刚登上站台，还没有放下提包，父亲便走了过来。倒背着手，朝我和弟弟微笑着。那得意的样子，仿佛在说：怎么样，不比你们走得慢吧？啊，我顿时想起了朱自清先生的《背影》，想起了《背影》中父亲的形象。普天下的父母对儿女都是这样的忘我，都是这样的挚爱无边啊。那是父亲最后一次送我。几个月后，他就又一次住院，终于没能从医院出来。

在我手里还保存着父亲的另一件遗物。这是一个图书馆的借阅证。六年来，每当我看到这个借阅证时，惭愧、不安和负疚便一起袭来。那个借阅证已经很旧，在借还日期栏目里密密麻麻、一行接一行，几乎快写满了。细看借还时间，多半是今天借，明天还，最长的间隔是三天。这不就是说几乎天天跑图书馆吗？这不就是说每天读一本书吗？而在这个借阅证上记载的最后一次还书时间恰恰是生病住院前几天，一个七十几岁的老人，竟每天奔走于家与图书馆之间，我怎能不惭愧？

除了惭愧，我还有一种负疚感。父亲特别爱读书。六十岁离休之后，《英语900句》传入中国，他得到一本，整天不离身，诵读、默念，像一个中学生那样用功。随后，又开始学朝语，让我吃惊不小。一次看到他枕边有一本《朝鲜语读本》，很奇怪，问他这样大年纪了，为什么还学朝鲜语？他笑笑，说：可以帮助理解日语。

记得我在大学读书时，偶然得到一本约翰·根室的《非洲内幕》，父亲爱不释手，几次对我说，这样的书看了视野开阔。书前的目录没有了，书后也缺了几页，父亲先是按照书的页码、书中的标题自己编了一份目录，粘在书前；后来又托人从长春借来一本完整的《非洲内幕》，将缺的几页用稿纸抄下来，又把稿纸裁成书页一样大小，补在书后。我到了新的工作岗位，是做图书出版的管理工作，对于这项工作，未见父亲有多么高兴，他唯一的嘱咐是：以后有好看的书寄点来。我因为忙于杂务，很少给父亲寄书。最近翻检父亲给我的书信，先前几乎每封信都说，如有便寄点可看的书来。后来，说的就很少了。我想，一来是因为我每次信中都说自己忙、时间紧，没时间写信，请父亲原谅；二来，我又确实没寄过几次书。今天想想，这是父亲向我提出的唯一的要求，而又是我这个做儿子的唯一有条件满足父亲的一件事，但我却没能去做。现在，我手头有那么多父亲爱看的书，装帧得都是那么漂亮，再不是缺页少篇的残书了，可我也再没办法让父亲看到了。

我最不能原谅自己的是父亲病重住院的事情。一想到这件事，内心就不能平静。父亲病重，一躺四十天，我和在北京工作的姐姐利用"五一"假期回去看他。他十分高兴。我们回去前，他吞咽困难，一

刚考上北大时和父亲的合影

天吃不下一碗稀饭。体重只剩七十多斤。我们回去后,陪伴着他,和他聊我们的工作、生活、家庭、孩子,父亲居然缓了过来,渐渐地一顿饭可以吃一小碗馄饨,或者一小碗片汤了。但病情还是不见好转。四十天过去了,当地的医院已经没有办法治疗了,我和弟弟设法给他转院。父亲没有提任何要求,一任我们安排,实际上他是希望跟着我到北京的。也许是为了治病,也许是为了在离开我们之前,能和我在一起住一段日子。但当时我考虑得非常实际。我实在为难了。北京的医院我人生地不熟,到了北京我有能力让父亲立即住进医院吗?我住的是平房,没有卫生间,不论刮风下雨上厕所都要到胡同里的公厕。当时父亲体重只剩下七十多斤,每天需要打点滴输葡萄糖,不要说一个月住不进医院,就是一周,怎么办呢?这时朋友鼎力相助,为我在长春市联系到一家医院。权衡利弊,我下决心把父亲送到长春的医院。我因为急着回单位上班,没有送父亲去医院,朋友从医院请来救护车把父亲接走。那一天,我看着远去的汽车,怎么会想到这是和父亲最后的一面呢?父亲去世后,每想到当初住院的情景,我都心如刀割。

和父亲、弟弟在范家屯小镇

我虽然用种种解释为自己辩白,但我从来没有心安过,尤其想到父亲把自己的愿望存在心里,怕儿子为难而宁可委屈自己,我心里就更加沉重。现在,我终于明白了,我之所以不安,是因为自己一直没有勇气把内心如实托出,一直为自己开脱。实际上我是不肯承认自己面对困难的无能,不敢承认担心父亲来北京自己托人情、找医院,东奔西走而无可奈何的忧虑。今天,当我这样想,这样请父亲宽恕时,我心里终于好受一些了。

接到姐姐告急的电话,便急忙去火车站买票。票已售完,请求关照,因为是电话,你说病危没有根据,不卖;想买一张站台票,进了站再说,但没有当日的票,不卖;到航空售票处,当日的票早售完了,最早也要一周之后……呜呼!叫天天不应,呼地地不灵,老父已在弥留之际,我却还在千里之外,不知如何上路!幸而朋友聪明,买了一张去西北的退票,用这张当日票买了张站台票,这才得以混入站内,踏上了北去归家的路。但这时已经太晚了。父亲在我登上车厢不久，已经等不及我了。

六年过去了，六年的痛苦使我明白了一个道理。人的一生并不只是工作，人生还有那么多真挚的东西，那么多动人的感情，这都是我们的宝贵财富，是能够让我们活得好、工作得好的动力。父亲的一生没有壮烈的场面，也没有多少得意的时刻，任何地方也留不下他的名字，但父亲的去世，却最后给我留下了一笔遗产，这就是让我悟出了一个人生的道理：珍惜那一切美好的东西，不要等到无法弥补的时候。

1995年1月于梅地亚

上善若水
——怀念王春同志

王春同志若还健在，今年当是八十六岁。

十年前他去世时，我很难过，长时间地陷入沉重的静穆与深思之中。转眼十年，三千六百天，不算短，但他的形象却常出现在我眼前。身材高大而匀称，腰板挺直，虽然"文革"中腰被打伤过，犯病就得躺在床上，但病后，一起床，腰板仍然笔直，眼睛明亮、和蔼，短短的头发，多已花白，看得出丰富的阅历和饱经沧桑。在北京也有几十年了，但说话还有山东口音，听别人说话很认真，那种真诚，让你情不自禁地把心里话都说出来。七十六岁。说活得少吧，也过了古稀之年。说活得不少吧，活到八十九十几岁的人多得是，怎么王春同志只活了七十六岁！

今年是建国六十周年，检阅六十年的业绩，缅怀六十年间的人物，前辈、大家如千丈岩松，在我眼前耸立。但最让我景仰和怀念的是王春同志。

王春同志离休前是中华书局总经理、党委书记。

他不管出书，却"管"出书的人。

他不是"管"出书的人，他是千方百计招揽有真才实学、能出书的人，真诚地为他们服务，保证他们出好书。

我们做出版的人，常常记住一本书的策划人、责任编辑，甚至封面、版式、装帧设计的人，但有多少人会想是谁发现了这些人，培养了这些人，请他们来做这份工作的呢？

想到这里，我心潮澎湃。我大学一毕业就到中华书局工作，一做二十年。我一生与古籍整理出版事业有缘，离开中华书局仍然做着与古籍整理和出版有关的事。所以，我不会忘记王春对中华书局，对古籍整理出版事业的贡献。

"人弃我取，乘时进用"

1958年是中华书局历史上十分重要的一年。这一年，中央把中华书局定为整理出版古籍的专业机构，还指定中华书局为国务院科

王春同志参加《文史知识》座谈会

学规划委员会古籍整理出版规划小组的办事机构,随后又召开了全国古籍整理与出版规划会议。这种形势,使中华书局的地位大大提高,但与地位等量的工作任务瞬间压了下来。而这时,中华书局连收发室、维修办公楼的后勤人员都算上,全体职工只有六七十人,根本没办法承担这样的艰巨任务。

也就在这时,又传来毛泽东主席对新校点本《资治通鉴》的表扬,毛泽东说,这部书出得好,是一件很有意义的工作。同时,毛泽东又幽默地说,这部书装订(每册)太厚,像砖头一样,只能给大力士看。

毛泽东的话让决心干一番事业的中华出版人看到了光明的前景。新中国成立初期,百废待兴,毛泽东日理万机,却能顾得过来表扬一部古籍整理的图书,可见古籍整理与出版对新中国是很重要的,是很有意义的工作。中华书局的领导明白,要很好地完成毛泽东交给的任务,头等大事是必须有优秀的人才,中华书局的编辑出版力量远远不够,必须大大加强。

这时,中华书局的"老板"金灿然,这位1936年北大历史系的学生,抗日烽火骤起时毅然奔赴延安的热血青年,延安马列学院的研究员,范文澜编写《中国通史简编》的助手,新中国成立之初出版总署的出版局副局长,提出了"人弃我取,乘时进用"的口号。

真是石破天惊!即使在今天,我

王春同志走入会场

想到金灿然同志的这两句口号，仍然会感到它的千钧之重，仍然会惊异这个不算大的、出版界的领导，怎么会有这样的胆识！怎么敢说人弃我取！他就没想到那些人是谁"弃"的吗？

作为当时中华书局主管干部人事的党支部书记（即后来的党委书记）王春同志立即接过这个口号，大刀阔斧地干起来。

王春说：我完全赞成灿然同志的方针，而且在他的领导下，具体地、十分积极地执行了这一方针。这句话不是事后的夸誉，而是"文化大革命"中被造反派勒令检查时检查材料中一字不差的文字。在被勒令检查时仍然敢于这样说，这就是自信。

他认为，灿然同志说得对，"右派"中间有不少人有真才实学，应该利用起来为社会主义建设事业服务。许多单位要把"右派"赶出来，我们可以从中精选出一批品质好、业务好的人来中华书局搞古籍整理。

王春有理论和实践的根据，他说，古籍整理工作和新闻战线、教育战线不同。毛泽东在上海，不就是让中华书局过去的编辑所所长舒新城先生当"右派头"，搞《辞海》吗？

一时间，中华书局陆续调进一大批被认为有政治问题，或者戴着"右派"帽子的专家学者。这中间有著名文化人、原浙江文联主席宋云彬，著名古汉语专家杨伯峻，王国维公子王仲闻，秦汉史专家马非百，陶瓷专家傅振伦，版本专家陈乃乾，编辑专家张静庐、徐调孚，没有公职、游散于社会，但学问渊博的戴文葆、王文锦，还有著名学者、出版家、古文字、天文历算等方面的专家，如卢文迪、潘达人、陆高谊、曾次亮、章锡琛、傅彬然，洋洋洒洒，几十位著名人物，颇有广揽人才尽入彀中的气魄。当时，连出版大家、商务印书馆的总编辑陈翰伯都说："我没有你们金老板的气魄！"

衮衮诸公，不负所望，四年下来，中华书局先后整理出版了《册府元龟》《永乐大典》《文苑英华》《太平御览》《全上古三代秦汉三国六朝文》《全唐诗》《明经世文编》《宋会要辑稿》《庄子集解》《太平经合校》《藏书》《焚书》《文史通义》等等,都是重大项目;二十四史的整理工作,继《史记》《三国志》出版后,已全面铺开,又请来一批著名史学家,如郑天挺、唐长孺、王仲荦、刘节、卢振华、张维华等等来中华书局工作。真是人才云集、硕果累累。

中华书局真是那么平静吗?其实,那时"反右"斗争,运动虽过,但余波未平,很多"右派"帽子仍在;反"右倾"高潮又起,"拔白旗",批"白专",天天开会。可是,"大跃进"风仍劲,鼓干劲,争上游,也是毛泽东提出来的,没人敢反对,毛泽东对古籍的重视,对二十四史的偏爱,使中华书局有了保护伞。

在这两种潮流的涌动中,金老板的主张在运行。

金老板大政方针一定,王春抓紧时机,千方百计贯彻落实。又要用这些人,调进这些人,保护他们工作的积极性,又不能让别人抓着把柄,说你保护"右派",保护政治历史有问题的人,思想"右倾"。做人的品质、政治的原则、工作的技巧、与人相处的平和谦逊,许多故事由此产生,让我们认识了王春同志的风采与品格。

宋云彬的大字报

宋云彬是位著名人物。他的言论不仅在浙江引起批判,在全国也是挂上号的大"右派"。中华书局想尽办法把浙江不要的人弄了过来。

1960年,精简机构,支援农业生产第一线。中华书局领导作了动员报告后,要求大家报名。很多老先生感到自己年老体衰,没有条件去农村,没有报名。这种敢于不报名的举动,马上受到单位一些青年人的批评。说他们不响应党的号召。恰好几天前,党组织刚刚宣布宋云彬摘去"右派"帽子,有人说他刚摘了帽子就翘尾巴,不听党的话了,老虎屁股摸不得了。宋很不服气,便去找时任党支部书记的王春。

这些事宋云彬在日记中有具体记述。宋云彬把几个阶段的日记近七十万字汇编在一起，取名为《红尘冷眼》，2002年由山西人民出版社出版。我看日记大体保留了原貌，让我们能真切感受当时的社会气氛。且看他是如何记述的：

1960年11月1日，晴。

×××大肆批评，辞锋甚锐。余即赴人事科找王春，先问他看我的那篇（摘去右派帽子后给组织写的）感想觉得怎么样。他说："你讲的都是心里话，那是很好的。"

我就说："这次关于支援农业生产第一线及精简机构问题，我没有能够好好参加讨论。此刻我组正在热烈讨论，并催促大家贴大字报（表态）。我有点为难；要我写一张大字报，要求让我去农业生产第一线，或者说到农村去安家落户吗？那我决不写，因为如果这样写了，分明是欺骗党，欺骗群众。"

王春说："这样写当然不好，但你可以写一张讲摘掉帽子的事情，表示感谢党，感谢同志们，最后带上一笔，说自己受年龄和体力的限制，不能追随同志们上农业生产第一线去，只有更加努力，做好自己的工作。"

我说："好，那我回去就写。"

……晚饭后，我开始写大字报，到十点钟才写好。最后我说："现在同志们纷纷要求到农村去，我受年龄和体力限制，不能追随同志们参加农业生产第一线，但是我也必须真正懂得农业是国民经济的基础，向在农业生产第一线上贡献力量的青年同志学习，更加鼓足干劲，做好自己的工作。"

恰好这时书局内出现了两张老先生写的大字报。一位老先生在大字报中说，老年人要求下乡是"自欺欺人"，多此一举。还说，他不下乡,他要保养身体,延长寿命,看共产主义到来。

另一位老先生在大字报中说,他决心要求到农业生产第一线去,虽然他的八十余岁老母亲听到他要求去农村,吓得昏倒了,他还是坚决要去。"谁无父母,我还是坚决请求党批准我到农业生产第一线去。"

说实话,两张大字报都有点调侃的味道,很快成为书局内议论的焦点。中华书局一位领导在大会上讲:两张大字报,一张叫"自欺欺人",一张叫"谁无父母",态度都不好。人家有的大字报就说得好嘛,表示自己受年龄身体限制,去不了,但要提高对农业是国民经济基础的认识,在自己岗位上做好工作,也间接支援了农业。

那位领导十分强调地说,这个人说的都是真心话。这样说,实事求是就很好嘛!

宋云彬这位刚刚摘了帽子的"右派"躲过了一劫,他说了心里话,说自己去不了农村,还受到了表扬,很有面子。对于一个老知识分子,这"面子"不是比什么都重要吗?宋云彬自然很高兴,从内心里感到王春待人以诚,与人为善,值得信任。

宋云彬摘了"右派"帽子后,在1960年11月28日的日记中写道:"上下午校勘《后汉书》。整天工作,不听报告,不参加学习,殊难得也。"(见《红尘冷眼》)短短几句话,体现了一个知识分子想集中精力做些工作的心情。

金灿然也好,王春也好,信任他们,大胆使用他们,"殊难得也"!

与章锡琛玩麻将

有一件事是听杨伯峻先生告诉我的。开明书店的创办者之一、著名学者章锡琛先生爱玩麻将,有一次王春去看望他,正碰上章先生想玩麻将,又三缺一。王春到了,曾是"右派"分子的章先生哪敢请党支部书记坐下来补齐人数陪他玩麻将啊！没想到王春竟然坐下来，高高兴兴地和章先生等人凑成一桌。章锡琛先生大为感动，感到这个共产党的干部平等待人，感到这个共产党的干部尊敬老人，就为这，以后每年春节他都不顾年高体弱，由人扶着去王春同志家拜年。王春说：我并没有想到借打麻将来做什么工作，只是觉得老人很寂寞，陪他玩玩有什么不可以。"只是觉得老人很寂寞"，这是多么深厚的同志之情啊！如果每个共产党的领导干部都能像王春这样体贴关怀老专家、老学者，还愁老专家老学者不把党的事业当成自己的事业？还愁老专家老学者不把党的领导当成自己人？

事情也正是如此。章先生虽然受到不公平对待，仍然一如既往地努力工作。他特别注意严格要求自己，帮助青年人业务上成长。有一位年轻编辑写了一本小册子，请章先生审阅。章先生一字一句斟酌修改，甚至连标点符号也不放过，还当面给这位年轻人讲解为什么要这样修改。有的地方章先生认为译得不好，便自己动手重新译过。没觉得自己是摘帽"右派"，缩手缩脚。身处逆境，仍高风亮节，心中没有理想的人是绝对做不到的。

刚才说到杨伯峻先生，他是著名的古汉语专家，北京大学教授，家学渊源，1957年也被划成"右派"。不久，就由北京大学发配到兰州大学。他因为不适应兰州的气候，旧病复发，吐血，想回北京。北京大学不敢答应。中华书局的总经理金灿然说，他是专家，中华书局用得着。王春同志马上行动，又找文化部，又找高教部，经过两年多的努力，终于把杨伯峻调到北京中华书局，还给他爱人安排了工作。王春说，这是总经理金灿然的魄力，其实，没有王春同志的亲力亲为，再好的想法也不可能变成现实。

杨伯峻先生后半生与中华书局同甘共苦，在古籍整理出版工作中做出很大贡献。他的《论语译注》《孟子译注》成为雅俗共赏的经典。记得1972年在湖北咸宁"五七干校"，晚上开完会我回自己的宿舍，碰到杨先生站在大路上，我问杨先生："这么晚了您在这儿干什么？"杨先生说："值夜班，打更啊！"我听了忍不住笑了，因为杨先生不但手无缚鸡之力，风都能把他吹倒，而且一千多度的近视眼，看书都快贴到纸上了，还能值夜班？他见我笑，便说："我看不到小偷，小偷能看到我啊！"看看，多么乐观的一位老先生，身处干校，泥一把水一把，夏天室外气温达50℃，冬天结冰，路滑如镜，他却也坦然相对，心里不是存着对金灿然、王春同志的知遇之恩吗？

王国维的儿子王仲闻

还有一位著名人物，就是王仲闻。第一，他是王国维的儿子。王国维是顽固的封建主义保皇派，他因为末代皇帝溥仪被逐出宫，愤而投昆明湖自杀殉节，鲁迅说他"在水里将遗老生活结束"。第二，国民党统治时期，王仲闻在邮局工作，当时邮局的关键部门由特务机关中统控制，而王仲闻由于工作认真恰好被分派在这一部门工作，于是他就是"特嫌"。后来，因为他要办同人刊物，也没办成，邮局借此把他开除……像这样一种人，在那个年代谁敢使用？尽管他的罪名能落实的似乎也只有一项，那就是"王国维的儿子"。不久，王仲闻业余搞了一本《人间词话校释》，他的学问遂被人发现。中华书局急需人才，金灿然还是那句名言，"他有这个能力，我们为什么不让他干？"王春同志还是那个指导思想，既然是人民内部矛盾，那就在人民内部处理，他有权工作。

其实，中华书局用王仲闻也还是很有分寸的，并不是如大字报所说"待若上宾"，只不过是用其所长，尽其所能，让他做他能做的事。先是让他临时帮助审校书稿。他尽心尽力。街道让他下乡，中华书局人事部门就去跟街道说，他是中华书局的"临时工"，在中华书局有任务，任务没完现在还不能下乡，这样王仲闻就得以每天来中华书局上班了。王仲闻也确实有学问，后来到中国社科院文学所做研究员的沈玉成曾经说过："可以不夸大地说，凡是有关唐、宋两代的文学史料，尤其是宋词、宋人笔记，只要向他提出问题，无不应答如流。"

一次，有位资深编辑查找"滴露研朱点《周易》"一句诗的出处，遍查无着，去请教他。他拿起笔就写出了这诗的全文，并告之此为唐人高骈的诗。沈玉成说："这首诗作者既非名人，诗中也无佳句，从来也没有人提过，当时我们面面相觑，感到真亏他怎么记得。"

又一次，《辛亥革命烈士诗文选》即将发稿，担心还有不妥之处，请他再通读一遍。没想到他竟然找出多处问题。比如："豺狼当道，安问狐狸"，原注引《后汉书·张纲传》，他指出，还有更早的出处，应当引《汉书·孙宝传》；又如"太白"，旗名，原注引《国策》，他说应引更早的《逸周书》。据沈玉成说：指出这些问题，王仲闻全凭记忆，因为工具书上所记载的出处，都是《后汉书》和《国策》。

王仲闻先生对古籍整理的贡献最应该大书一笔的，是他帮助唐圭璋先生整理《全宋词》。唐圭璋先生积数十年之功，编纂了这部宋词总集。唐先生精益求精，约请王先生为《全宋词》核实材料，加以订补。又是中华书局的人事部门按着金灿然、王春同志的指示，与街道再三联系，这个临时工就变成长期工，成为事实上的中华书局职工了。

王先生一次次到北京图书馆查阅核对资料，遍翻有关的总集、别集、方志、类书，甚至笔记、野史，补充了唐先生没有见到的材料，和唐先生一起切磋磨砺，修订了唐先生原稿中的许多考据结论，足足用了四年的功夫。王先生的努力，使新版《全宋词》水平大大提高。唐圭璋先生在他的文章中和谈话里多次提到王仲闻先生的贡献。到后来，中华书局编辑部的一些人看到王仲闻先生的贡献，已大大超越一个编辑对书稿的加工，提出是否在"唐圭璋编"后，增加"王仲闻订补"这样一个署名。唐圭璋先生欣然同意。此事后来虽然因为政治的原因没能实现,但一个"临时工编辑"而"订补"大专家的原稿,提出许多中肯意见,最后大专家居然同意与其共同署名,可见王仲闻先生的学识和贡献,亦可见中华书局用之得当。

上善若水

我之所以对王春同志的胸怀和气魄感触深刻,还因为我自己也有这样一个经历,他也是那样对待我的。而我那时并不是专家,只是一个刚毕业、刚参加工作的青年学生。这就让我认识到,王春并不是因为对哪一个人、哪一件事有好感,才那样做,而是心中装着大的事业、大的目标。只要是对这个大事业、大目标有利,他就会按着党和国家的政策自觉地、努力地去做。

1966年7月,我从北京大学中文系古典文献专业毕业,因为"文化大革命"的原因,在学校等待分配。一年多后,分到中华书局做编辑,接下来去部队农场锻炼,接下来又去湖北咸宁"五七干校",直到1972年,才回到中华书局开始业务工作。这时,离大学毕业已有七八年之久。青春年华,岁月蹉跎。不久,批林批孔、评法批儒开始了。毕业七八年没有工作,我们这些人就像长久被捆着的战马,急于驰骋。看到中央文件中提到的古代作品,听到传说的毛泽东讲话中引用的古代文献,油然而生把它们注解出来为工农兵服务的愿望,心里还想,这不就是把中央文件通俗化,帮助老百姓理解吗?这不就是为工农兵服务吗?到工农兵中去听取意见,又大受工农兵欢迎,那就赶快行动吧!

我主持并执笔了《读〈封建论〉》的写作,我参与了《活页文选》的编辑(前十篇都是中央文件提到的"法家"著作),我还评注了《盐铁论》,评注了《辛弃疾词选》……粉碎"四人帮",王张江姚的阴谋一件件被揭露出来，我深感懊恼，深受打击，深刻忏悔！

王春同志问我：批林批孔批周公你不知道吗？"我真不知道。"

王春同志问我：说天安门"四五"诗抄是反革命的诗，你是这样认识的吗？"不是。"那你为什么还参加批判这些诗？"我没有批判。'四五事件'天安门清场前我还在天安门广场，我知道大家的情绪。北京市公安局来找中华书局党委，请中华书局把这些诗注解明白。党委找到我和其他三四个人，让我们注解好。我注解的那首刚好在《人民日报》上有过注解，我就一字不差地把《人民日报》的解释抄了下来。"

我的说明谁相信？

王春同志相信。

他那时还不是中华书局党委书记。他在《诗刊》社做领导工作。他是我们在干校改造时的领导，我信任他。我和他说话直来直去，无所顾忌，他相信我的真诚。

我那时既不是党员，也不是干部。

粉碎"四人帮"后，王春说，杨牧之还很年轻，以后还有很多工作要做，需要把那几年他的表现写个"说明材料"。

有的领导说，谁也没说他有什么问题，他又不是领导干部，不必写吧？

王春说，得以党委的名义给他写一个，否则多少年后，时过境迁，就说不清了。

这些话，好让我感动。父母兄弟又如何？

给我写的"说明材料"上说："这些小册子的内容，都是按照当时有关文件指示和'两报一刊'社论精神编写的，必不可免的要存在政治上和理论上的错误。""与当时的历史条件分不开，责任主要在领导。""他真诚拥护党的十一届三中全会以来的路线方针政策，工作中勤勤恳恳，兢兢业业，政治上积极要求进步……"

后面盖着"中国共产党中华书局委员会"的大印。

今天，我翻阅这一页纸的"说明材料"，心仍然怦怦直跳。

这些话语，是对年轻人的一种大度，一种宽厚，一种信任，是在年轻人即将绝望时投过来的一个微笑。

年轻人该是多么感激！他们必然会以一种忘我与刻苦的努力回报这宽厚、信任、大度和微笑。

当这些年轻人也老了的时候，他们在回顾他们的一生时，当会庆幸这人生的厚爱。他们只会苦恼，无论怎样做也不能报答这恩情于万一！

老子说：上善若水。

著名学者陈鼓应先生说，老子用水性比喻上德者的人格。水有三个显著特性：一柔，但屋檐下点点滴滴的雨水，经过长年累月可以把巨石穿破。二停留在低下的地方，谦虚、容物。三滋润万物而不与相争。

王春同志以他的品德为这句话做出了最好的注解。

王春可能没有什么大作，也没有整理标点过古书，但是他却重用了写大作、整理标点古书的人。他也不是学术专家，不是教授学者，但是他在危难中关怀、帮助、救济过专家教授学者。他没有疾言厉色，慷慨激昂，争强好胜，咄咄逼人，但他慈善温和、设身处地，给人以温暖，他的话像春雨般滋润人的心田。他在"文化大革命"中挨过斗，挨过打，戴过高帽子，游过街，但他却以博大的胸怀，无比的慈善，关怀过做过错事的年轻人。天下最紧要的事是人才，王春不正是从事这最紧要事，又卓有成绩的专家吗？一个党的关键是得人心，王春的作为不正是努力给共产党争取人心，共同去建设伟大的中国吗？

王春同志去世十年了，在他快要离休的时候，他在《以诚待士三十年》一文中写道："在即将离休之际，以依依不舍的心情对这些同志给予我的信任表示衷心的感谢。"

他依依不舍中华书局的同志，依依不舍同志们的期望和信任，依依不舍和中华书局同志们共同奋斗的事业。

今天,我们可以告慰他的是中华书局事业蒸蒸日上,业务是中华书局历史上最好的时期;中华书局一代新人在成长,老同志、中年同志、青年同志,梯次清晰,和谐奋斗。

薪尽火传,王春同志您可以安心地休息了。

2009 年 8 月 初稿
2010 年 5 月 修改

(此文写作时参考了《回忆中华书局》一书,特此说明)

怀念阴法鲁先生

（一）

收到我的同班同学崔文印郑重送我的《阴法鲁学术论文集》，十分感慨。我从头读到尾，包括"前言"和"编后记"。"前言"是以给《文史知识》写的一篇文章作为"代前言"的。我细数"论文集"中共收有五篇阴先生给《文史知识》写的文章。那些年我正主持《文史知识》编辑工作，重读这几篇文章，当年向阴先生组稿的种种情景——浮现在我眼前。阴先生有求必应，以他的音乐史研究这份很少有人企及的成果，给刊物平添了许多亮色。《学术论文集》前的几幅照片，也给我很深刻的印象。看着照片，仿佛阴先生就在我们面前：阴先生青年英俊，阴先生与师母马恩惠老师的合影，阴先生一家三口的天伦之乐。特别是《学术论文集》最前面的那幅阴先生的肖像照，可能也是先生离今天最近的一幅照片，让我觉得，阴先生即便走了，目光依然专注，嘴唇闭得严严的依然不苟言笑。这几张照片，展示了阴先生的一生和阴先生的为人。

我合上书想，如果阴先生生前看到他这部《学术论文集》，他会怎么想，他满意吗？

阴先生出身于北京大学中文系。1937年"七七事变",他刚读完二年级。随着抗日战争爆发,北大、清华、南开三校联合南迁长沙,成立临时大学,阴先生追随前往。1938年,临时大学又迁往云南,成立西南联合大学,阴先生又前往就读。大学本科毕业后,阴先生进入北大研究院文科研究所,读研究生。1942年研究生毕业,留校任研究助教。

据白化文先生考证,阴先生在文科研究所的那一期,人才济济。同时毕业的还有文学部逯钦立,史学部杨志玖、王明,语学部马学良、周法高,哲学部任继愈等等,都成为一时翘楚。白化文先生说:"成品率达百分之百。"颠沛流离而成才者众,那一时期西南联大的业绩,颇令人遐想。

1946年,抗战胜利后第二年,阴先生随学校迁回北平,后辗转北大历史系、科学院史学所,直到1960年又回到北大中文系。

我作为阴先生的学生,阴先生最让我敬佩的是对自己的严格,一生谦恭和严谨;而对别人,始终热诚、宽厚和栽培。有人说,这种品德是中国标准的为师之道。有标准是不是能够达到标准?近年我常想,这种为师之道在今天该怎样坚持和发扬呢?

(二)

阴先生从大学毕业便开始了中国音乐史的研究。一生锲而不舍,取得了学术界公认的成果。我在先生的《学术论文集》附录中,有幸看到先生研究生毕业时写的论文《词与唐宋元曲之关系》手稿(影印),蝇头小楷,一百六十余面,字字工整,令人叹服。这篇论文是先生以音乐形式解释文学问题的大胆尝试,也是先生围绕音乐史,进而探讨音乐文化、文化史的开端。接下来,先生又修改1939年写作的《先汉乐律初探》,写作《唐宋元曲之来源及其组织》,研究成果渐多。但是阴先生写完后都不急于拿出去发表，就连五六年前写的文章《先秦汉律初探》，修改后仍要再次刻写蜡纸油印出来，继续征求专家意见。阴先生刻写蜡纸水平很高，到上个世纪60年代，给我们讲授《史记》《诗经》专书时，所有辅导材料还都是先生自己亲手刻写油印，一笔一画，一丝不苟。这些材料至今我还收藏着。

他的一个重大贡献，是和杨荫浏先生合作破解了南宋词人姜白石所存词曲。姜白石留给后人的歌曲旁谱，是留存至今唯一的宋代乐谱，可惜已经没有人能够读懂，也就没有人能够演奏了。这是十分遗憾的。阴先生认为研究破解姜白石创作和记录的音乐作品，可以了解七八百年前宋代乃至唐代的音乐，于是他下决心破译。他充分运用他的音乐与诗歌结合，音乐史与诗歌史联系的观点，认真掌握地上保存和地下发掘的中国古代文化史资料，把对古代音乐的研究做成一个大系统，终于取得突破。他和杨荫浏先生合作，阴先生发扬了他对古典诗词的深厚功底，杨先生凭借着对古代音乐的高深造诣，两人珠联璧合，终于完成了《宋姜白石创作歌曲研究》，使仅存的宋代曲谱重新悠扬，使今天的人可以听到近千年前的古乐。

但阴先生以他一贯做人的原则，很少谈他的这一贡献。当有的同志谈起这一了不起的成果时，他先是说："近年来许多音乐史家都注意到中国音乐史既不能和诗歌史分离，又是和中国古代文化密切相关的。"把自己放入"许多"研究者之一员的地位。再问他，他便会说那只是"学习前辈研究方法，从事整理运用音乐史料的点滴体会"。

阴先生的研究很注意对外国音乐文化的探索。他把不同国家音乐文化中相同相近的东西拿来，从它们相互借鉴或吸收中寻找本来面目。比如，现存的相和大曲中有《陌上桑》(即《艳歌罗敷行》)，后来发展成乐府《秋胡行》。讲的是秋胡结婚三天便外出谋官。多年后，得官荣归。"睹一好妇。采桑路旁。遂下黄金，诱以逢卿。"采桑女断然拒绝。夸赞自己丈夫多么好。回家后，发现桑园中调戏自己的竟然就是自己的丈夫。于是羞愤难当，便投河自杀了。

阴法鲁先生在日本讲学

阴先生发现印度拉贾斯坦有一支歌曲,内容与《秋胡行》大同小异,只不过"回到家时,女子喜出望外地发现那个男人原来就是她那远出归来的丈夫"。

阴先生从中看出,两国音乐文化互相影响,而由于两国历史文化背景不同,道德观不同,音乐或诗词也就不同了。阴先生的探讨是很有意思的。

我又想到他考察西藏时的一件事。

1959年,阴先生还在中科院历史所做副研究员,参加了西藏考察工作。先后四个多月,几乎走遍了西藏所有大的寺庙。对于这次考察,同去的考古专家、佛教考古的开创者宿白教授有过记述。宿白教授说,当地把寺庙的钥匙给我们,用专车拉着我们到处跑,愿意上哪儿就去哪儿,所以效率很高。在西藏奔波山仲曲河北岸的萨迦北寺,阴先生在狭窄阴暗的藏经殿中,发现了一大批约五百五十卷汉文经卷。经宿白教授鉴定,这一大批经卷就是《金藏》。白化文先生说:此藏是元宪宗蒙哥六年(1256年)印造,舍入当时燕京的大宝积寺。不知何时入藏萨迦寺的。它可以补《赵城金藏》之不足。宿白先生对阴先生说:"你这可是伟大的发现啊。"宿白先生因为高兴而特别地光大其事。确实，如果不是阴先生深入尘封土掩的经卷中去翻看，不是他多年养成的钻研精神，这批经卷可能至今仍沉睡经殿。而后来，任继愈先生主编的《中华大藏经》，也确实把可以补《中华大藏经》影印底本《赵城金藏》之不足的《萨迦寺金藏》部分影印补入。可见阴先生这一发现的重大意义。当访问阴先生的同志问他，您是不是在萨迦寺发现了《金藏》。阴先生很平淡地说："在萨迦寺看到了一批汉文佛经。"这就是阴先生。

阴先生这种谦逊精神贯穿了他的一生。

上个世纪90年代，阴先生已经七十多岁，商务印书馆要给阴先生出一部论文集。谈了多次，先生终于答应了。他把自己的文章再三筛选，反复斟酌，编好送出。但阴先生总担心论文集中有什么不妥之处，送出不久，又托人把他的论文集书稿从商务印书馆要回，再加审核。可是，先生身体一年比一年衰弱，精力一年不如一年，在他八十七岁去世前，终未能将书稿退回商务印书馆。

阴法鲁先生全家福

阴先生去世后，他的儿子应中华书局之请，将遗稿送中华书局出版。责任编辑在翻检编排时，发现阴先生已经做过很多加工。

阴先生不马虎、不急躁，对读者负责，对自己负责，直到去世都没把稿子交出。这种严于律己、精益求精的精神实在让我们这些学生敬佩。而《学术论文集》没能在阴先生去世前出版，也让我们做学生的倍感遗憾。

后来，我已不在中华书局工作。当我拿到此书的责任编辑崔文印送我的《阴法鲁学术论文集》，我内心由衷地感谢他。文印不但实现了我们的愿望，而且把书编得精心、严谨，印制得大方而庄重，实在是代表了阴先生的弟子的心愿，是给先生献上的一瓣心香。

（三）

阴先生对我们，对他的学生、同事总是满腔热诚，一片忠厚。

阴先生是我的老师，我不但听过他的《史记》《诗经》专书课，他还是我的毕业论文指导老师。那时我们三四个人集体译注《辛弃疾词选注》，由阴先生指导。白天有课，常常在晚自习时请阴先生来辅导。阴先生不嫌累，晚上总是急匆匆地从家里赶到中文系办公室所在的二院，给我们答疑。有时我们会发现阴先生指甲旁还有滞住的面粉，那肯定是刚忙完家务。我们几个同学你瞧瞧我，我瞧瞧你，内心都不平静。每当这时，我们都会尽快地把非提不可的问题问完，以便让阴先生早点儿回家休息。

后来，因为"文化大革命"愈加热闹，"辛词选注"没有搞完，不过，我记着阴先生的嘱咐，办事要有恒心。在"文革"后期，借"开门办社"的机会，和社科院文学所的胡念贻、陈毓罴等先生合作，搞了一本《辛弃疾词选》。"文革"结束之后，我又写了一本小册子《辛弃疾》，由中华书局出版，总算向阴先生交了作业。

阴先生对我的培养我是永生难忘的。

1985年,我在中华书局编《文史知识》。一天,阴先生找我去。他说,他因为有事要出去一段时间,希望我能接替他给学生讲授《诗经研究》专书课。我大吃一惊!这个课是北大中文系、历史系、图书馆系高年级学生的必修课,听完还要考试,考试成绩要记入档案,我哪里有资格给北大三个系的学生教授专书课啊。阴先生说:"你可以,不用担心。"我怎么能不担心呢?我没开过这门课,必须一讲一讲从头备课写讲义;再说,每周讲一次,每次半天,三个多小时,那要准备很多材料啊!何况,我是一个月刊杂志的负责人,设计选题、组织稿件、终审发稿、宣传推广等等,已经够忙了,实在没有勇气接下来。阴先生见我畏难,又说:"你讲吧,有问题一起商量。"

望着先生期待的目光,我没有办法拒绝了。当然,去北大讲课的光荣对自己也是个动力,我接受了阴先生的邀请。

北京大学距我家很远,当时我住在社科院东边建国门内的南牌坊胡同。那时,工资很少,打不起出租车,坐公共汽车,路途遥远,怕身不由己掌控不了时间,耽误上课。所以,每到讲课的那一天,我就骑上自行车,早六点从家出发,一路奔西,七点五十分前到北大的教学楼门口,放好自行车,擦把汗,走入教室,八点钟正式上课。

阴先生见我往来太辛苦,又去学校申请派车接我。我因为当时还只是副编审,相当于副教授,不够专车接送的资格,在阴先生还有当时教研室副主任严绍璗先生的再三要求下,学校同意我打车往返。后来,我当了编审,阴先生、严绍璗先生又马上要求学校派车接送。我至今感念不已。

一天,教研室秘书通知我,下次阴先生要来听你讲课。我脱口而出,我讲得不好,千万别让阴先生来浪费时间。

其实,先生是导师,又是教研室主任,听教师讲课,考核讲授质量,以便改进,乃天经地义之事,但我不懂规矩,只想了一个方面。阴先生为人笃厚,今天想想,可能他感到了他要来听课让我产生的紧

> 遥想当年,戈壁彩霞,祁连积雪,曾映照丝路驿亭,远近驼铃阵阵,天马长鸣,万匹绸锦,结成绚丽虹桥,横贯西东,使节奔波,商旅跋涉,僧徒巡礼学士吟咏,交有艺人来往,歌舞如生,往事成陈迹,深印人心中。喜音令日,艺坛威举,文思驰骋形象分明,乐声悠扬,霓裳缥缈,鲜花如雨,观者勤容,回忆千年故事,愿寰球人民友谊日增,迢迢古道,春风烂漫,已获新生。
>
> 一九九零年十二月录拙作观舞剧丝路花雨有感 求方家指正
>
> 阴法鲁

阴法鲁先生的字与他做人一样一丝不苟

张心情,真就没来。至今想起这件事,我仍然感到自己做得不对。

不久前,阴先生的学生、现在复旦大学任教的葛兆光教授,给我寄来他当年听我讲课的笔记,让我颇为感慨,深深怀念培养我、推着我进步的阴法鲁先生。

其实,阴先生除了体谅学生,发现学生的错误还是会及时指出的,不过真的是很注意方式,注意时间地点,注意给学生留面子。

严绍璗先生曾给我讲过一件往事。1974年,他第一次访日归来,在专业教研室介绍访日情况。那时,"文化大革命"还没有最后结束,出国访问还是挺稀罕的事,所以听讲的人很多。他讲到京都宇治市有一座万福寺,是日本临济宗中的黄檗宗的总本山。当时严绍璗把黄檗(bò)念成黄檗(bì)。第二天,阴先生在路上碰到严绍璗,叫住他说:"老严,你说的京都那个寺庙,应该叫黄檗(bò)

宗，不叫黄檗（bì）宗。有一种树就叫黄檗（bò）。"阴先生还说："古文献出身的人，这个字要认识。"严绍璗脸红了。阴先生便说："不过，陌生的字很多，都记住也难，平时留心就可以了。"严绍璗心里很温暖。阴先生本来昨天当众就可以指出他读错了，但阴先生是顾到严绍璗的面子，没有说。严虽是他的学生，年龄也比他小很多，阴先生仍然考虑得很周到。对比阴先生的严于律己，这种宽厚待人不是更让人感动吗？

如今，当年那个年轻、幽默、业绩丰硕的严绍璗先生已近古稀之年，我们这些比严先生晚两届的阴先生的学生，也都两鬓斑白。大家回忆起阴先生，心里仍然充满温暖，充满感恩。阴先生就像我们的父兄。但是，回顾阴先生的一生，我们也愿意阴先生不要总是那么"谦恭"，您也放开一些，和您的学生说说自己的快乐，说说自己的烦恼，那对您的身体一定有好处。

阴先生我们怀念您。

2010 年 8 月 10 日

负疚使人永远不安

—— 纪念魏建功先生

有一件事，藏在心里让我不安。本以为时间一久，便会变淡，不知何故，年纪越大不安越甚，碰到机会，这负疚便来折磨我。

在2001年的第五届国家图书奖评选会上，北京大学的曹先擢教授介绍《新华字典》发行达三亿册，说中国历史上还没有一本书可以和它相比，给它奖励是完全应该的。他特别强调说，在表彰《新华字典》时，我们不能不提到的一个人，这个人就是魏建功先生。他主持编修《新华字典》，功劳卓著，贡献很大。当时，听到魏建功先生的名字，我心里为之一动。

最早一次提到魏先生使我震动，使我不安、负疚的，是在1974年。那时，"四人帮"还在台上，"文化大革命"还没有完全结束，我和后来回北大做教授的褚斌杰先生，奉命去武汉大学，找谭介甫先生商量修改他的《屈赋新编》。当时，出版业务还没有真正恢复。周恩来总理知道老先生有这样一部著作，要求中华书局给他出版，也许这是周恩来总理的一个深意吧？因为在这之前，从"文化大革命"开始以来，研究中国古代文史哲的书只出了一部，就是非常有名的章士钊先生的《柳文指要》。《柳文指要》之所以得以出版，是因为毛主席亲自下的令。但中华民族五千年文明毕竟是要继承的，毕竟是不可一笔抹杀的，莫非周恩来总理通过力主出版这部著作要说明这一点？

谭介甫先生是大学者，一派儒者之风。帮他修改稿子的任务完成后，他请我们去他家里吃饭。席中，谭先生问褚斌杰："先生尊师是哪一位？"中国学者是讲究师承的，褚斌杰先生是忠厚长者，学养深厚，他谦虚地说："不敢，恩师是游国恩游先生。"谭先生又面向我，问道："您的尊师是哪一位？"当时，虽然我已从北大毕业六七年，但因为"文化大革命"，并没有真正工作多久，何况，我和谭先生差着辈分，谭老称我为"您"，我很惶恐，正想着该如何回答，褚斌杰先生大概看我犹豫，便代我回答道："牧之的尊师是魏建功魏先生。"

我记得很清楚，听到斌杰说到魏先生的名字时我心里一震，顿时脸红心跳，一时间，不知说什么好。心思从白发苍苍的谭先生面前，从丰盛的湖北人的饭桌上，回到了"文化大革命"北京大学大批判的日月。我们响应伟大领袖的号召，我们愤怒批判认真教授我们的古典文献专业教研室的老师，说他们用"封、资、修"毒害了我们。

北京大学中文系古典文献专业是1959年成立的。成立时，翦伯赞、吴晗、齐燕铭、魏建功、金灿然等大专门家兴致勃勃，要培养古籍整理与出版的人才，要为整理国故，批判继承中华民族文化遗产培养接班人。我1961年入学，是这个专业的第三届学生。学的课程有《论语》《孟子》《老子》《庄子》《左传》《诗经》《史记》等专书课，有"古籍整理概论""目录版本学""文字音韵训诂""工具书使用法"等专业课。试想想，这样一批人物发起建设的专业，学的又是这样一些功课、这样一些内容，"文化大革命"起来，能不成为批判的对象吗？

魏先生是教研室主任，毫无疑问首当其冲。魏先生是著名语言学家，北京大学中文系早有三个"概要"之说，即胡适的"中国文学史概要"、沈兼士的"文字形义学"、魏建功的"中国声韵学概要"。这三个"概要"是中文系的骄傲，魏先生的大著名列其中，可见先生造诣之深。魏先生讲课十分投入，记得一次他给我们

魏建功先生在写作

讲授"文字音韵训诂"课。他教我们什么是古音,什么是今音,今古音之区别,古代人如何吟诵诗文。说着,他便吟诵起《醉翁亭记》来,随着那抑扬顿挫的吟诵,眼里流出了泪水,先生真的进入了作者塑造的境界里去了。读到后来,声音哽咽,泪水模糊,难以自持。至今我仍然清楚记得魏先生当时的音容笑貌。这便是一大罪状,叫"发思古之幽情"。为什么要发思古之幽情?显然是对今天的社会主义不满。为什么流出眼泪?可见不满之深,思古之重。当时,我们这些自诩为"革命小将"的学生就是这样给老师上"纲"!真是欲加之罪,何患无辞?细想想,今天还有哪位老师能够这样投入地、热诚地给学生讲今古音,并且以身示范?

还有一件事,"文化大革命"中有人揭发,说魏先生被鲁迅骂过。鲁迅是何许人!中国文化革命的巨匠,文化革命的旗手。那个年代的认识,鲁迅骂的一定对,被鲁迅骂过的人一定不是好人。其实,事情本来很简单。1922年12月,北大庆祝建校二十四周年,学校戏剧社演戏庆贺,鲁迅陪俄国盲诗人爱罗先珂看了北京大学剧社的演出。随后又看了燕京女校学生的演出。看完后,爱罗先珂写了篇剧评,发表

魏先生的隶书十分有名

在《晨报副刊》上。剧评批评北大剧社演得不好,"学优伶","做猴子状",是"退化的孩子"。表扬燕京女校演得好。这一文章在北大引起强烈反响。魏建功先生当时是北大剧社的负责人之一,看了文章十分愤怒,便写了《不敢盲从!——因爱罗先珂先生的剧评而发生的感想》,加以反驳,还特地在盲字上加了引号。鲁迅便写了《看了魏建功君的〈不敢盲从〉以后的几句声明》,批评魏文。其实魏先生的文章不过是一个大学生的年轻气盛之举,鲁迅的"声明"发表后,他也就没有再讲什么,仍然以崇敬之情去听鲁迅的"中国小说史"课。后来,矛盾解除,魏先生与鲁迅的来往反而更加密切。他们的交往,在鲁迅的书信中多有记载。比如,1926年7月19日,鲁迅致魏先生信,感谢他热心协助校订《太平广记》。鲁迅的日记里还记载魏先生协助鲁迅校订《唐宋传奇集》,送书到鲁迅家,并共进晚餐云云。在1929

年5月30日鲁迅致许广平信中说:"晚上来了两个人,一个是忙于翻检电码之静农,一个是帮我校过《唐宋传奇集》之建功,同吃晚饭,谈得很为畅快,和上午之纵谈于西山,都是近来快事。"可见爱罗先珂之风波早已过去。

1985年,八十五岁高龄的冰心先生在《我的大学生涯》一文中,把此事写得十分轻松,她说:"记得有一次鲁迅先生和俄国盲诗人爱罗先珂来看过我们的戏——忘了是哪一出——鲁迅先生写过文章说爱罗先珂先生说我们演的比当时北京大学的某一出戏好得多。因此他和北大同学还引起了一番争论。北大同学说爱罗先珂先生是个盲人,怎能'看'出戏的好坏?"冰心先生的叙述是客观的,而且是当作一件有趣的往事。

其实,魏先生早已对自己的行为做过反省。风波之后魏先生和鲁迅的来往、帮助鲁迅校刊的行动便做了有力的说明。

1956年,事情过去三十四年之后,魏先生在《文艺报》上撰文(《忆三十年代的鲁迅先生》)回忆鲁迅先生时,又一次做了自我批评。他说:"由于我年少好胜,意气用事,想不通爱罗先珂怎么能看见我们做猴子优伶,同时燕京女校同学以女扮男又不见怪。我把辩解的真实话弄成尖刻失态的言语,对爱罗先珂进行了人身攻击,对一个残疾人失去了应有的同情。先生因而写了这篇斥责我的稿子。"

从这一件事,从几十年来魏先生对此事的回忆和反省中,我们可以看出魏先生是一个多么可亲、可敬、率真的性情中人,是一个多么坦诚、磊落、表里如一的人。

回想在北大做魏先生学生的五年中,从未听他说过自己,没听他说过自己有什么著作,也没听他说过自己为社会做的贡献。直到我毕业多年,在工作中才渐渐了解了魏先生的业绩。1937年,他为了支持抗战,在云南蒙自就地取材,用白藤治印,义卖收入悉数捐给抗日前线;1945年,抗战胜利后,为清除日本帝国主义在台湾五十年奴化教育的影响,促进台湾回归祖国,他毅然去台湾推行国语,创办《国语日报》；1953年，他苦战三年，主持编纂了今天无人不用的《新华字典》；1959年，他与同好受命创办古典文献专业，培养古籍整理出版人才；后来，他积极参与文字改革工作，主持完成《汉字简化方案》并编成《简化字总表》等等，哪一件都是开创性的壮举，哪一件都是尽心尽力为自己的祖国、为人民服务。正如我的同学文印君所概括的："凡此，都体现了一种精神——作为学者，魏先生不忘自己的本分；作为中国人，更体现了先生伟大的爱国情怀。"

呜呼，"云山苍苍，江水泱泱，先生之风，山高水长"。作为他的弟子，我们为有这样好的先生而自豪；作为他的学生，我们一定会学习他的做事、为人的精神，以先生为榜样。

在席中，谭介甫先生问我的老师是谁，魏先生给我们讲过课，又是专业的负责人，当然是老师无疑。褚斌杰先生代我回答，本是如实奉告。但在我点头之后，我却抬不起头来。想当年，自己无知，却把知识当成毒草；为了表现自己的"革命"，就忘记先生传道、授业、解惑的苦心，如今谭先生问我，我又用老师的名字装点自己，心里实在感到愧疚。

一晃过去三十多年了，我的愧疚没有丝毫减轻。我想，在一个讲究尊师重道的社会中，一个把老师等同于"天地君亲"的民族，居然发生过这样的事，历史是多么会教育人啊。

2010年1月6日修改

编辑部里的年轻人

转瞬间《文史知识》创刊三十周年了。想当年《文史知识》的青年朋友在创业中学习,在工作中结成战斗情谊,紧张而快乐。今天,回想三十年的历程,这些年轻人当年的奋斗身姿一一呈现在我的眼前,让我兴奋和快乐。"相知未变初衷",我用我的回忆,表达我对共同奋斗的年轻朋友的敬意。

"管家"华小林

《文史知识》的"管家"是华小林。《文史知识》没有什么钱,也没有"小金库",有点钱也就是这期一个"补白"五元,那期一个图片三元,因为是编辑部人自己做的,就留下来充公了,日积月累,有那么几百元钱。这几百元钱因为是"日积月累",又少,谁也不当回事,但华小林却能记录、保存得清清楚楚,一分不差。难得。

我第一次认识她是在她分来总编室工作的那天早晨。人事处的同志陪着她来到办公室,介绍过后便走了。当时总编室负责人是俞明岳。俞老先生,原本是公私合营前中华书局股东之一,有点中华书局的股份,"文化大革命"中没收不算数了,但后来落实政策,政府又发还了,说是有几十万元,有的说二十多万,有的说三十多万,谁也说不清。在上世纪70年代,二三十万可是一笔大钱,比今天二三百万威力还大。这俞老先生为人极好,《文史知识》创刊号,他出资买了一千册,送人。那时还没有"赞助"一说,我常想,就凭俞先生这一壮举,《文史知识》要记他一辈子,感谢他一辈子。

我刚到总编室时,因为只有一间办公室,我坐在老先生对面。老先生对我说:"从今以后,打水、扫地、擦桌子归你。"那当然,老先生那时也有六十多岁了,这些事当然该我干。

话说回来,人事处同志一走,俞老先生便对华小林说:"从今以后,打水、扫地、擦桌子归你了。"我愕然,想笑,难道我出师了?因为只有一间办公室,华小林的办公桌就打横在我和俞老先生的办公桌旁了。

华小林穿一件半长的粗呢外套。清秀,话不多。那时也就二十出头。一早来了就打水、扫地。有时我来得早,就把水打了、地扫了。没听她谢过,眼神却瞧着我笑笑。

后来,办《文史知识》,我就把她拉过来,让她负责所有编务的事。

她最主要的一项工作是负责刊物的装帧设计,后来《文史知识》在设计上的庄重、大方、书卷气的风格,就是从那时候奠定的。

她没有学过美术,也没学过装帧设计,但她能借重懂行的专家,比如曹辛之、张慈中、范贻光、王增寅、杨华如等,她都请来出谋划策、帮她设计。渐渐地她也很在行了。

我曾写过一篇谈刊物版式设计的文章,题目叫《版面建筑师的威力》,文中说:"我常想,一个版面设计者好比是一个建筑设计师。他面对一片'空白',要把手边的'建筑材料'(文章、标题和图片等)安排妥当,就如同建筑设计师,要在一片荒芜的土地上建筑起高楼大厦一样。"这段感想就是从华小林的实践得到的启发。

她是学历史的，把自己的所学努力地应用在版面设计上。有一篇《投壶趣谈》的文章，介绍古代的投壶活动。她遍翻资料，找来河南南阳市卧龙岗汉画馆的投壶石刻画。画面上一只壶，壶两面各有一人正在抱矢投掷，两人之旁，一大汉席地而坐，醉态毕露，一望而知他是投壶场上的败将，多次被罚酒，已不能自持。这幅汉代石刻画配得多么好。看了这幅画，对汉代投壶游戏就很容易理解了。

华小林对刊物版面的细微处很是用心，看出她对刊物的热爱。《文史知识》上有一些装饰图案，古色古香，很适合刊物风格，最见特色的是版头、尾花。杂志一般都分栏目，栏头有时要加一个图案，叫做版头。文章结尾，剩下一二百字空白，点缀一个小图，称为尾花。版头、尾花都是很细微的地方，华小林在这方面很动脑筋，版头常用篆刻图章，每期变化不同；尾花常用动物肖形印，生动有趣。一图之微，常得读者好评。

编辑部里比她年龄小的、比她年龄大的，都管她叫"小林兄"。透着亲切和对她的尊敬。她父母都已去世。姐姐在美国搞研究，做着联合国的项目。妹妹在美国读书、工作。问她，你一个人，为什么不去美国和姐姐、妹妹在一起呢？她笑笑说，我还是守着家吧。一只鹰（姐姐叫小鹰），一只燕（妹妹叫小燕），最后都还是要回到林（小林）中来的，这是命运的安排。

后来，她升任《文史知识》编辑部副主任。再后来，中华书局成立了一个方志办公室，需要一位踏实、肯干、有经验、懂历史的人负责，她便离开《文史知识》编辑部，到那里去做编辑室主任了。

风华正茂的余喆

余喆是《文史知识》元老之一。他来《文史知识》工作，颇有些偶然。

《文史知识》创刊之初，需要一个专职校对。中华书局有校对科，兵强马壮，能校中国古书，能校二十四史，那水平还能差吗？但《文史知识》是月刊，给校对留的时间很短，按一般书稿流程，来不及，非专设校对不可。我们就请书局出版部推荐一位能干的校对。一天，我在中午休息时到楼上校对科，想先见见他们推荐的那位校对。敲门而入，室内几位正在打扑克牌，没人理我。他们有的脚蹬在桌子上，有的激动地甩着牌，旁若无人。只有一位个头不算高的小青年过来和我说话，很有礼貌地问我找谁。问答有致，彬彬有礼，告诉我我要找的人没在。他的做派与旁边几位大战扑克的人形成鲜明对照，我十分中意。心里就有了倾向，回去和有关同志商量，就把他调到了《文史知识》编辑部。他就是余喆。那位上面推荐的人没来，认都不认识的余喆来了，这不是偶然吗？但他的素养让我喜欢，这又是必然。缘分让我们一起工作了十来年，共同经历了《文史知识》创业之初筚路蓝缕的艰难岁月，结下了常人难以理解的友情。

"青春的岁月是人生最怀念的岁月"，这是余喆在他的一篇随笔《风华正茂的歌声》中的一句话，这句话颇勾动我的心弦。

余喆来《文史知识》后，就什么都干起来了。既是秘书，负责稿件收发，信函往复，又管校对，又负责跑厂，他就是半个编辑部。

办刊物，尤其是月刊，按时出刊是头等大事。那时的印刷厂奇货可居，不像现在是买方市场，全国高、中、低档各色印厂一二十万家，此处不给印自有给印处。那时可不行，印厂看不上你，你就惨了。余喆逐渐摸清规律，他看出来要想让人家服务好，首先要给印厂"服务"好。这"服务"不是请烟送酒，而是工作的配合。印厂那时主要还是铅排，工作量大，工人工作很辛苦，所以要求也多。稿件一定要齐清定，不可换来换去；版式一定合理、明白，不可倒来倒去；插图一定事先制好版，不可拼版了，插图版还没制好。余喆很快就弄明白了其中的要害，三个环节做得干干净净，利利索索，深得工厂师傅好评。因为活做得好，《文史知识》稿件一到，立马排版，从没有因为编务拖过期。

后来，我们和新华厂排版车间的师傅成了朋友。一次，余喆张罗着请排版车间师傅聚一聚。我、黄克和余喆，差不多就是全编辑部了，一起在西单曲园请排版车间调度严征祥师傅吃饭，那就是朋友之情了。

余喆十分用功。当时《文史知识》编辑部只有四个人，每个人都得是文武全才，余喆十分注意在工作中学习。他为给"怎样欣赏古典诗词"栏目组稿，去拜访美学大师宗白华先生。事前找来宗先生的著作认真阅读，做足了美学功课。见到宗先生，便向他请教"中国诗的艺术意境"的特点，请他讲"中国山水画与山水诗的关系"。老人在家很寂寞，见到有中华书局的编辑来访，来访者所问在行，又是他一肚子心得的中国美学问题，便侃侃而谈，上下古今，妙语如珠。余喆还背诵了宗白华先生的得意之作《流云》："诗从何处寻？在细雨下，点碎落花声；在微风里，飘来流水音！在蓝天末，摇摇欲坠的孤星……"老人更为激动，欣然应约，很快就给《文史知识》寄来稿件。

又有一次，他陪我去古典文学专家蒋和森先生家里拜访。蒋先生很有学问，年轻时写就《红楼梦论稿》，坊间传诵，名满天下。由于蒋先生是夜里工作，上午休息，我们便十一点多如约而往。蒋先生用功甚勤，在研究唐代文学之后，完成《中国文学史》的编撰，又开始小说创作。我们访问的时候，他正在写作长篇历史小说《风萧萧》《黄梅雨》。出来之后，余喆十分感慨，看到蒋先生十分瘦削，比实际年龄苍老许多，感到做学问之不易，但他又从中悟出，做学问就得像蒋和森先生这样上下求索，不怕憔悴。后来，他四处求寻蒋先生的著作，提高自己。

就是这样努力，余喆很快也可以做编辑工作了。

早期，《文史知识》编辑部只有四五个人。余喆年轻，脑子活，看我和黄克忙于组稿、编稿，便在经营上动脑筋。一次，我们得知周振甫先生在甘家口物资部礼堂讲授古典文学，余喆便约上黄克、胡友鸣三个人，一人一辆自行车，每人车后驮一包《文史知识》，顶着夏日正午的太阳，去现场售书。没用二十分钟，所带刊物全部售光。他说得好，这售书不是卖几十本刊物的问题，而是扩大宣传的手段。那时走出去营销在中华书局还是新生事物，很惹人关注。回程时，见路旁一小饭馆正在卸啤酒，三个人跑进去，一人一升，痛快淋漓，边喝边筹划着下一个活动。至今回忆那段往事，余喆还不忘当日的豪情。

日月如梭，二十多年过去了，那真是不能忘怀的岁月，不可复制的生活啊！余喆说：转瞬间离开《文史知识》十七年了，每当长夜灯下，对着披霜的双鬓悠悠地回想，仿佛自己又骑着自行车，车后架上夹着刚刚编成的新的一期《文史知识》稿件，在淡淡的景山故宫两旁的槐树花香中，驰向工厂……

今天的余喆虽然不复当年的清俊，不复当年的秀发，但生活的磨炼、工作的拓展，却使他更加成熟和稳重。

《文史知识》的朋友欢聚在 2010 年（左起：黄松、余喆、杨牧之、张荷、胡友鸣、冯宝志）

第三任掌门人胡友鸣

说到友鸣,他也算《文史知识》的一个"元老"了。他在《文史知识》只有四个人时就来到编辑部了。但那时他还是在北大中文系毕业前来实习的学生。

后来给我印象很深的是一件小事。刊物创刊不久,为扩大影响,我们便带着《文史知识》及中华书局新出的一些书去北大三角地销售。正值北大吃午饭的时候,很多学生端着饭碗,一边吃,一边翻着刊物。有一个学生问:"饭票要不要啊!"我想,我们要你们的饭票有什么用啊!开玩笑吧?这时一个声音说:"行,你买吧,可以用饭票。"回头一看,正是北大实习生胡友鸣。我很高兴,心想,这小伙子倒很热心,顿生好感。从远了说,这真是为读者着想,学生吃饭,没有带着钱;从近处说,他对刊物真有一份热情,想办法推销。

后来,他就留了下来。这一留就是大半生。从毕业前的实习开始到今天,最终成为《文史知识》第三任"执行主编",算起来他已在《文史知识》干了二十八九年。他说,《文史知识》创刊后的第二期校样他看过。那还真如他自己所说:"《文史知识》多大,我在《文史知识》年头就有多长。"

抛开一切成绩不谈,单从对《文史知识》的坚守,我也愿意为友鸣写上一大笔。这种坚守,不是指岗位的坚守,不是指头衔的坚守,而是对《文史知识》风格、精神的坚守。这在他"掌门"的十三年中体现尤为突出。

《文史知识》的组稿原则:名人写名文。写这个题目的一定是研究这个题目的"名人",也就是专家。这个专家写出来的文章,够不上"名文",一定退改。既不要给刊物丢人,也不要给他自己丢人。落实这个原则,大概就是《文史知识》受欢迎的一个原因吧？后来我们都走了，友鸣仍然坚守着这一原则。

有一次，刊物决定介绍《山海经》。谁能写，友鸣说：当然是四川的袁珂先生，他是中国著名的神话研究专家。于是友鸣便给袁珂先生发了一封组稿信。很快，袁先生便寄来他打算写的文章的提纲，还有一篇已经发过的文章。那意思是说，如果你们急，发过的你们可以再发一次。胡友鸣不肯通融，他说，别家刊物已用过，我们《文史知识》不能跟着用。可是，如果等着袁先生写就不知哪年哪月了。换其他人再写，没有袁珂先生写的有影响，于是，友鸣亲自动手。他找来了一批袁先生发表过的文章，参照袁先生的提纲，用袁先生既有的观点，尽力体现袁先生的语言风格，很快就又写了一篇，然后寄给袁先生过目。袁先生很是感动。后来，袁珂先生到北京开会，专门到中华书局《文史知识》编辑部答谢，说，没见过这样的刊物，没见过这样的编辑。

这种事例太多了。比如，要找人写王安石变法，友鸣坚持要请宋史专家邓广铭先生；邓先生太忙，他们就请另一位宋史专家漆侠先生。要写魏晋文学，请徐公持先生；要谈文字训诂，请许嘉璐先生；介绍南阳文化，就跑到南阳市与当地政府合作；要了解近代按照先进理念规划建设城市的典范南通，了解清末状元张謇，就去南通市办"南通专号"，等等，都是在《文史知识》的传统风格上发扬光大，恪守着"大专家写小文章"的做法。

友鸣不断想办法跟上时代的脚步，满足读者对信息的渴望。南京大学文学院教授、《文史知识》老朋友卞孝萱先生在纪念《文史知识》创刊三十周年的文章中说：《文史知识》不故步自封，在固定的篇幅中，不断拓展内容，"信息与资料"专栏就是一扇窗口，一道风景线。诸如"研究动态""论文摘要""图书推荐""出版通讯""学术会议的报道"等等，五光十色，引人瞩目。(《文史知识》，2008年10月)这一个个栏目，就是一个个窗口，读者用起来很方便，友鸣和他的编辑同事则不知要耗费多少心血设计啊！

穿白衬衫蓝裙子的张荷

《文史知识》还有两位女士。一位是马欣来,一位是张荷。马欣来是北大中文系84年毕业生,张荷是北大历史系84年毕业生。一起分配到中华书局。一起到《文史知识》工作。一个是年底生,一个是转年年中生,差了半岁。

第一个来报到的是张荷。那天是7月28日,至今我都能记住这个日子。因为这里面有一个小故事。本来他们9月1日报到上班就可以,她却早了一个多月。我就说:"还没到日子啊?念了那么多年书,很辛苦啊,今后可没有寒暑假了。"她说:"我就是想今天报到,今天开始上班。"我听出来话里还有内容,便问她为什么?她不好意思地说:"今天是我的生日。"我顿时喜欢这孩子了,她要把她的生日这一天,作为人生的又一个"开始",可见她多么看重她走入社会的这一份工作。

我真诚地相信,这一有意义的开始,会给她带来一个美好的未来。有的同事告诉我,张荷来报到时,穿着一身中学生校服一样的衣服。上身白衬衫,下身蓝裙子,人又长得精致小巧,骨碌碌的眼睛,透着机灵。

这是二十多年前的事了。今天的张荷依然那样年轻,依然那样机灵,但那"好"的开始,还真有了好的结果。

前些天,三联书店出版了龙应台的《目送》,很畅销,居然发了五十多万册。打开版权页看,责任编辑是张荷。还有一本瑞典人林西莉(即塞西莉亚·林德奎斯特)写的《古琴》。一个外国人研究中国文化,居然又研究到中国特有的古琴上来,而且此书在中国读者中颇受好评,第一次就印了一万册,刚过了几个月,又重印了。一问,原来责任编辑也是张荷。这位瑞典作者研究中国文化多年,还在北京大学读过书,在北京古琴研究会学过古琴,虽然不能用中文写作,但说汉语没有问题。她在三联书店出版过《汉字王

刚到中华书局工作的马欣来(左)、张荷在圆明园

国》,很受欢迎。《古琴》完成,她特地请了中国人把她用瑞典文写的《古琴》译成中文,很有信心地再一次将自己心爱的书稿,交给中国的三联书店出版。稿子落在张荷手上。她认真通读书稿,仔细校对史料,改正了作者对中国文化理解的一些错误。当作者看到张荷的修改意见,感情上有些难以理解。

要知道,那是她对中国古琴产生深深的热爱,写出的一部心爱的著作啊。她投入了辛苦,也倾注了感情。

作者说:我轻轻地拨动古琴一根弦,它发出一种使整个房间都颤动的声音。那音色清澈亮丽,但奇怪的是它竟还有深邃低沉之感,仿佛这乐器是铜做的而不是木制的。在以后的很多年里,正是这音色让我着迷。

许多优秀的琴师不是高僧就是哲人,弹奏古琴之于他们乃是自我实现的一种方式,正如参禅,是解脱自我、求索智慧的一种途径。而对于满怀疲惫的官宦、贬谪流放的官员,或者贫寒的诗人来说,弹琴又能帮助他们逃避冷酷的现实,回归平静祥和……

我是这样热爱,又有如此深刻的认识,我的理解还会不对吗?

作者又去社会科学院请专家帮她再看看稿子。社科院的专家十分认真地复核了张荷的改正之处,对张荷说:"你改的都对,真下了功夫。"随后,专家又给作者写信,告诉她:"请你放心,编辑帮你修改得很好。"

这时作者的心态平和了,她把改正稿与原稿一一比对之后,对张荷充满感谢。她明白了,是张荷的编辑加工,进一步提高了《古琴》一书的质量。

问张荷,何以如此用心?

她说,这是《文史知识》打下的基础。

张荷的父亲是北京师范大学历史系的教授,母亲在历史博物馆工作。她从北京大学历史系毕业后,来到中华书局,心里想着进古代史编辑室,看历史书稿,渐渐地熟悉某一领域,成为历史学科某一领域的研究者,然后写文章、写书,走中华书局编辑崇尚的"学者型编辑"的道路。可是中华书局领导分配她到了《文史知识》编辑部。她仍然高高兴兴地报到。

"我感激《文史知识》对我的培养,这个培养是全面的。也许我到了历史编辑室,一二年也不必想选题的事,因为一部书稿几百万字,可以忙活一二年。我不必一字一句去审校原稿,古人的原著还能改吗?但《文史知识》是月刊,一期三十多篇文章,总逼着我去想选题;一篇文章三五千字,读者一目了然,编辑必须一字字审读加工。就是这份编辑工作,把我培养成一个职业编辑。"

中学时便著文质疑红学家的马欣来

马欣来报到时,我问她为什么要到《文史知识》工作?她说了她的想法。很真诚。可是当我了解了她的情况:北京大学中文系84届高才生,学习成绩优秀,人又长得亭亭玉立,家庭条件又好,我就嘀咕起来了。心里想,这人条件这么好,《文史知识》这个小刊物恐怕留不住她。镀镀金,有个经历,不是出国就是考研究生,走了,与其如此,不如不来。

便说:"《文史知识》条件不好,人少,工作条件差,你看这办公室又挤又乱,不如到其他编辑室。"

她说,喜欢这份工作,一定会好好干。不怕条件差。

我说,你再考虑考虑,免得走弯路,浪费了时间。

记得谈了不止一次,具体说的什么多记不清了,总之都是劝她别在这儿干,理由是这里条件不好。

最后,我见她主意不改,言谈诚恳,明事达礼,就诚心诚意地说:"要说《文史知识》条件不好,也是事实,但那只是一个方面,《文史知识》也有好的地方。比如,这里特别锻炼人。中华书局其他编辑室,一部书稿,从组稿到见书,总得二三年时间。而《文史知识》从组稿到出刊,一个周期也就两个多月。两个多月就能见到自己的劳动成果,知道你的策划是否受读者欢迎,能够及时总结、及时调整,那种锻炼不是一部校点书稿可以相比的……"

后来,时间长了,我真正明白了马欣来到《文史知识》工作的原因。

早在1980年,马欣来还是北京景山学校高中二年级学生的时候,就写出《〈秦可卿晚死考〉质疑》一文,与当时小有名气、任《红楼梦学刊》编委的戴不凡商榷,红学界啧啧称奇。这篇文章很得红学家冯其庸的欣赏。冯先生便和她的老师说,马欣来不用考大学,直接做他的研究生吧。马欣来没有同意,坚持参加高考。大学毕业时,一些大报大刊,一些研究单位、大学都有名额,她执意要到中华书局来。她说,单位名气大小,条件好坏,都不是主要的,重要的是工作有意义,有干事的环境。后来,果然验证了她的话,在《文史知识》一干多年,此是后话。

没过一年,马欣来就成了《文史知识》的骨干。

她最大的长处就是能组稿。不论什么大专家,她一出马,稿子便组来了。有人会说,说一个编辑会组稿,"就好像说一个会计会写数字,一个管家不贪污一样",这话可就说得轻巧了。稿子可并不是在等着你,也并不是谁都组得来的。而且,对于一本刊物,能组到重点人物的重点稿件,那几乎是刊物得以办好的保障。

著名学者李泽厚,忙,各种刊物都请他写稿,《文史知识》需要请李先生与青年学生谈谈"八十年代怎样治学",就决定要陈仲奇去组稿。陈仲奇不敢贸然前往,便托人帮忙。李先生摊出一大堆活儿,婉拒了。李泽厚是著名美学专家,青年导师。由李泽厚来谈80年代怎样治学,一定很有吸引力。于是又派马欣来再去组稿。也

《文史知识》三十周年(左起:余喆、华小林、胡友鸣、杨牧之、黄克、马欣来、孔素枫、张荷)

不知道马欣来都说了什么，李泽厚欣然同意，没过多久，便交来《新春话知识——致青年朋友们》一篇大文。陈仲奇佩服得五体投地。著名学者、北京大学教授金开诚先生曾说："《文史知识》的马欣来真了不得。她请你写稿，你没办法不写。"

今天想想，能组稿主要不是靠能说会道，而是靠懂专业，靠能和专家学者对话，交流。专家学者认为你懂行，说到点子上了，信任你，于是愿意给你写稿。当年，马欣来写了《〈秦可卿晚死考〉质疑》，深得"懂行"的冯其庸先生赞赏。后来，马欣来研究王维的诗，写出《试论王维的佛教思想》，指出"王维是盛唐诗人中受佛学影响的代表人物"，他的确对佛教禅宗感兴趣，但王维的信佛有特殊的原因，"佛教只是他理想破灭后的虔诚，他在无可奈何中把这废墟看作人生不可逃脱的归宿"（《陕西师范大学学报》，1985年2期）。这个观点，在学术界总结20世纪佛禅研究的"述评"中，被充分地肯定。她整理辑校的《关汉卿集》（山西人民出版社出版，1996年），在《关汉卿研究的百年评点与未来展望》一文中，同吴国钦、李汉秋等专家的考订研究成果一起，被称为此时期关汉卿考订研究的重要成果。她和胡友鸣合作编著的《台湾文化》一书，成为台湾文化大学教授江天健先生讲授台湾社会文化史，向学生提供的十余种参考书的第一种。

这些成绩说明了，当编辑，即便是周期短变化又快的月刊编辑，也是可以而且应该认真学习，深入研究，有自己的研究成果的。研究、著述使一个编辑的学识不断提高；不断提高的学识，促使编辑的素养更加成熟。一个学者型的编辑一定会得到作者的尊敬，而且会为读者编出高水平的读物来。

后来，由于工作的需要马欣来先是调到古籍规划领导小组办公室工作，接下来又到现代出版社、中国书籍出版社任总编辑。每一个岗位都是兢兢业业，严于律己，得到领导和同事的信赖和赞扬。

快人黄松

编辑部里还有很多精彩的故事,有趣的人。比如黄松,他也是1984年大学毕业,不过他是武汉大学毕业生。他本来在中华书局总编室工作,但他不想在上面,而想到具体业务部门工作,就来到《文史知识》编辑部。他干活快、利索,交给他的工作,总是一心一意很快做完。这在后来,他任全国古籍整理出版规划领导小组办公室主任时,发挥得更加充分。一件工作交给他,他一抓到底。到最后,不是你催他,而是他催你,是他在督促领导尽快落实。

他脑子快,聪明。1985年,他陪我去山东出差。山东的朋友请我们吃饭时,我见到一盘扇贝又白又大,心想,这是扇贝吗?我们吃的多半小而黄。便问,这是什么菜?他立马说:"杨先生,您没看清吧,这不就是您家常吃的鲜贝吗?"我听后哈哈大笑。这小子,脑子真快,真会说。他是怕我露怯,是担心别人笑我没见识。可是话又说回来,即便我见多识广,我那时月工资不到一百元,怎么可能"常吃"又白又大的鲜贝呢!

黄松的大发展是在他负责古籍办公室的时候。几年下来,全国古籍出版社没有不熟悉他的,他和古籍出版社没有不友好的,为什么?他能为他们排忧解难,干事又风风火火。他协调古籍规划项目,请专家办培训班,组织古籍社编辑研讨业务问题,探讨古籍整理与市场的关系等等,都是古籍出版社急于解决的问题。我想就是那句老话吧,想人家所想,急人家所急啊!

刘良富爬上了"鬼见愁"

还有"四川佬"刘良富。他是编辑部中年纪最大的,虽然从年龄上看他也许算不上年轻了,但在这年轻的集体中,大家都把他当作年轻人。他身体不好,弱不禁风,头总晕,所以常用风油精。我们一闻到风油精味,就知道良富来了。一次,编辑部去远游,登香山"鬼见愁",良富下大决心,兴致勃勃地跟着去了。刚从山下往上爬,他就不行了,大家一边鼓励他,一边前拉后推,终于把他带上去了。他站在山上,极目远眺,十分愉快,说:"这是我这辈子登的最高的山了。多亏大家保驾啊!"说得大家哈哈大笑。因为香山"鬼见愁"海拔只有五六百米高。

但良富看稿子极为认真,见到拿不准的一定去查书,所以大家对他看过的稿子都很放心。

最近,听说他眼睛不好,视力很弱了,《文史知识》几位"老人"都很挂念他,说,有机会去四川一定去看看他。

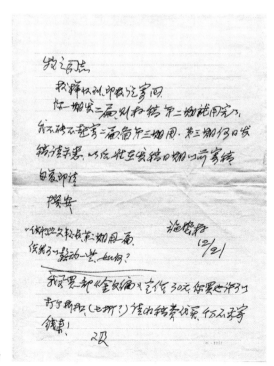

施蛰存先生的来信

第二组组长陈仲奇

还有陈仲奇。他是复旦大学中文系毕业的,胡友鸣是第一组的组长,陈仲奇是第二组的组长。当初我设计分一、二两组,每组编三期,轮流,目的是让大家在月刊工作月复一月、年复一年的快速周转中有个喘息的时间,利用轮休的三个月,策划一下选题,读读书,以利再战。当然,分成两个组,客观上就形成了竞争的局面,各组都想干出特色来。今天回忆起来,这两个组竞争完全是靠选题,靠自己组的稿子,靠自己设计的一期内容,而不是别的什么。

所以,这种竞争是快乐的,是互相促进、共同提高的。记得陈仲奇为了介绍民俗学知识,跑到民俗学大专家钟敬文先生家组稿。那时钟先生年事已高,眼睛不好,写字也困难,亲自写文章已经不行,但先生头脑仍然清晰,思路仍然敏捷,写作欲望仍然强烈。陈仲奇为了拿到好稿子,便一次次到钟先生家里去采访,由钟先生口述,仲奇记录,然后重加整理,形成文章。用这种办法,仲奇帮钟先生完成了两篇大作。钟先生的这两篇文章,深受读者欢迎,给刊物增加了分量。仲奇的苦心没有白费。

编辑部里和我一起共事过的还有几位,老大哥黄克,戏剧世家,南开大学华粹琛先生的高足,文章写得生动、幽默、妙趣横生。那时,我很羡慕他的举重若轻的文才,佩服他的大家手笔。他虽然在《文史知识》只干了一年,但那是垦荒辟土的第一年,他是开拓、奠基者之一,贡献大矣。还有后来的尹龙元、冯宝志、孔素枫、张文强,每个人都有很多故事,真是纸短情长,这几位只好留待以后再写了。

…………

往事历历在目。谁怎样说话,谁怎样笑,谁上班来晚了会怎样说,谁组来一篇好稿子表情什么样,谁喜欢什么小玩意儿,谁跟谁好,谁喝了酒爱吹牛,谁玩棋爱悔棋……一切一切尽在眼前。这真是一个快乐的集体,一个向上追求的集体。在纪念《文史知识》三十周年的座谈会上,张荷说:"那个时候在《文史知识》的工作状态和工作乐趣是后来无法复制的。"这话说出了大家对这个集体的怀恋、珍惜和感激之情。

什么是生活?有人曾经说过,生活就是梦想和兴趣的演出。这话说得真好。我们为了明天的梦想,曾放弃了无数的诱惑;我们为了我们的兴趣,曾奋不顾身、夜以继日地工作。——我十分相信,这是当年《文史知识》的朋友们今天仍然坚持的信念。

"大江东去,浪淘尽,千古风流人物,故垒西边,人道是三国周郎赤壁……"

"旧时王谢堂前燕,飞入寻常百姓家。"

世事沧桑,有多少曾经辉煌、曾经显赫的东西在岁月的脚下已经化作尘土,消散得无影无踪,一切都在变化着。

但是,《文史知识》的朋友,他们创业中洋溢出的那种精神,做人的品质,对生活的热情,对实现梦想的全身心投入,却永远存在,它将随着岁月的流逝而更让人感到温暖和怀恋。

2010 年 7 月

献上一束鲜艳的花
——记金沙总编辑

（一）

今年早些时候，我收到金沙同志夫人万慧芬同志给我的一封信，并附上她亲自撰写的金沙的传记《金沙的革命生涯》手稿复印件，嘱我一定为这部文集写点什么。

这段时间以来，一直为各种事务困扰，但我还是抽时间翻阅了这部书稿，并尽我可能对书中记载的关于金沙同志当年在中华、商务工作期间一些事情的时间、地点做些核实和订正。这是我应该做的事情。翻阅中，金沙同志三十年前领导中华、商务的往事在我头脑中逐渐清晰了；特别是我对金沙同志将毕生心血都倾注给我们党的新闻出版事业的经历，有了一个大体轮廓。

这个轮廓实际是金沙同志奋斗一生的"线索"。

1916年，金沙同志出生于江苏太仓一个城市贫民家庭；

1933年，在上海参加"左联""反帝大同盟"，参与创办《铁流》《跳跃》等进步刊物，主办和编著《儿童文艺》《少年世界》《新儿童故事》等进步书刊；

1937年，参加文化界救亡协会；

1938年，奔赴延安，任抗大总校文工团文学组组长；

1941年，在抗日战争最残酷的年代，到达太行、太岳革命根据地，先后担任新华社太岳分社社长，《新华日报》（太岳版）特派员、副总编辑、总编辑，并以前线记者团团长身份，跟随陈赓将军转战晋南。先后发表过一百多篇文章、战地通讯和评论文章等，被誉为新闻界"太岳三杰"之一；

1949年进京，到刚刚形成建制的人民日报社任职，主持报社党的生活组、国内政治部和农村工作部工作；

1960年赴藏，任《西藏日报》总编辑，并主持党的西藏工委宣传部工作；

1966年，成为西藏第一个被揪出来的所谓"走资派"、邓拓"三家村"在西藏的代言人；

1973年调中华、商务，不久，任联合党委书记和总编辑；

1978年调五机部任教育局局长；

1982年离休；

1998年逝世，享年八十二岁。

我详尽地列出金沙同志生平线索，是因为我从中看出，在我们追踪金沙同志的生平足迹时，实际上差不多就是在追踪我们党新闻出版工作的经历。几十年来，他是党的新闻出版工作的见证者、亲历者，他在党的这条战线上，在白色恐怖中，在枪林弹雨中，在饥寒交迫中，在委屈和误解中，进行了奋斗不息的追求和探索；与这个事业一起，备尝了艰辛、苦难和波折……

今天，我国新闻出版事业已经具有上万种杂志、几千种报纸、六七百家出版社的蓬勃大军，已然成为文化产业中的支柱产业，在推动中国全面建设小康社会、在全世界树立中华民族伟大形象的事业中，发挥着不可估量的作用。但是，饮水思源，我们今天所有的一切，都离不开金沙同志这样的老一辈的革命者一步一步艰辛的跋涉，一年一年顽强的奋斗。

在我们举国庆祝我们的伟大胜利的时候，理应在金沙同志的墓碑前，献上一束鲜艳的花，表达我们永远的追思和敬仰。

（二）

1973年5月，金沙同志在西藏获得彻底平反、官复原职一年以后，奉命调回北京，到在"文革"废墟中刚刚恢复组建的中华、商务联合党委主持工作，任党委书记、总编辑。商务印书馆、中华书局，都是我国历史上最为悠久的出版基地，哪一个单位都是声名显赫，现在将两个单位合在一起，将这副重担交给金沙，而且党务、业务一肩挑，足见党组织对金沙同志的高度信任。1974年，金沙和当时的国家出版局领导一起，在中南海接受周总理垂询。这也是中央对他信任的一个明证。但是，对金沙来说，当时他的面前摆着四个不利条件，他在经受着全新的考验。

金沙同志（左二）和他的老战友

金沙同志（左二）和陈原同志（左三）

此前，从"左联"开始，在前后四十多年的革命经历中，他有着三十多年的宣传、文艺、新闻工作经验，独独没有在出版部门工作过。显然，他缺少这方面的领导经验。

中华、商务是专家、名人荟萃的地方，像白寿彝、翁独健、宋云彬、王钟翰、周振甫等这些举世闻名的大学者，都曾在这里工作过。给他们做领导，金沙虽不能说是"外行领导内行"，但如何调动这些人的积极性，干好专业工作，需要特殊的领导艺术。

1973年还处于"文革"之中，各单位的派性还没有完全消除，中华、商务两个单位合在一起，其复杂可想而知。

一般领导人调动，往往都带上几个骨干力量前往"助阵"，以摆脱"孤家寡人"的困难局面，而金沙同志不带一兵一卒，只身一人前往一个陌生单位、陌生的领域赴任。

上述种种困难，像沉重的担子压在金沙同志肩上，他能够承担起来吗？

从1973年到1978年，早已结束的这段历史证明，金沙同志胜任在中华、商务的领导工作，基本完成了上级领导交给的任务。他靠什么？他不是靠狭隘的"行业经验"、不是靠强加于人的"专政"力量，也不是靠拉拢收买的"组织手段"，更不是靠圈圈伙伙的无原则交易。金沙同志靠的是忘我无私的工作精神、真诚坦率的人格力量、平易近人的工作作风。记得在当时的形势下，为了"给知识分子掺沙子"，很多地方专门派去工农兵代表作为意识形态领域的领导者，就是所谓"外行领导内行"的做法，结果往往是天怒人怨，很少有好结果的。

但是，从1973年到1978年这段时间，在以金沙同志为主的党委一班人领导下，中华、商务却做到了人心逐渐平和，队伍趋于稳定，领导班子基本团结。做到这一点已属不易。在业务上这两个出版单位又都有所作为，毛主席、周总理亲自关心过问的《二十四史》和《清史稿》点校本的整理工作就是在这段时间集中进行的。还出版了像《陆游集》《李太白全集》这样一些重量级的古典文学整理著作；翻译出版了摩尔根的《古代社会》新译本、米涅的《法国革命史》等世界历史名著十余部，英国、意大利等国别史四十余部，中俄关系史料三十余部。在那样一个背景下，金沙同志作为中华、商务的一把手，功不可没。

当时金沙同志面对的形势之复杂、困难之严重，只要我们每个人能客观地回忆一下这段历史的经过都会了然于心。然而，这位久经考验的党的新闻宣传工作者没有被困难吓倒。至今，中华、商务的老人们回忆起那段历史，对金沙的赞许之情，仍然溢于言表。确实，历史没有"如果"。但如果，当时主政中华、商务的不是金沙，不是这位资历深、有政策经验、公平正直、温文尔雅的金沙，1973年到1978年中华、商务的历史将会是怎样一种写法呢？

正因为这样，中华、商务的人们是怀念金沙同志的。

当然，在当时的形势下，作为中央重点关注的古籍出版单位，中华、商务也奉命编辑出版过一些"法家著作"，也"紧跟""配合"过"上面"的指示，为此，金沙同志在"文革"结束后，曾做过十几场检查，并接受群众的批判和质询。这是金沙无法选择的"历史"，也是所有中华、商务人无法选择的"历史"。

（三）

历史是复杂的。有时历史是过程，有时历史是结果。但不论是过程还是结果，我们必须从今天的结果中反观当初过程的得失。

1973年，金沙同志到中华、商务主持工作时，我只是一个刚刚从干校走上工作岗位的青年编辑。那时，我不是党员，也不是干部，我不会有多少机会与中华、商务"一把手"接触。许多事情我是从别人的回忆中联想起来的。

1973年到1974年，金沙同志按照当时中央的要求，鼓励年轻的编辑到工农兵中去，和工农兵三结合评法批儒写文章，这才命定地使我与金沙同志有了一定的接触和向他学习的机会。无论是金沙还是我自己，在这段历史结束后，我们都有过沉重的反思。我们无法改变当时必经的过程，但我们可以从这个过程中、从自己的作为里，引发终生受益的经验和教训。人生的道路是漫长的，有时又十分短暂。实践、思考、学习，再实践、再思考、再学习，庶几可以有所进步，可以更好地从事我们为之奋斗的事业。

金沙同志在中华、商务工作已经过去近三十年，往事大多淡漠。但是，今天阅读《金沙的革命生涯》手稿，使这段记忆与金沙同志的往事一起在我们脑海中复活。我重新检点金沙同志当初在中华、商务工作的那段"过程"，反推金沙同志的"必然性"，使我看到，金沙同志长期办报纸，从事新闻工作，这就培养了他敏锐的政治嗅觉，下级服从上级的组织观念，"紧跟""配合"的大局意识，对一个新闻工作者这是必备的素养，但拿这些来办出版社，尤其像中华、商务这样的老成持重、强调学术的百年老店，其结果当可想而知。特别是在社会那样剧烈变革的形势下，在"上面"都出现了严重问题的时候，"独善"和"兼济"都很难做到了。金沙同志的内心苦恼，以及后来的许多矛盾，恐怕都与此有关。但金沙毕竟是一位老革命，久经风雨，有革命者的职业素养，他能够把握大局，抓住主流，而有所作为。他在那种复杂的形势之中，能够尽最大力量调动广大知识分子的积极性，努力去完成毛主席、周总理交办的整理古籍的任务就是明证。

（四）

金沙同志的另一突出之点就是他关心人，平易近人，设身处地为他人着想。他和人谈话时语调平和，总是笑眯眯的。

当时的中华书局二编室主任方南生说：有一次我患病请假，发病时天旋地转。金沙同志得知后，立即骑上自行车，到我家里探望。

当时的商务印书馆第五编辑室副主任张天佑说：后来我调离北京到西安工作，他还关心地向他工作的下属单位介绍我的情况，希望帮我安排更合适的工作。

当时的商务印书馆编辑胡企林说：金沙与人交谈总是面带笑容，认真听取大家意见，博采众议，即使胸有成竹，也总是与大家商量办事，不以己见强加于人，显示出平等、开明的民主作风。因此，我和同事们都很愿意接近他……

在我，对金沙永远不能忘记的，不是表扬我，不是批评我，而是关于衣服的一件小事。1974年9月30日下午，我突然得到通知去参加当晚的国庆招待会。对于一个公民，一个劳动者，这是国家给予的最高荣誉，高兴、激动，不能自已，急忙回家找衣服。我那时每月挣四十六元钱，只有一件八成新的衣服算好一点，赶快洗，到晚上五点钟还没干，来不及了，只好穿上另一件旧衣服前往。金沙同志看到，说，"这件不行，我给你找一件。"急忙回宿舍从箱子里找出一件他的稍好的衣服。金沙同志看我穿上，笑眯眯地说："总比你那件强。"那笑眯眯的眼神，让我感到父兄般的温暖。

而金沙对自己却十分严格。他到了中华、商务基本不坐小车，出版局通知开会，他骑上自行车就出发；国庆游园，家里人都希望坐小车，可以多走几处，他想了想，还是和家里人一起乘公交车去。他说：司机师傅休个假不容易，我们乘公交车去，他就可以回家休息了。他自从到中华、商务上任后，一直住在办公室。他老伴说："我们住在机关楼内时，原来有两间住房，但金沙把大办公室隔成两间：一间办公，一间住宿，从而腾出一间住房让给别人居住。当我发牢骚时，他宽慰我说：'你就知足吧，单位住房这么紧张，我们能有两间住房已经很不错了。'"

这些仅仅是从我所听到和见到的往事中撷取的片段。我常想，在那样错综复杂的环境中，金沙能够在中华、商务立足，能够团结大家，做好工作，他的平易近人、平等待人的作风，他的严于律己、以身作则的品质，是一个重要原因吧？

金沙同志对青年人更加爱护，他总是发现青年人的长处，鼓励他们的每一点进步，不拘一格地扶持和重用年轻人。这在《金沙纪念文集》中到处都有印证。著名诗人汪承栋、著名歌唱家才旦卓玛、后来成为新华总社社长的郭超人、河北省政协主席李文珊、国务院宗教局局长任务之，这些人年轻的时候，作为金沙的下属，或者因为金沙力排众议、破格提拔，或者因为金沙饱含热情，大力举荐，最后终于成就了他们的事业和功名。金沙在做这些事情的时候，有时被误解，甚至蒙受冤屈，遭受迫害，但他的态度是：无怨无悔。阅读《金沙纪念文集》中他的同事或部下写的文章，你会被这些事迹感动得热泪盈眶。

　　金沙信任年轻人，培养年轻人，愿意给年轻人创造条件，勇于替年轻人承担责任。这是我三十年前对他的印象；三十年后的今天，我在《金沙纪念文集》中发现，在他一生中，在他所到之处，对年轻人是永远地情有独钟。这在今天，当我们已经工作了几十年并不年轻的时候，感慨尤其强烈。

　　金沙同志去世已有八年了，感谢万慧芬同志的辛劳使得我们得以了解金沙同志从十七岁开始六十几年的奋斗历程。愿金沙同志的这种追求精神，鼓励我们在新的征途中前进。

2006 年 9 月 第一稿
2010 年 6 月 再修改

不忧·不惑·不惧

——怀念周振甫先生

（一）

上大学时读过周先生的《诗词例话》，爱不释手。一是因为深入浅出，我大多能读懂；二是正投合一个知识青年的口味。他引鲁迅的话，指导我们读诗词要注意什么。我印象很深的是，书中讲到不要看了被人摘出的一两句诗词就下判语，这种摘句最能引读者迷误："好比从衣服上撕下来的一块绣花，经摘取者一吹嘘或附会，说是怎样超然物外，与尘浊无干，读者没有见过全体，便也被他弄得迷离惝恍……最显著的便是'悠然见南山'的例子。忘记了陶潜的《述酒》和《读山海经》等，捏成他单是个飘飘然，就是'摘句'作怪。"因为当时我们都爱摘记名言，我还有一个小本子，是用来专记好句子的，经周先生这样一说，感到记个只言片语，没有多大用，名言小本也就不大用了。

还有一段议论，解决了我的一个大问题。读书时，常常要分析某首诗词的微言大义，分析其中表达了作者什么样的思想感情。如果了解了作者写作的时代背景并不难把握。但是，古代有不少传诵的诗词，它的写作年月和写作背景都无从查考。分析诗词中的寓意和所表达的情感就很困难。周先生说，这就只能从诗词本身去考虑了。他

在周振甫先生书房

说：凡有寄托的诗，即使着重在描写景物，一般总会从描写中透露出一点消息来的。手法大概有下列几种：一、着重写景物，中间插进几句寄托的话，暗示写景是有寓意的。如辛弃疾的《摸鱼儿》"更能消、几番风雨"写春末景象，中间插进"蛾眉曾有人妒""玉环飞燕皆尘土"，不是写景，透露出全词是有寄托的。二、着重写景物，但从所用的典故里透露出寓意来。如王沂孙《齐天乐·蝉》，全首都写蝉，其中说："铜仙铅泪似洗，叹携盘去远，难贮零露。"汉武帝在长安造铜人捧露盘来承受露水，相传汉亡后，魏明帝把铜人搬到洛阳去，铜人眼中流泪，历来用它作亡国之痛的典故。三、从语气和感慨里透露。如陆游《卜算子·咏梅》："无意苦争春，一任群芳妒。零落成泥碾作尘，只有香如故。"这里在咏梅，可是说的话很有感慨，从中看出他是用梅花来自比。周先生说，真有寄托的诗，总有一点消息会透露出来。要是全篇都写景物，没有一点寄托的意思透露出来，那就不要去追求寄托，避免牵强附会。

这讲得太好了，很容易懂。我真是如获至宝，不用说，一口气读完。但我还是把自己估计高了。尽管那是一本雅俗共赏、深入浅出的入门书，真正读懂，没有点古典文学的根底，也还是不容易的。

（二）

1967年，按照国家统一分配方案，我被分到中华书局做编辑。随后去部队锻炼。从部队回来，又去"五七"干校，战天斗地，改造思想，直到1972年从干校回北京，才开始编辑业务。那时中华书局还没有开展除校点二十四史、《清史稿》外的出版业务，书局领导为培养锻炼我们这些刚毕业的大学生古籍整理的能力，就给我们每个人都找了一位"师傅"，跟着"师傅"学。恰好，我的"师傅"就是周振甫与王毓铨先生。王、周二位先生分工校点《明史》，我就从旁学徒。

那时拜伟大领袖毛主席所赐，中华书局得以聚天下英才开展二十四史和《清史稿》的校点整理工作。有整理《汉书》的傅东华，《后汉书》的宋云彬，《三国志》的陈乃乾，《晋书》的吴则虞、杨伯峻，《宋书》的王仲荦，《魏书》《北齐书》的唐长孺，新旧《五代史》的陈垣，《宋史》的聂崇岐，《金史》的张政烺，《元史》的翁独健、邵循正，《明史》的王毓铨、周振甫、郑天挺，《清史稿》的罗尔纲、王钟翰、启功、孙毓棠等等。这样的阵容真是一时盛举。他们多数就住在中华书局，每到中午也都拿着自己的饭盒到食堂排队打饭。那还真是一道精彩的风景。好像古代的"翰林院"，这些堪称大学士的学者们，手里拿着饭盒或搪瓷碗，步态稳重地向食堂走去，和大家一样排队，买饭。还记得启功先生，那时他还没有后来那样名震中华。工作中间休息时，我们常把他拉来写字。他总是笑眯眯的，招之即来，来了就写，如不满意，他哈哈一笑，团起来扔到纸篓里去，再写。

话说回来，正因为整理二十四史这样一项伟业，周振甫先生才得以被从中国青年出版社借到中华书局来,我才得以在周先生身旁工作,得以随时随地讨教他,真是人生一大幸事。这是我过去想都没有想过的机缘。

  周先生个子不高,眼睛近视得厉害,虽然在北京工作也有几十年了,仍然是浙江平湖的口音。他1931年入无锡国学专修学校,1932年进入开明书店。周先生说:"我在无锡国专并没有毕业,上海开明书店出版朱起凤的《辞通》,改变了我的求学历程。"朱起凤是清末民初著名的训诂学家,他历时三十年编辑了一本工具书,最后定名为《辞通》。这书影响很大,出版后,与《辞源》《辞海》并列为中国三大辞书。可是原来负责校对整理这部书稿的宋云彬太忙,开明书店的徐调孚就问正在读书的周先生愿意不愿意做。周先生同意。开明书店就寄来南宋陆游撰写的《老学庵笔记》,请周先生断句,测试他点校古籍的能力,看他能否胜任校对《辞通》的任务。测试合格,进入开明书店,从此开始了编辑出版生涯。1952年开明书店与中国青年出版社合并,他转入中国青年出版社做编辑,1971年正式调入中华书局,直到1989年在中华书局退休。在六十多年的辛勤耕耘中,他成为无人不敬重的编辑,又是著述等身的大学者。

  说起周先生的工作和做人,我脑海中浮现出周先生的许许多多往事。作为一个编辑,最重要的是做好本职工作,俗话说叫"为他人作嫁衣"。这对于一位有学问,自己研究水平又很高的编辑尤其重要,尤其不易。我和周先生认识的时候,他早已是名满天下的学问大家了,但他每天七点半准时到办公室。一坐下来,从早到晚伏案审看编辑室主任交给他的书稿,专心致志,从不聊天,甚至很少走动,周围说得多么热闹都与他无关。下午五时,才收拾办公桌回家。他家在工人体育场附近的幸福三村,每天往返挤公共汽车,日复一日,年复一年,安之若素,从来没听他说过公共汽车拥挤,不好乘的话。今天我写到这里,回忆周先生每天挤公共汽车的情景,心里仍十分感动也十分不安,我们作为他的学生,作为他的晚辈,日复一日,年复一年，看他这样挤来挤去，怎么也安之若素呢？

他的家只有两间房，一间是书房，一间是卧室。书房是周先生写作、会客专用的。他座椅后的一面墙，摆着六个大书架，顶到天棚，放满工具书和经典著作，桌上放满各种参考书和文稿。周先生在家里的情况，中华书局的冀勤先生有一篇文章，写得十分生动，其中写道：

> 一次我问师母，周先生不是三头六臂，怎么能做那么多事？师母说，他每天晚上九点睡觉，夜里两点起床，开盏灯，不是看书就是写啊，做到早上五点多，我起床做早饭，他稍眯一下，吃过就上班去，振甫辛苦哎。周先生在一旁笑盈盈地说，弗辛苦，弗辛苦。

那"笑盈盈地说，弗辛苦，弗辛苦"，活画出周先生的神态，仿佛周先生就在眼前。这句话既是周先生的一种谦逊，又是对老伴的一种安慰，让人感受到周先生和老伴那相敬如宾的温馨感情。其实周先生已经积累了五十多年的读书心得，只要有了时间，就可以源源不断地喷涌出来。

想想周先生每天在办公室工作的情景，想想周先生每天在家里的写作，他为什么既是一位"无人不敬重的编辑，又是著述等身的大学者"，就清清楚楚了。

一次，我向他讨教怎样学习古文。问他，前人记性怎么那么好，一本一本经书都能背下来？他说：学习古文没有别的捷径，就是背。说完，停下来，瞧我一眼，像往常一样，低下头。他见我没有反应，又抬起头瞧着我说：像梁启超，"六岁毕《五经》"，把《五经》都背下来了，所以"九岁能日缀千言"。后来，我写过一篇有关司马迁《报任安书》的文章，极力推崇文章之佳妙。周先生对我说：其实，司马迁写的这篇文章也有不尽圆满的地方。比如，说"不韦迁蜀，世传《吕览》"，其实，吕不韦让门客写的《吕氏春秋》，不是迁蜀之后，而是他在秦国掌权十分得意的时候；说"韩非囚秦，《说难》、《孤愤》"，韩非这两篇文章也不是囚秦后写的；《诗》三百篇很多是男女相悦之情歌，这些情歌也不是"发愤之所为作也"。

听了周先生的分析，我出了一头汗。这些我连想都没有想过。他见我窘迫，便说：读书是一个过程，现在要学的知识太多，得慢慢来。开始读时不懂，读多了，自然就懂了。比方《论语》，讲到"仁"字的地方有104次。开始碰到"仁"字不懂，读到十几次"仁"字时，对"仁"字的意义渐渐明白一些了，当读到几十次、上百次时，对"仁"字的意义就知道得完满了。读熟了，把上下句都记住，就能读通了。

后来，我负责《文史知识》编辑工作时，请周先生写"怎样学习古文"的文章。我建议先生写十二篇，一期一篇，恰好连载一年，循序渐进地谈，以便指导青年人学好古文。

他在文章里把指导我的话更展开、深入了，特别是文章里展示的那种虚心好学的精神，让我十分敬佩。他说，他曾请教过开明书店的创办人章锡琛先生怎样读书；他还请教过政协委员张元善先生，学习张先生"立体的懂"的读书方法。如果说，周先生请教章锡琛先生时他还年轻，到请教张元善时，周先生也已经是一个大学者了，而且自己也是政协委员。周先生还说，他向语言大师吕叔湘请教，小时候是怎样学外文的。他说："吕先生小时学英语的方法，可以参考来使我们达到对古文的立体的懂。"他看到《人民日报》上刊载的李固阳同志《记忆、理解与常识》一文，也从中间悟出记忆与理解的关系。

这就是一个大学者的学习精神，他已经卓然一家了，还在不断地汲取着别人的学习经验。

（三）

周先生是一位只认知识、只崇信知识的学者。知识不准确，不正确，不论是什么人，他一定要指出来。

1966年5月，以北京大学聂元梓为首的第一张大字报为标志，把"文化大革命"推向全社会、全中国。那时，我们已做完毕业论文，毕业分配方案也已下达，7月份就要走出北大校门，奔向工作岗位了。不幸，这"文化大革命"把我们耽误在学校里。来来往往，到北大串联的群众不断到我们中文系来讨教毛主席诗词的疑难字句，那时，我们真的是想为工农兵做点事，便和几位同学合作，注释起毛主席诗词来。当时参考书之一，就是1962年中国青年出版社出版的臧克家和周振甫讲解注释的《毛主席诗词讲解》。

为注释好毛主席诗词，我们当然收集到了1957年1月12日毛主席给"克家同志和各位同志"的信。这封信的手迹是作为《诗刊》创刊号的插页隆重发表的。信中，毛主席说：这些东西，我历来不愿意正式发表，因为是旧体，怕谬种流传，贻误青年；再则诗味不多，没有什么特色。既然你们以为可以刊载，又可为已经传抄的几首改正错字，那么，就照你们的意见办吧。

诗词在传抄中出现错字，或者作者写作时不经意写错了字，都属正常，能改正则为幸事。但在那样的年代，敢于给毛主席诗词改错字，也真不简单。一需要胆量，二需要学问。后来才知道，为"已经传抄的几首改正错字"的不是别人，正是周振甫先生。

周先生指出《菩萨蛮·黄鹤楼》"把酒酹滔滔"，"酹"字错成"酎"了。《沁园春·雪》"原驰蜡象"中的"蜡"，错为"腊"了。他把意见告诉了发表这几首诗词的《诗刊》的主编臧克家。周先生指出错字后，一位著名人物还曾著文表示，"腊"是柬埔寨的古地名真腊的简称，腊象可以解释为秦晋高原如真腊的大象奔驰。但周先生不同意这个说法。

后来，我看到材料记载。毛主席同意发表他的十八首诗词后不久，接见了臧克家先生。接见时毛主席对臧克家说：你在《中国青年报》上评论我的咏雪词的文章，我读过了。臧克家趁机问毛主席：词中"原驰腊象"中的"腊"字怎么解释？毛主席反问：你看应该怎样？臧克家说：改成"蜡"字比较好，可以与上面"山舞银蛇"的"银"字相对。毛主席说：好，你就替我改过来吧。

至于周先生做钱锺书《管锥编》的责任编辑的故事，早已成为文坛佳话。据说钱锺书先生学贯中西，很多写钱先生的文章都说他记忆好，读书多，过目不忘，中外典籍几乎没有他没读过的。周先生拿到钱先生的书稿，非常意外，他说："我因为能读到钱先生的著作而喜出望外，所以，就不管能不能提意见，先把手稿捧回去了。"周先生尽心于一个编辑的职责，逐页逐条审核，没有因为钱先生的大名而松懈。最后，周先生的审稿意见竟达三十八页数万言之巨，钱先生赞扬周先生"小扣辄发大鸣，实归不负虚往"，十二个字，给周先生以高度评价。

周先生却谦虚地说：我是读到一些弄不清的地方，就找出原书来看，有了疑问，就把一些意见记下来。我把稿子还给钱先生时，他看到我提的疑问中有的还有一些道理，便一点也不肯放过，引进自己的大著中。钱先生的《管锥编》很讲究文采，所谓"高文一何绮，小儒安足为"。他把我的意见都是用自己富有文采的笔加以改写了。《管锥编》出版时，我曾提请他把序中那几句话改掉，他不肯，就只好这样了。

另一公案是针对郭沫若的《李白与杜甫》的。此书出版后，叫好声不绝，连茅盾先生也说："郭老的《李白与杜甫》自必胜于《柳文指要》，对青年有用。""论李杜思想多创见。"我们且看郭沫若在他的大作中是怎样评论杜甫的：

　　诗人说他所住的茅屋，屋顶的茅草有三重。这是表明老屋的屋顶加盖过两次。一般地说来，一重约有四五寸厚，三重便有一尺多厚。这样的茅屋是冬暖夏凉的，有时候比起瓦房还要讲究。

　　使人吃惊的是他骂贫穷的孩子们为"盗贼"。孩子们拾取了被风刮走的茅草，究竟能取得多少呢？亏得诗人大声制止，喊得

"唇干口燥"。贫穷人的孩子被骂为"盗贼",自己的孩子却是"娇儿"。他在诉说自己的贫穷,他却忘记了农民们比他贫穷百倍。

其实诗中所说的分明是"寒士",是在为还没有功名富贵的或者有功名而无富贵的读书人打算,怎么能够扩大为"民"或"人民"呢?那样的"广厦"要有"千万间",慷慨是十分慷慨,但如果那么多的"广厦",真正像蘑菇那样在一夜之间涌现了,诗人岂不早就住了进去,哪里还会冻死呢?

对郭老的这段评论,周先生提出了自己的意见。他说:"'广厦千万间'的可贵,在于首先不考虑自己,而考虑到'天下寒士'(当然是杜甫所属的地主阶级寒士)的需要。对于杜甫,我们不能要求他具有无产阶级的思想感情,否则,一切阶级斗争的学说都落空了。这里牵涉到一个怎样评价古人的问题。列宁说:'判断历史的功绩,不是根据历史活动家没有提供现代所需要的东西,而是根据他们比他们前辈提供了新的东西。'用现代所要求的东西来要求杜甫,自然没有,这不是杜甫的过错,是我们忘记了时代。我们只能要求杜甫比他的前辈提供了什么新的东西。广厦千万间,不正是杜甫比他的前辈提供的新东西吗?"

一位是强者,举中国无双。一位是大学问家,学贯中西。一位是当时有尊崇地位的著名人物。周先生不管面对的对象是谁,他都从追求知识、崇尚知识出发,严谨求实,坚持真理,这正是一个编辑应具备的素养,是中国知识分子高尚品德的传统。

由周先生这种做学问的品格,我又想到周先生家乡盛传的一件往事,看出周先生做人的品格。周先生家乡在浙江平湖。乡里有个叫吴乃斌的文人,新中国成立前做过当地的县长。解放时,他畏罪潜逃,后来被捕下狱。正巧他的儿子考取了北京大学,周先生见孩子聪颖好学,是根好苗,不忍心看他因为交不起学费而失学,便资助这孩子读完大学。有人问周先生怎么这样大胆。他说:"孩子是没罪的。在我们那个偏僻的地方，考进北京大学该多不容易！"第二年，这位考上北大的学生的弟弟也考上了大学，又是周先生资助他完成了学业。后来，有人问起这事，周先生讲起平淡如聊家常，丝毫没想个人的利害。

　　我还想起有关周先生的另两件事：一件是，周先生家里来了位收电费的，周先生陪人家核对电表，计算电费，恭恭敬敬地站在一边。诸事完毕，他亲自送收电费的同志到楼梯口，告别时向人家深深鞠躬。嘴里还紧说，谢谢，谢谢。另一件事是我亲身经历的。有一年春节前，署办公室照例组织人代表新闻出版署去看望老专家、老编辑。我正好要去看望周先生，代表署里看望周先生的事便由我揽过来了。带着办公室准备好的鲜花和过节的一篮小食品，叩开了周先生家的门。因为一直把周先生当作长者和老师，所以聊得十分畅快，还和周先生合了影。过完春节第一天上班，收发室打来电话，说有人找我。我也没问是谁便说，请他们上来吧。一会儿，上来两位老年妇女，一位便是周先生的夫人张韫玉师母。我大为惊讶，这么大岁数了，跑这么远来找我，有什么事呢，实在不安。便问："师母，您怎么亲自来了，有事给我打个电话我去看您啊！"她说："周先生让我来看看你。"

周先生把一张白纸裁成一半写信

说着便让跟她一起来的阿姨送上周先生让她带来的礼物。我大为震动，也大为不解。我一个晚辈，过年过节看望先生理所当然，何况我是代表单位送他的礼物，周先生怎么如此客气呢？后来我读到中华书局的同事赵伯陶写周先生的一篇文章，也谈到周先生寄送他一袋香菇，以感谢他的看望和礼物。我明白了，这是先生为人处世的操守，是前辈们礼尚往来的君子之风。

这些小事，出乎其常，入乎其理，我深深感到周先生是有自己的做人的原则的。

在人群中他总是笑眯眯的，不声不响地站在旁边，倾听别人谈话。在办公室里，他总是伏案、专注地工作，从不参与办公室聊天。但他的头脑里有那么渊博的知识，那么深刻的见解，那么多追求的目标。《论语》中记载孔子曾经说过：君子道者有三：仁者不忧，知者不惑，勇者不惧（《论语·宪问》）。意思是说"仁德的人不忧愁"，因为他的目标很单纯，心胸坦荡，不谋私利；"智慧的人不迷惑"，因为他心明眼亮，明辨是非；"勇敢的人不惧怕"，因为他坚信自己的正义，见义勇为。我总想，周振甫先生就是这样的君子吧。

2014 年 6 月 16 日再修改

我敬佩的褚斌杰先生

褚斌杰先生是我心中常怀念的一位朋友。尽管他在1979年从中华书局回到北大之后,我跟他的来往就很少了,但我常常想念他。而且,一想起他,我的耳边就会响起他那爽朗的笑声。他乐观,厚道,他的笑声也很厚道,一点保留没有,很有感染力,真是一位忠厚长者。我总觉得他就像小说、电影中的"大表哥",替你忧,为你喜,全心全意帮你忙。

在褚先生凤凰山墓地的墓碑后刻有他生前自拟的墓志铭,其上写道:

> 他读过文学,也学过哲学。写过一些文章,评论过许多过往的名人,但进入晚年后思之,一直未弄清的是人生。他生活过,感动过,快乐过,悲痛过,感谢过,嫉妒过……看到和听到过各种人间灾难,反观之,应该说自己已是个十分幸运的人了。那么,也就足以自慰而安息了吧。

读过之后,我心里有一种平静。我知道这些平实的话里有丰富的内涵。"他生活过,感动过,快乐过,悲痛过,感谢过,嫉妒过……"正因为此,他这样达观,这样明白,这样透彻,他走过了波澜坎坷的一生,仍认为自己是个十分幸运的人。

我曾经去他家拜访过。那时,他的"右派"问题还没有平反。他还是中华书局的一位文学编辑,住着中华书局的宿舍,那是翠微路办公楼一层一间用办公室隔开的房间。似乎他刚有了儿子小九。因为只有一间房,又睡觉,又吃饭,又写作,又有孩子的小床、尿布、奶瓶,自然很乱,但褚先生很快乐。看着年轻的爱人黄筠,看着咿呀学语的儿子小九,脸上一派喜洋洋。

我还想起在湖北咸宁"五七"干校时,他爱人怀孕,干校条件差,没有什么可吃的,而孕妇要增加营养。褚先生便经常去河边湖岸挖泥鳅鱼给爱人做了吃。久而久之,他挖泥鳅鱼很有一套办法了。收工之后,不论多么累,他都是放下工具,就提上小竹篓去挖泥鳅鱼。可是褚先生不懂(其实那时大家也都不懂,或者顾不过来),泥鳅鱼是凉性,孕妇不宜多吃。后来,黄筠身体果然出了问题。我们都觉得出问题主要是因为干校条件太差,但褚先生后悔不迭,总责备自己无知。

我跟褚先生一起出过一趟差,使我对褚先生的忠厚、律己有了更具体的认识。那是1972年,是去武汉,为武汉大学教授谭介甫先生《屈赋新编》做责任编辑。这项任务很有来头。在当时,出版界只出过一本章士钊的《柳文指要》,那是伟大领袖亲自指示的,在这个背景下面,急着赶着出《屈赋新编》,更显得任务十分的特殊。据说,这部书是天津的王曼恬推荐给周总理的。王时任天津市委文教书记,最主要她是毛主席的表侄女,因此说话很有分量。周总理把这一任务交到中华书局。书局领导立即吩咐我和褚先生去武汉,面见谭介甫先生,在武汉就近把书稿的编辑任务完成。

褚斌杰先生是古典文学专家游国恩先生的弟子,是研究屈原的专家。褚先生很有才华,二十岁刚出头,还在大学读书就写出了《白居易评传》,到现在这部著作还是研究白居易的重要参考书。我随同他去做这一工作,当然十分高兴,一来他是专家,我可以学到不少东

褚斌杰先生

西;再说,他是"大表哥",相处一定会很愉快。

下了火车,直奔武汉大学。是 7 月份,正当伏天,红日当头,本来水陆码头的武汉来往客商总是熙熙攘攘,但这时路上行人却不多。路两旁知了叫个不停,天气实在太热了。

这时候,武汉大学已经放假,老师们也跟着放假,招待所里没住几个人。招待所所在又是珞珈山的山凹处,窝风,更是闷热。我们跟管理员说,为两个人工作方便,请给我们开两个房间,避免互相干扰。管理员死活不同意,说没人打扫卫生。我说,我们可以自己打扫。管理员还是不同意。褚先生见说不通,劝我道:"算了算了,两个人在一块有问题好商量。"洗了脸,褚先生就立即伏在桌子上开始看稿子。酷热难当,不一会儿衣服就全湿透了。只见褚先生把上衣、下衣全部脱掉,只留一个裤头,脖子上搭块湿毛巾,埋头看稿。他见我不脱,便说:"反正招待所没人,赤膊上阵吧!"说完哈哈哈大笑起来。我见他伏在桌子上，弓着腰，他个子又高，就像一只大虾，十分感慨。

褚斌杰先生那时已是国内外很有影响的中国文学史专家，竟这样赤条条坦然愉快地埋头工作，我还说什么呢！

傍晚，褚先生说，太热了，我们去东湖游泳。东湖就在招待所不远处，我们一直到路灯亮了才上岸。第二天，我俩身上奇痒，出了不少红点，估计是湖水污染所致，再不敢去东湖游泳了。

正当暑天，武汉市用电量很大，首先得保证工厂生产用电，再加上学校放假，经常停电，招待所里的电扇停停转转，汗珠直往稿纸上滴。我是一会儿用凉水洗把脸，一会儿走到走廊放放风，褚先生则稳坐不动，汗太多了就用搭在肩上的毛巾擦一把。

晚上，我们在东湖边散步，褚先生说："其实我们这趟差，意义重大。这可是周总理交下来的任务啊！我们得干好。是不是得去省里汇报一下进展？"

他这样一说，我立即表示赞成。

那时湖北已经成立了"革委会"，大小事得向"革委会"汇报。省"革委会"在洪山宾馆开三级干部会，"革委会"的大小领导都在会上，我们便直奔洪山宾馆。敲门，半天，门开了，还没见到人就有一股冷气从门缝冲了出来，原来这里的房间都装有空调。

出来的人很客气，又把我们带到"革委会"宣传口的领导处。领导很像样子，端坐，穿戴整齐，不苟言笑，听完我们的汇报，沉吟了好一会儿，说："你们给谭介甫出书的任务是周总理交下来的，上面也跟我们打过招呼。你们干吧，我们支持。你们有什么困难？"

褚先生忙说："没有，没有困难。"我心想，怎么没困难，那么热，工作效率上不去啊！便说："就是武大的招待所太热了，经常停电，电扇也不转。能不能换一个不经常停电能用电扇的地方？"我心里根本没有想空调的事。

"好说，好说。这里嘛，开三级干部会，都住满了。介绍你们去武昌饭店吧。那里条件也还可以。"

我们一听，十分高兴。既然叫"饭店"，总要比招待所强，电扇肯定会有保证。

回来的路上，我问褚先生，向省里汇报这主意你怎么不早说啊？

褚先生笑着说："我们当编辑的，做些具体工作，怎么能跟总理挂钩啊！"

今天回想起来，我们那时做工作是很朴实的，恪守着读书人的本分。

从武大招待所取了行李，我们又乘公交车到了武昌饭店。饭店大堂办住宿手续的门房打量了我们一下，问我们做什么。我们说，住宿。要两个房间。心想有"革委会"指示，就有什么说什么吧。那位门房说："都住满了，没有房间。"

我们傻了眼。又对他说：刚才省"革委会"的领导要我们到这里来的。

他说："我不认识什么领导。"

这下我们更急了。那边房间已退，这边房间又住不进来。我急忙给省"革委会"接待我们的那位领导打电话，那位领导说，你把电话交给饭店的人，我来说。

只几句话，饭店那位办手续的人便轻轻放下电话，满脸含笑，点头哈腰，说："二位为什么不早说啊，你们是曾司令员（当时省军区司令员，省'革委会'主任曾思玉）的客人啊！有房间，有房间，我带你们去看看合适不合适。"然后又对我们说："你们先洗洗，然后到我那儿买吃饭的票。饭分甲乙两种，甲种高级，小灶，一块二一天；乙种是一般人吃的，一块一天。一会儿你们来交钱办手续吧。"

我洗完脸，要去买饭票。褚先生说，"咱们一定得买一块二的，省得让那门房瞧不起我们。"说完，又哈哈地笑了起来。

一晃半个月过去，审读加工《屈赋新编》的任务完成了。谭介甫先生十分满意，认为订正了许多他疏忽之处。褚先生却跟谭先生说，牧之同志做了许多工作，他和我各看一半。这话我实不敢当。虽然这部书稿分上下两卷，开始说我们各看一卷，那不过是褚先生照顾我的面子。其实我看完又经褚先生审订过。我当时刚刚从干校回来，刚开始学做编辑，边干边学。

　　临告别谭先生的头一天，谭先生设家宴，请褚先生和我，表示感谢。席中，谭先生问褚先生："先生尊师是哪一位？"褚先生谦虚地说："不敢，恩师是游国恩游先生。"谭先生又问我："您的恩师是哪一位？"褚先生是游先生的研究生，又是他的助教，而且继承游先生的治学精神，成就了许多论著，当然可以那么说；而我，虽然已从北大毕业六七年了，但因为"文化大革命"，并没有真正工作多久，更谈不上继续研究学问，哪敢辱没老师？正不知如何回答，褚先生代我说："牧之的尊师是魏建功魏先生。"这一情景已过去三十多年了，褚先生当时的话我却一直清晰在耳。

　　我写出这样一些往事，是为了怀念褚斌杰先生。褚先生为人厚道，疼妻爱子，淡泊名利，追求学业，有目共睹。他自拟的墓志铭总结了自己的一生。他对自己的一生是坦然和知足的。一个被打成"右派"低人一等二十年的人，仍能对自己一生的遭遇有这样的总结，这是一个什么样的人啊！

　　我敬佩褚先生。

记住任继愈先生的期望

早上,突然接到电话,说任先生去了。说实话,我不感到意外,因为他那么高龄,又是长时间病情险恶,但很难过,又一位我敬重的人走了。没过几个小时,又传来季先生去世的消息,我正在写东西,怎么也写不下去了。任老、季老的音容笑貌,他们对我的关心、支持,一件件往事涌到眼前,我突然感到十分孤独。我自己都奇怪我怎么会有这样的心情?他们不是我的家人,我和他们也没有特别的亲近,我的孤独之感从何而来?后来,我终于明白了。任老、季老对我们做的事情,大到编制国家出版计划、国家图书奖评奖、编辑《大中华文库》,小到一个问题的请教、一本书的咨询,二十多年来,那真是请之即来,问之即答,真诚教诲,从不保留。今后,再也见不到他们的身影,再也听不到他们的声音,想到这里,悲从中来。

一、事业的需要就是头等大事

任先生的夫人冯仲芸先生是我的老师。我在北大中文系读书的时候,冯仲芸先生给我们讲中国文学史。后来,工作中和任先生接

任继愈先生（右）在国家图书奖评选会上

触就多了一份亲近感，任先生对我也不客气。新中国成立后，毛主席亲自指示成立世界宗教研究所，并由任先生任所长；1987年任先生又奉调到北京图书馆任馆长，一直到退休。任先生是一位哲学家。他一生致力于用历史唯物主义理论总结、整理中国古典哲学，主编了《中国哲学史》（四卷本），培养了一代又一代中国哲学研究者。任先生是宗教学家，致力于用唯物史观研究宗教，被毛主席赞誉为"凤毛麟角"式的人物。主编了《中国佛教史》《中国道教史》《宗教大辞典》等著作。特别值得一提的是，他首次提出"儒教是具有中国民族形式的宗教"，提出了一个完全不同于传统视野的、全新的研究中国儒学思想的新思路，由此引起了持续近二十年的大讨论。正是在哲学、宗教研究硕果累累、突飞猛进的时候，任先生却转到图书馆工作了。这事我想不明白。一次，我问任先生，为什么由科研单位转到图书馆工作。他说：学术研究的关键就在于信息资料的齐备，管好、用好藏书不是学术研究的头等大事吗？他还说，书是让人阅读的，和钟鼎文物不同。现在有些书躺在图书馆里，不整理就不能发挥实际作用。随后，他便开始了大规模的传统文化的整理工作。可以说，从他任国家图书馆馆长起，他又开始了人生的新阶段。

二、请人要请"大忙人"

我请教任先生最早的一次是在匡亚明先生去世后，那时，国务院决定由任先生接任匡先生古籍规划小组组长工作。新闻出版署决定由我做常务副组长，协助任老工作。虽然这次任命没过多久，便由于机构改革而停止了，但工作却开展了。小组面临的头等大事是调整增补古籍小组成员，我为这事苦恼，遍寻文史哲专家。任先生对我说：人才是头等大事。一定要选有真才实学的人，不要看虚

拜访任继愈先生（2005 年）

名。当年清华大学办国学研究所时，聘请陈寅恪为导师。陈在日本、欧美留学多年，但没有硕士、博士头衔，没有著作，清华不管这些，认为他有真才实学坚持用他。后来，陈寅恪在清华任教，人们称他为"教授的教授"。梁漱溟连大学毕业的资格都没有，蔡元培校长看到他的文章《究元决疑论》，决定请他来北大教课。熊十力当兵出身，自学成才，在北大讲授印度哲学。梁、熊几位虽没有显赫的文凭，但都是学术顶尖大师啊！

  任先生不但这样说，还确实这样去做。他主持编辑《中华大典》时，挑选分典主编总是亲力亲为。"政治典"找近代史专家刘大年推荐的学生张海鹏，"数学典"是请大数学家吴文俊先生推荐的他的学生，"民俗典"力邀北京大学的白化文先生主持，都是有学问的实干家。在组织《中华大藏经·续编》的工作班子时，为了请佛教史专家杜继文参加工作，九十一岁高龄的任先生，在寒冷的冬天，爬上五层楼，到杜继文家中劝说，真令人感动。

  任先生还有一个理论，请人就要请"忙人"。我们在请人时总担心"忙人"顾不过来，"忙人"会拒绝。任先生说："教书几十年了，找人我还是有优势的。不忙的人，我还不找。"为什么？"不忙的人证明社会不是太需要他，他不是太拔尖。"

三、甘于寂寞，不慕繁华

  任先生是哲学家，有很多著述计划，特别是一直思考着要写两本书：《中国哲学发展史》《中国佛教史》，同时还要修改早年的著作《中国哲学史》，但他总是把组织交给他的工作放在第一位。七十多岁后，他明知自己年事已高，身体渐弱，却把全部精力投入到古籍整理和国家图书馆工作中去。

  他曾不止一次地对我说，中央文件上说，整理古籍是一件大事，

任先生在审读图书

得搞上百年,这话太对了。持续不断地做下去要百来年,现在才进行了几十年,早期培养成才的专家现在多已在六十岁以上,当年的中年骨干都已年过古稀,精力日衰,总要后继有人啊!

任先生从自己做起。1987年任先生任国家图书馆馆长后,历时十年,编撰了107卷、总字数过亿的《中华大藏经》,接着又策划《中华大藏经·续编》工作。1992年又主持《中华大典》工作,上任后到全国各地调查研究,搜集资料,而这时他已经是七十六岁高龄了。

据说任先生的作息时间表是:早上四点起床,写作到八点,然后上班,下班后,工作到晚上九点,睡觉。这真是在赶路啊!任先生说:搞古籍整理,要甘于寂寞,不经过十年寒窗磨炼是办不成大事的,我们回想新中国成立以来的古籍整理大工程,二十四史和《清史稿》的新校点本、《汉语大字典》《甲骨文合集》《全宋诗》《中国历史地图集》《中华大藏经(汉文部分)》等等,不论哪一部,都要十年以上。一要坐得住;二要天天做。任先生还对我说:"《大中华文库》也搞了十年多了,当前首要的是质量问题。要坐得住,要天天做。"

坐得住,天天做。这两句最普通的话,却说出了今天古籍整理工作、研究工作的问题之所在。有一点心得,急忙写一篇文章;没有心得,到网上拼凑一篇文章。忙于应酬,推销文章,草率整理,抄袭剽窃,如何能提高学术质量。

任先生在早年的一篇文章中说:"古籍整理有似地质队的野外勘探。这支队伍要不畏荒寒,不怕险阻,甘于寂寞,不慕繁华。"

任先生就是甘于寂寞,不慕繁华的。前年,我给电视台策划了一套节目——"大学问家的书房"。我认为每一个读书人都希望有一个自己独立的书房,但过去多数人不可得。这些年,住房条件好了,学者们的理想渐渐实现了。书房能反映一个学者的个性、特点和风范,能反映社会的变化,让大家见识一下大学者的书房,是既有文化品位又有趣味的事。电视台立了项,开始实拍,请我帮助推荐人。

我想到任先生。任先生学问好,做人好,严谨正派,从来不出风头,便主动说,我来帮你们联系任继愈先生。

没想到,电话打过去,任先生说:"不拍。牧之你怎么给我安排

二十四史及《清史稿》修订工作委员会(前排左起:白化文、徐苹芳、田余庆、冯其庸、任继愈、何兹全、蔡美彪、楼宇烈)

这种事？"

语气挺严厉，不是往常的和颜悦色。我一时语塞，不知如何往下说，也不知道任先生为什么不高兴。

今天终于明白了，任先生的"三不主义"：不赴宴，不过生日，不出全集，就是要踏踏实实做事，本本分分做人，从所从事的事业中得到精神安慰和最大享受。

尽管任先生对自己这样严格要求，对他的学生，对跟他在一起工作的同志，却总是千方百计地为改善他们的工作条件、生活条件呼吁和奔走。

他说，能安心一项工程十年而不松懈，没有时间发表个人文章，本已不易，而目前的聘任制度，如评定职称、工资待遇等现实问题，又使长期从事古籍整理者处于不利地位。

他还说，从领导方面，为了建立这门学科，建立一支强大的文献整理大军，希望为他们开一条绿色通道，使他们安心工作，生活上足以养家糊口，他们的劳动受到应有的尊重和理解，他们就会从所从事的专业中得到一种精神上的安慰。

当中华书局启动新一轮的二十四史和《清史稿》的修订工作时，有的高校认为古籍整理成果不算学术研究，评职称不算业绩，任先生支持中华书局向教育部反映情况，提出意见，使这一问题得以顺利解决。

四、倾力支持《大中华文库》工作

最令我感动的是任先生对《大中华文库》工程的倾力支持和热情参与。《大中华文库》是把中华民族历史上文、史、哲、经、军事、科技等方面最优秀的代表作品介绍到全世界去，是我国历史上第一次全面系统地向世界推出的中国古籍整理和翻译的重大文化工程。它的做法是先把古文译成白话文，再由白话文译成英文。工程浩大艰巨，组织工作十分复杂。

"文库"聘请任先生做学术顾问，任先生慨然应允，他叮嘱我们："文库"这种做法也是古籍整理，而且是把中华民族文化介绍到全世界的工作，这是几代中国人的夙愿，所以更要把质量搞上去。

2004年8月，《大中华文库》出版第一批图书二十四种五十二册。任先生很高兴，他代表"大中华文库"工委会，给温家宝总理写信，将这些图书送给总理，请总理"在百忙之中审阅，并请提出指导性意见，以便于我们今后更好地开展此项工作"。

收到图书的温家宝总理十分高兴。在收到信的当天下午，温总理便给任继愈先生回信："谨对您及从事这项浩繁工程的各出版单位和全体工作人员表示衷心的感谢和热烈的祝贺。这部巨著的出版是弘扬中华民族优秀文化的有益实践和具体体现，对传播中国文化，促进世界文化交流与合作具有重大而深远的意义。这部文库翻译和出版质量之高，反映了我国的出版水平。"

温家宝总理在信中还写道："我国有着悠久而灿烂的历史文化，希望你们以伟大的爱国热忱、宽广的世界眼光和严谨的科学态度，锲而不舍地把这项光辉的事业进行到底。我坚信你们一定能够做到，也期待看到你们新的成果。"

接到总理的回信，任先生非常高兴。他说，总理的评价这么高，我们一定要好好做。温总理能在百忙中这样认真地倾听一位学者的心声，关注一部书的进展，给全体工作人员以极大的安慰和激励。

"把这项光辉的事业进行到底"——在国家财政的大力支持下，《大中华文库》加快了编译出版的速度。

温家宝总理始终关注着这一文化工程，2005年8月，"文库"第二批书出来了，我代表任先生和文库工作人员又给温总理写信，汇报我们的工作。三天后，总理就回了信，对我们一年来工作所取得的重大进展表示振奋，并向全体工作人员致谢。2006年春节，温总理还

温家宝总理向西班牙马德里塞万提斯学院赠送《大中华文库》

通过秘书打电话给《大中华文库》全体同志，祝大家春节愉快。

胡锦涛主席访问美国耶鲁大学、温总理访问西班牙塞万提斯大学时，都将《大中华文库》作为国礼馈赠对方，任先生和我们都感到特别欣慰。

2007年3月，任先生建议《大中华文库》选题中再增加一部《说文解字》。他说：现在国外的留学生对中国的文字非常感兴趣，我们的"文库"还没有这方面的选题。

他一再对我说：牧之，别的工作我不讲，《大中华文库》工作一定坚持做完。

今天，再想起任先生这些嘱咐的时候，任先生已经不在了。这些话就像是他的遗嘱，也是他的临终告诫。想起这样一个大学者，对古籍整理事业的关心，对《大中华文库》的期望，对自己的严格要求，我仿佛看到任先生在那里，一只胳膊挎着手杖，一只手提着公文包，殷切地、慈祥地看着我。我情不自禁地想到，任先生一生以自己对祖国历史的不倦思考、对民族的深沉热爱、对未来的无限期待，引导我们建设中国文化，我们一定要尽最大努力，高质量地完成《大中华文库》工作，不辜负任先生的期望，不辜负温总理的期望。

2009 年 7 月 15 日

门前一树马缨花

——怀念季羡林先生

（一）

我从中学读书时就记住了季羡林先生的名字。那时，我偶然读到一篇散文，题目叫《马缨花》，作者就是季羡林。说他有一个时期孤零零一个人住在一个很深的大院子里，傍晚从外面走进去，越走越静，自己的脚步声越听越清楚，仿佛从闹市走向深山。还说往往在半夜里，突然听到推门的声音，声音很大，很强烈，不得不起来看一看。我就觉得有股《聊斋》里那些空旷老宅的鬼狐之气。再往后读，季先生写道："有一天，在傍晚的时候，我从外面一走进那个院子，蓦地闻到一股似浓似淡的香气。我抬头一看，原来是遮满院子的马缨花开了。远处望去，就像是绿云层上浮上一团团的红雾。"我眼前一亮，仿佛也看到了细碎叶子上红雾似的花。可能是我先有"聊斋"之想，见到季先生说院子里的马缨花，我就想到《聊斋》三汇本中有一篇注释里引了两句诗，诗说：泥土作墙茅作屋，门前一树马缨花。我觉得实在太美了，便移情于此。我那时是个中学生，井底之蛙，根本不知道季羡林是谁，只是因为文章写得像《聊斋》，给我很深的印象，我记住了他的名字。

季羡林先生在《大中华文库》
座谈会上发言

后来,我有幸考入北京大学中文系,先知道写过《忆当年,穿着细事且莫等闲看》、翻译过《第四十一》的曹靖华,是北大俄语系教授。不久,又知道了写《马缨花》的季羡林是北大东语系教授。后来,又知道北大知名教授之多数不胜数,真是很激动啊,一下子感到自己做一个北大学生实在是太幸运了,不自觉地就有了一种自豪感。但那时我从来没想过当面去向他们请教,认为我和他们的距离太大了,没有资格。

(二)

今天,季先生去世一周年了。我内心里升腾起对季先生的无限感念。在我从北大毕业参加工作后,我所做的两件大事都有季先生的支撑。

第一件事情是我在中华书局办《文史知识》。我们从1981年起办起了《文史知识》。因为办刊逢时,又得到师友支持,再加上我们办刊的几个人卖力,真是办得如火如荼。

1986年,我们看到杭州灵隐寺烧香求佛的人十分多,不但有老者,还有青年学生,甚至国家干部;看到普陀寺道场整日香烟缭绕;看到大学里选修宗教课的人越来越多,便决心编一期"佛教与中国文化"专号。为此,我们请季先生写一篇他研究佛教的心得。他慨然应允,不久就送来了《我和佛教研究》的专文。这篇文章真让我震惊,季先生写道:

> 我们过去对佛教在中国所产生的影响的评价多少有点简单化、片面化的倾向。个别著名的史学家几乎是用谩骂的口吻来谈论佛教。这不是一个好的学风。平心而论,佛教既然是一个宗教,宗教的消极方面必然会有。这一点是不能否认的。
>
> 但是佛教在中国产生的仅仅是消极的影响吗?这就需要我们平心静气仔细分析。……佛教作为一个外来的宗教,传入中国以后,抛开消极的方面不讲,积极的方面是无论如何也否定不了的。它几乎影响了中华文化的各个方面,给它增添了新的活力,促其发展,助其成长。

季先生又写道:

> 宗教会不会成为社会发展、生产力发展的障碍呢?会的,但并非决定性的。……在日本,佛教不可谓不流行,但是生产力也不可谓不发达,其间的矛盾并不太突出。我刚从日本回来,佛教寺院和所谓神社,到处可见,只在京都就有一千七百多所。我所参观的几所寺庙占地都非常大。日本人口众多,土地面积狭小,竟然留出这样多的土地供寺庙使用,其中必有缘故吧。我们是否可以这样说:佛教在日本,不管以什么形式存在,一方面能满足人们对宗教的需要,另一方面又不妨碍生产力的发展,所以才能在社会上仍然保持活力呢!

我用这么大的篇幅抄录季先生的文章，实在是因为这些观点让我很钦佩。这篇文章写于二十五年前。那时作者就能实事求是，有啥说啥，很不容易。这种突破传统、科学分析，敢于逆潮流而上的大无畏精神，是一个伟大学者的风范。我想，也只有这样才能探寻出真理吧？

从此，我对季先生的认识更深入了一步。季先生也对我们夸奖有加。他说："现在《文史知识》——一个非常优秀的刊物——筹组了这样一期类似专号的文章，我认为非常有意义，非常有见地。"

他还说：《文史知识》真正做到了雅俗共赏，不但对一般水平的广大读者有影响，而且对一些专家们也起作用。通过阅读本期的文章，一方面可以获得知识，另一方面，也是更重要的一方面，还可以获得灵感，获得启发，使我们在研究佛教的道路上前进一步，以此为契机，中国的佛教研究的道路将会越走越宽，越走越深入，佛教研究的万紫千红的时期指日可待了。

我心中暗想，季先生真是我们的知音啊！从此，我们有了重要的题目，就去请季先生写，季先生也是有求必应。据统计，从1986年发表在"佛教与中国文化"专号这篇文章之后，到2001年，十五年间季先生在《文史知识》上发表的文章有十四五篇之多。据季先生的学生王邦维说："季先生一生虽然发表文章无数，但似乎从来没有在同一刊物上发表超过这个数量的文章的。这说明季先生十分厚爱《文史知识》。"

王邦维的话是有道理的。季先生的老朋友大诗人臧克家先生曾说自己是《文史知识》的"第一号朋友"。季先生说："那我就是《文史知识》的第一号读者。因为几乎每一期的文章我都是从头读到尾的。"

1989年10月，《文史知识》出刊一百期，季先生特地撰写了《百期祝词》，文章中说："我对《文史知识》有所偏爱。但是我的偏爱不是没有根据的。"又说："我对《文史知识》的印象可以用八个字来概括：严肃、庄重、典雅、生动。"

九年之后，1998年1月《文史知识》出刊二百期时，季先生又特别写文章祝贺。他说："《文史知识》是我最爱读的学术刊物之一。它已经形成了自己特有的风格，这种风格我想用这样两句话来概括：严谨而又清新活泼，学术性强而又具有令人爱不释手的可读性。"

今天，当我再一次温习季先生的文章，温习季先生的鼓励的话时，我想，我们确实是在努力经营我们的刊物，把它当作实现我们的"梦想"和"兴趣"去追求。但季先生的鼓励，重点在指出《文史知识》是"学术刊物"，《文史知识》严谨、清新、活泼、具有可读性。这就体现了一位大学者对如何研究和弘扬中华民族文化、什么叫学术的一个态度，一个标准。他的标准就是，是否老老实实地做学问，是否实事求是地谈问题，是否能用通俗、生动的笔法，写出严谨、有学术价值、有新的突破的清新的文章。他的标准，就是要像《文史知识》上那些"大专家"写的"小文章"，同样有学术价值。这是一位伟大学者，给我们提出的要求和希望吧。季先生曾经说，他自己最为敬仰的四位前辈是陈寅恪、胡适、梁漱溟和马寅初。他说，陈寅恪的"独立之精神，自由之思想"，胡适的"大胆假设，小心求证"，梁漱溟的"三军可夺帅也，匹夫不可夺志"，马寅初的"宁为玉碎，不为瓦全"，令他十分赞佩。综观季先生对这四位大师的礼赞，我们也可以印证季先生做人的准则和对后辈的期望。

第二件事是有关《大中华文库》的编纂工作。季先生还有任继愈先生、袁行霈先生，以及杨宪益、沙博理诸位先生，可以说是这件大工程的精神支柱。他们除了到处介绍夸奖这项工程，还不断地给我们出谋划策、排忧解难。

萌生编辑《大中华文库》是在上个世纪80年代，是我在中华书局做编辑的时候。我那时想，中国有悠久的历史、灿烂的文明，但国际上的学者对中国文化研究不够，评价不充分。甚至连大哲学家黑格尔都认为，中国虽然有完备的国史，但中国古代没有真正意义上的哲学，还处在哲学史前状态。真是不幸。我想，其中一个重要的原因

季羡林先生（左）
和臧克家先生

是，中国的车载斗量、灿烂辉煌的古代文献没有全面系统准确地介绍到西方去。

我是学中国古典文献的，又长期在中华书局做编辑，我觉得，把中国辉煌灿烂的文化介绍到全世界去，是我们的责任，也是我们的使命。但那时中华书局没有条件。我和当时中华书局的总编辑李侃同志谈我的建议，他表示无奈，说："中华没有那么多资金，也没有外语力量。"事实也确是如此。正如任继愈先生说："为什么今天能够出这么一套《大中华文库》，过去不行，二十年前行不行啊？我看也不够这个条件。现在我们'沾光'在哪里？我们国家经济力量上去了，经济发展了，综合国力上去了，文化也就跟着上去了。我们在这方面做得很及时，很得力，也做得很合适。再晚，就耽误了；再早，也不可能。我感觉，国力的昌盛，是我们有力的支持、支柱，让我们今天能够出这么一套好书。"

有了经济实力，还得有人的精神、人的信念。这项工程难度太大了。一是外语人才；二是古文献人才；三是出版资金；四是编辑、印制、装帧水平。当时正在策划筹办第一届"国家图书奖"。我得以见到我久已景仰的季先生。那是我第一次当面向季先生请教。他是一位瘦瘦的老者,脑门有很深的皱纹,眼睛十分和善,再加上白白长长的眉毛,和邻居家的老爷爷毫无区别。穿着一身蓝色中山装,洗得已经有些发白。一说话,语音缓缓的,很和蔼,顿时让我去了紧张。

我说了想法,我说请季老给我们出主意,我还说,季老您学贯中西,给我们当顾问吧。我怕季先生拒绝我们,便不停顿地一口气把话说完。季先生没有打断我,听我说。事后,我很后悔,怎么没想起和先生谈谈"马缨花"啊!

季老十分和蔼、又十分坚决地说:"出版这样一套书太必要了。它的意义估计再高也不过分。"

"我们这一辈人,都希望做这项工作,但那时没有条件。鲁迅讲'拿来主义','五四'以后我们拿来的不少,送出去的不多,而且有些工作还是外国人做的。今天你们要做,我举双手赞成。"

"外国人介绍中国文化,当然是好事,但介绍的效果怎么样,准确性如何,我看都没把握。还得我们自己做。"

"我只盼你们尽快开始做。"

谈话是在香山饭店。在饭店大堂后面的花园里。池水、绿柳、白墙、黑瓦,季老坐在池边的太湖石上,娓娓而谈。那情景像一幅画,定格在我的脑海中。当时我还想,这位老者,头也不很大,人和邻家老爷爷没有多大区别,他脑中怎么装了那么多东西,会有那么大的学问?他穿着朴素得早已落伍的蓝布中山装,怎么会有那么深厚、无边的情感,写出那么含蓄、多情的散文呢?他文中弥漫着的那份深情,永不褪色,什么时候读了,都会让你感到充满人情味,让你深深地感动。我站在季先生后面,我感到季先生就是一座大山。我得到这样一位伟大学者的支持,仰之弥高,钻之弥坚,让我好生荣幸。

季先生成了《大中华文库》的学术顾问,有问必答。什么时候请他来开会,他总是提前到达。没有任何要求,没有丝毫特殊。

每当这时,我就会想起任继愈先生讲的有关季先生的一个故事。

任先生说：北京图书馆善本室有一个规定，那就是必须要有研究员、副研究员资格才能入室查阅。季先生带的一个研究生要去查阅但没有资格。季先生就亲自带着研究生去善本室，他借出书，让学生看，自己端坐在一旁等着。

每想到这里，我的眼睛都会湿润，我的内心都会深深震撼。老师岂止"传道、授业、解惑"，他们心里装着未来，他们支撑着每项为了未来的事业。他们是伟大的学者，他们又是关怀、扶持、期望着"家业"兴旺的父兄。

《大中华文库》出版接近尾声时，我们在大会堂开会，听取各位专家的意见，以便善始善终地搞好。季先生率先发言，他语重心长地说："现在我们常讲一句话，说'弘扬中华民族文化'，问题是弘扬的范围是什么？弘扬的目的是什么？一方面，是为了我们中国自己的利益，为了我们的后代；更重要的是对全世界。《大中华文库》对我们整个人类的前进，整个人类的发展，具有不可估量的价值。"听了季先生的发言，我很震惊，也很不安，是不是估计太高了。散会后，我去问季先生，季先生一边笑着，一边说，《大中华文库》是什么？是中华民族文化啊！是中华民族文化的精华啊！我估计过高吗？你们做了了不起的事，要继续做好，保证质量。

我心里一下子有了底。我们不能辜负我们心中景仰的大师的期待，我们不能辜负他陪我们后生读书的那份拳拳之心，我们不能辜负他"招之即来"，无话不说的深情。我们得记着他们的期望，掮着他们的大旗奋力前进。

（三）

绵绵回忆，季先生对我、对我们的支持真是难以尽说。在我不得不停笔的时候，季先生的三篇文章还不能不说一说，因为它们给我的

和季羡林先生在香山饭店

印象太深,震动太大,警醒太强。一篇(姑且也叫一篇吧)叫《牛棚杂忆》。书的序言说:

> 一些元帅、许多老将军,出生入死,戎马半生,可以说是为人民立了功。一些国家领导人,也是一生革命,是人民的"功臣",绝大部分的高级知识分子、著名作家和演员,大都是勤奋工作,赤诚护党,所有这一些好人,都被莫名其妙地泼了一身污水,罗织罪名,无限上纲,必欲置之死地而后快。真不知是何居心。中国古来有"飞鸟尽,良弓藏;狡兔死,走狗烹"的说法。但干这种事情的是封建帝王,我们却是堂堂正正的社会主义国家,所作所为之残暴无情,连封建帝王也会为之自惭形秽的。而且涉及面之广,前无古人。受害者心里难道会没有愤懑吗?我心里万分担忧。这场空前的灾难,若不留下点记述,则我们的子

孙将不会从中吸取应有的教训，将来气候一旦适合，还会有人发疯，干出同样残暴的蠢事，这是多么可怕的事情啊！

他尖锐地评价了"文化大革命"，他坦率地讲出了他的忧虑。

一篇叫《站在胡适之先生墓前》。他写道：

> 我现在站在适之先生墓前，心中浮想联翩，上下五千年，纵横数千里，往事如云如烟，又历历如在眼前。中国古代有俞伯牙在钟子期墓前摔琴的故事，又有许多在挚友墓前焚稿的故事。按照这个旧理，我应当把我那新出齐了的《文集》搬到适之先生墓前焚掉，算是向他汇报我毕生研究的成果。但是，我此时虽思绪混乱，但神智还是清楚的，我没有这样做。

第一，季先生敢于拜谒胡适的墓，还在胡适名号后面加上了"先生"二字（这是他过去没能做的）；第二，他想像挚友那样将自己的《文集》在"适之先生墓前焚掉"，以作为"汇报"；第三，但终于没有那样做。他说，他"神智还是清楚的"。

第三篇就是《留德十年·重返哥廷根》：

> 我真是万万没有想到，经过三十五年的漫长岁月，我又回到这个离祖国几万里的小城里来了。……首先我要去看一看我住过整整几十年的房子。我知道，我那母亲般的女房东欧朴尔太太早已离开了人世。但是房子却还在。我走到我住过的房子外面，抬头向上看，看到三楼我那一间房子的窗户，仍然同以前一样，摆满了红红绿绿的花草，当然不是出自欧朴尔太太之手。我蓦地一阵恍惚，仿佛我昨晚才离开，今天又回家来了。我推开大门，大步流星地跑上三楼。我没有用钥匙去开门，因为我意识到，现在里面住的是另一家人了。我经常梦见这所房子，梦见房子的女主人，如今却是人去

楼空了。

……我忽然回忆起当年的冬天，日暮天阴，雪光照眼，我扶着我的吐火罗文和吠陀语老师西克教授，慢慢走过十里长街。

……几十年来我昼思梦想最希望还能见到的人，最希望他们还能活着的人，我的"博士父亲"，瓦尔德施米特教授和夫人居然还都健在。一别三十五年，今天重又见面，真有相见还疑梦之感。老教授夫妇显然非常激动，我心里也如波涛翻滚，一时说不出话来。

噢！我抄了这么几大段文字，这算什么文章呢？我知道这不大符合作文章的起承转合，但非如此不能说出我对季先生的敬仰和钦佩，不足以说明白我对季先生又伟大，又普通，有高人的志向，又有常人的悲欢离合的一种亲近之感。谁没有七情六欲，谁没有这个那个想法？如果都没有，那这人无论多么伟大、多么崇高，也不会让人感到亲切。

季先生去世一年了，终于可以安安静静地休息了，也不用再在门上贴上"请勿打扰"的纸条了，没有人再去那里打扰了吧？

季先生字希逋，有人说这是他仰慕南宋的大隐士林逋。林逋，以梅为妻，以鹤为子，终身不仕，隐逸山林。季先生想这样吗？季先生笔名齐奘。奘，玄奘，俗称唐僧是也。齐，齐鲁大地。有人说季先生要向玄奘看齐，做齐鲁大地之唐玄奘，是吗？

季先生在我心里，既是伟大、渊博的学者，又是一个有爱、有恨的普通人。他也慕苏东坡之游，想像苏东坡一样，"在月明之际，亲乘一叶扁舟，到万丈绝壁下"，体会《石钟山记》的境界。他也曾看到头顶上有萤火虫飞，而想伸手抓到一只。他也为拨开草叶，发现一颗颗红红的草莓，感到无比快乐。他也会为给自己花钱而算计。他从医院回到家里，在空空荡荡的屋子里，他的白猫扑到身上，他的眼泪就"扑哧扑哧"往下掉。他也会与儿子闹矛盾，甚至赌气不理人。他也曾想过自杀,但暴徒十分激烈的敲门声,让他猛醒,对暴徒不可软弱。这些不都是一个平常人的平平常常的喜怒哀乐吗?也正为此,我更加崇敬他。

夏天到了,绿树如荫。找个时间我要去季先生当年住过的院子看看马缨花,看看是不是又开得像是绿云层上的一团团红雾。

2010 年 7 月

臧老看过的杂志，还保存着吗？

臧克家先生是 2004 年 2 月 5 日去世的，那天我出差在外地，后来，等我接到讣告，知道这个噩耗时，追悼会已经开完。我很难过，也很遗憾，眼前总是浮现臧老的形象。

这几天整理我的旧文稿，翻检出几封臧老给我的信，展开重读，让我思绪绵绵。臧老是大家，中外瞩目的大诗人，在中国文坛有举足轻重的地位，但和我这个晚辈后生却又无话不说。面对着二十年前他给我的信，臧老的音容笑貌宛在面前。离得越久，先生的优秀品质就看得越清楚。今天正逢先生去世六周年，我把我的感想写出来，以抒发我对臧老的怀念之情。

当年，我在中华书局编辑《文史知识》。那时候，我的家在社科院东边的南牌坊胡同。臧老的家在西面二三里的南小街边上的赵堂子胡同。中华书局在更西边的王府井大街 36 号，文联旧址。每天早晨我骑自行车上班，从臧老的门前经过，是一条近路。臧老每早散步，在他那条胡同，从西走到东，又从东走到西。每天早晨七点半左右，我上班必经过此处。每次都会碰到臧老，他总是笑着冲我走过来，站在我的自行车前，和我说话。什么都聊，天气，他这两天又写了什么，昨晚的《新闻联播》里的重大新闻，

臧克家先生在宣读写给《文史知识》的诗（右为廖沫沙先生）

当然聊得最多的是当时我在办的《文史知识》，哪篇文章好，哪篇文章他认为有问题。我真是得天独厚，经常能得到这样一位大家的指教。下班时，路过他家门口，如果碰到，臧老常约我进去坐坐。有时就站在他家的院子里聊。他的家是个四合院，窗户是中式的有窗棂的那种，廊柱漆的红漆已经斑驳，甬道两边种着月季和芍药，四季总有花开。外面不远处就是一条街，院内却很幽静。大概他觉得我不像早晨那样要赶着上班了，谈得从容。

有的时候，我上班有急事要办，没时间停下来聊天，他不知道，照样站在我的自行车前，和我侃侃而谈。后来，我如有急事，就拐个弯，不从他家门前经过。过两天，见到我他准问，这两天出差了吗？我很不好意思，不敢说谎，只好笑笑，今天想起来，我真后悔！

臧老对我们这些后生晚辈的工作真是倾全力支持。一次，在他家里，他从书桌上顺手拿起一本他读过的《文史知识》，给我看。密密麻麻的圈点，文字旁边的批注，蓝色钢笔、黑色铅笔、红色的红蓝铅笔,好用心啊。后来,我读过他给《文史知识》写的一首诗,诗后的小记中写道:"《文史知识》创刊以来,总不离手,每晚卧床上,灯下研读,习以为常,红圈蓝线,乱杂字行间,自得其乐……"真是一点不假。看了臧老圈点的杂志,我当时很激动。像臧老这样的大家,居然这样认真地看我们这本普及的杂志;我们这样一本普及的杂志,居然对像臧老这样的大家也有用,我从内心里升腾起对臧老的敬重,更重要的是我从心里感到了自己工作的重要,自己工作的责任。

后来,我给青年编辑讲自己的体会时,常说,普及的刊物是很重要的,不能轻视。办刊物关键是要处理好"普及与提高"的关系,要办一个"雅俗共赏"的刊物等等理念,就是由臧老的言传身教体会出来的。我们国家,中等文化水平的读者最多。我们的杂志,要让中等文化水平的人可以看懂。好比中等文化水平的人已达到了"升堂"的水平,而《文史知识》要帮助他们"入室"。对文化水平高的人,也有用。社会上知识林林总总,浩如烟海,一个人不可能事事穷究,门门精通,他也需要我们的刊物帮他学习。臧老的言传身教让我体会到办一本普及的刊物的重要。普及刊物的极致就是雅俗共赏。

记得当年臧老给我翻看他在《文史知识》上的批注时,我几次想要把他批注过的这些杂志讨要下来,但终没好意思开口。今天,臧老看过的这些杂志,还保存着吗?

臧老读《文史知识》极为认真,他发现问题,不是给我写信,就是给我打电话。1985年4月的一天,他派人给我送来一封信。送信的人楼上楼下找我,我以为臧老有什么急事告诉我,打开信看却是一封纠错的信。送信的人说臧老让我尽快交给你。臧老这样关心我们的刊物,这样为读者负责,我心里热乎乎的。臧老在信中写道:

> ……你编的《文史知识》我是喜爱的,我也是一个仔细、

忠实的读者。连一个错字，一二处标点有误，也画上了符号。1984年第11期廖文4页倒数7行，"竟病之学"，"竟"字恐系"声"字之误吧？

后来，《文史知识》又出版了"文史知识文库"，是把发表在《文史知识》杂志上的文章，按类汇编在一起成书的，臧老也十分认真地阅读，并指出他发现的问题。一本有关历史人物的汇编《中华人物志》，臧老看后，来信说：

> ……我工作多，《中华人物志》每日空时读一二篇。普及的书，但可读，写来也不易。关于李清照的故乡，记得读过考证文字，与《人物志》上的一般说法不合。此书似应改为《中华文苑人物》（或加"志"）较合于内容。所收十九系文艺方面的，"史"的甚少，文史之外则无了，题为"中华人物志"帽子太大，不切题。

这些意见都是很中肯的。

臧老的关心和扶持是十分真诚的。《文史知识》五周年时，他写过一首诗送给我们，祝贺《文史知识》创刊五周年。诗中说：

> 结识良朋历五年，殷勤夜夜伴孤眠。
> 文章读到会心处，顿觉灯花亦灿然。

后来，他又给我写信，说："连上两函，均未得复，想太忙。……再写第三函，为了一个设想：近日又写了两首旧体诗，我想把为祝贺《文史知识》创刊五周年那首（连注）组成一组（三首）交一家报纸发表，9月底可能发出，恰好快到《文史知识》五周年了，早发出，起一点宣传作用。你如同意，请电话告我，我即照办。"

臧老替我们想得多么周到。他不但写诗赞扬，他还知道，报刊的征订工作9、10月就开始了，宣传工作做得好坏很重要，关乎下一年的发行情况。臧老主动地给我们出主意，具体地帮助我们，在我们心里，他不是读者，不是专家，他就是我们刊物编辑部的一员。

还有一点，我一定得说说，那就是臧老的谦虚和好学。我再从臧老给我的信中选几段话，请大家品评。

……你看了我的《秋声赋》一文，以为如何？望示。许多谈此文的同志，一面赞赏，又说"有消沉"意味，系年老了，心境变了。我有意翻案，不一定对。你看呢？（1985年5月7日早）

臧克家先生的手迹

我喜欢读古（书），但学力差，只能欣赏。

最近写了一篇小文，虽用了力，但未必佳。想来想去，觉得寄你刊为合适。请审阅，如不够格，请退还。我是个喜欢开门见山直来直去的人，万勿有什么顾虑！那就不是知我的了。（1985年4月）

……东北有家出版社想出一部"诗词欣赏家"（大意），要列入我，我不复信。搞这类东西的，太多了。我不是专家，不愿冒名。

　　北京出版社编辑部一位同志来，有意要我编一本《古典诗词欣赏》，告以文章不足。（1986年2月24日）

　　臧老的谦虚、谨慎和自律，让你感到真诚不做作。其实臧老的学问是一生一世的积累，他的作品是呕心沥血的成果，是我们的榜样。臧老二十岁时，发表了他的第一首诗，后来又发表了《老马》，一举成名。不久，出版了《烙印》《罪恶的黑手》两本诗集，得到闻一多、王统照的好评。从此，他蜚声诗坛。他为纪念鲁迅逝世十三周年而写的《有的人》，成为他又一代表作，引导人们向人生的更深层次思考。2002年他获得国际诗人笔会颁发的"中国当代诗魂"金奖，2003年，《臧克家全集》获第六届国家图书奖。臧老著作等身，声名远播，还说自己"学力差"，还真诚地听取我们这些后生晚辈的意见，真是位虚怀若谷、有大气魄的人啊！

　　有一次，他给我抄了一些他喜欢的诗，信上说：默记《随园诗话》所载名诗、名句，因极喜爱，牢记心内，抄录给你，与你共赏。

　　　　满地榆钱莫疗贫，垂杨难系转蓬身。
　　　　离怀未饮常如醉，客邸无花不算春。

　　　　欲语性情思骨肉，偶谈山水悔风尘。
　　　　谋生销尽轮蹄铁，输与成都卖卜人。（好诗！）
　　　　雕盘大漠空无影，冰裂长河夜有声。（好句！）

　　抄奉　牧之同志
　　　　　　克家1985年8月2日
　　又——记得还有孩子哭娘诗："哭一声，叫一声，儿的音声娘惯听，为何娘不应？"（好！贩夫之作，甚感人，故记住了。）

看过这些信，我明白了，臧老之所以成为伟大诗人，靠天分、靠努力，更重要的是靠虚心学习，学古人、学今人，也不断向晚辈后生讨教，甚至贩夫走卒，只要有一点可取，他便牢记不忘。

　　回忆很愉快，好像臧老就在我眼前。他那种对朋友的热情，对生活的激情，对社会的关心，对人民群众的热爱，是那样强烈地感染着我。我仿佛看到他跟我谈他新作时兴奋的样子——山东腔的普通话，眼睛总是笑眯眯的，激动时常是眉飞色舞……

　　一晃，二十多年过去了。臧老散步的小胡同已变成一条宽宽的大街，臧老家的小院上面已耸立起一座高楼。但是臧老期待的笑容，却总是清晰地在我眼前。

2010 年 2 月 5 日

邓广铭先生与岳飞的《满江红》

在我的编辑生活中,印象很深刻的一件事是到北京大学教授邓广铭先生家里组稿。那也是我第一次用"录音"的方法组来稿的。这让我进一步感受到一位大学者的执著与追求的精神。

1981年,我们的《文史知识》月刊刚刚开张,很受欢迎,一开始即征订四万,第二年就是八万(后来又到二十七万,这是三四年之后),大家心气自然很高。我们千方百计地设计读者感兴趣的题目。当时我的一个指导思想是:选题最好是读者知道一些,又说不大清楚的。"知道一些",他看到题目不陌生,会感兴趣;"又说不大清楚",他就想弄清楚,看看别人是怎么说的。

根据这个原则,我们设计了一批选题,如《徐福东渡的史实与传说》《赤壁之战中曹操到底拥有多少兵马》《佛教徒的人生观与道德观》《木牛流马是什么样的运输工具》等等。我还想到岳飞的《满江红》词。那几年,关于岳飞的《满江红》词作者是谁的争论又热烈起来。可能与学术界讨论爱国主义与民族主义有关。我想围绕这个题目组几篇稿子一定会吸引读者,这就想到了邓广铭先生。

针对岳飞《满江红》词的作者问题,最先发难的是余嘉锡先生。上个世纪30年代,余嘉锡先生在《四库提要辨证》一书中

邓广铭先生

说：我们所见到的《满江红》一词手稿，并不是岳飞的亲笔，而是明朝一位名叫赵宽的浙江提学副使书写的。赵宽也不讲从何本而来，载于何书，岳飞《满江红》词可以说是"来历不明"。他又说：岳飞的儿子岳霖、孙子岳珂，不遗余力，遍访岳飞的遗稿，编了《金陀粹编》，其中《岳王家集》没有收录这首词。这么一篇名作，怎么可能遗漏？而且，宋元人的书都没有记载，突然出现于明中叶以后，十分可疑。据此，余先生认为很可能是明朝人之作，假托岳飞之名。余先生断言："以伪为真，实自徐阶（明朝宰相，曾编有《岳庙集》，其中收有岳飞《满江红》词）始。阶不足道也，四库馆诸臣何其一无鉴别也哉？"

余嘉锡先生此论一出，舆论大哗，一时间学术界很多人接受这一观点。其中影响最大的当为"一代词宗"夏承焘先生。他在1961年写了《岳飞〈满江红〉词考辨》，支持余先生观点，影响很大。后来，中华书局出版夏先生的《月轮山词论集》，亦将此文收入书中。我作为这本书的责任编辑，所以对夏先生力主《满江红》非岳飞之作的观点印象很深。

一位是学问大家，一位是"一代词宗"。《满江红》词非岳飞所作几成定论。但是,研究宋史的专家邓广铭先生怎么看呢?周一良先生说:邓先生是"20世纪海内外宋史第一人",邓先生一定会有自己的看法。又听说,邓先生并不赞成余、夏二位的意见。但他还没有写成文章。这一来,我们情绪高涨,请邓先生写篇文章,这该是多有意义的事啊!打笔墨官司,耸动视听不说,一个重要学者的重要文章首先在你办的刊物上发表,这说明刊物的学术水平啊!

1981年新年刚过,在一次学术会议上碰到了邓先生,我急忙过去组稿。邓先生说:"这个题目我很感兴趣。不过,近来忙,过一段吧。"听了这话我喜出望外,这不是同意写了吗?但是我怕这"过一段"是托词,教授讲课一忙就没谱了,赶忙追问:"什么时候去取稿?"我要把时间敲死。邓先生脱口说:"过完春节吧。"我知道进退,先生忙,不能逼之太紧,忙拉过我身边的同事黄克说:"邓先生说春节后让我们取稿,你帮我记着啊!"其实,我这话是说给邓先生听的,是要再确认一次,好让邓先生印象深刻,到时候别忘了。

邓广铭先生与夏承焘先生(左)

真是"光阴似箭",和邓先生约稿时离春节差不多还有两个月,转眼鞭炮一放,初五的饺子一吃,初六上班了。

这一天我可是等了好久了。上班后,见到黄克第一句话就说:"走吧,去邓先生家取稿子去啊?"黄克愣了一下,似乎经我提醒他才想起来,便说:"这么长时间了,是不是先给邓先生打个电话,问问写完没有?别白跑啊。"我说:"不能问。如果他没写,一问,又拖下来了。如果他写完了,正好取回。"我是想用"苦肉计"感动邓先生,我们"千里迢迢"跑来了,邓先生就是没写,也得给我们抓紧写吧?

我和黄克骑上自行车就走。黄克在他的美文《回忆是美好的》一文中说:

> 当时,个人家中安装电话还不普遍,所以组稿、办事,不论远近,都靠骑车;那时也没有留饭的习俗,完事就走,一般半天就把任务跑回来。以去北大为例,从王府井大街36号(当时中华书局社址)骑到北大南门,算了算,即或是寒冷的冬天,也不过五十二分钟。一路上边说边笑边比画,那是挺愉快的事……

那天下小雪,路上已是浅浅的一层白,空气极好,很快便到了北大朗润园。上楼,敲门,邓先生颇为愕然。(果不出所料!)我们说,一是给先生拜个晚年;二是讨债。邓先生果然忘记了与我们约定的时间,莫名其妙地看着我们。我们忙说,如没写好,过几天也行。

邓先生一脸的歉意。直说,这真不好,这真不好,让你们白跑一趟。

我们赶紧说:"您看什么时候我们再来?"

邓先生在想。

我灵机一动,想起向廖沫沙、董纯才等老先生组稿的经验,是他们口述,我们记录,我们整理好,再请他们审订。现在有录音机了,可以用录音机记录啊！忙说："这样吧，下次我们来，您来讲，我们录音，由我们整理后再交给您审订。这样会给您省点时间。"

邓先生一时拿不定主意，大概是不知录音效果如何。事后知道，邓先生当时确实还没有录音整理的经验。他正在犹豫。当邓先生听说我们是骑自行车来的，外面还下了雪，颇为动容，连声说："后天吧，后天一定谈。"隔一天，我和黄克又骑车前往。刚下过雪，路滑，但想到这回邓先生的稿子是跑不了了，心里仍然十分高兴。

进了邓先生客厅，我们把录音机放好。那时一般工作用的录音机还很简单，俗称"砖头"。邓先生夫人也觉得新鲜，出来看邓先生如何对着录音机讲话。邓先生搓着手，说："没这样讲过，不知效果如何。"录音机磁带吱吱地转了半天，邓先生还没开讲，咳嗽两声说："怎么讲不出来啊！"我直想笑，邓先生对着台下几百人的课都讲得挥洒自如，一个"砖头"却把他难住了。

我们忙说："您就把我们当作听课的学生，随便讲吧。就当没有这录音机。"又沉吟了一会儿，邓先生就讲开了，一会儿便侃侃而谈，自由潇洒了。

讲了一个多小时，邓先生收住话题。我们把带子倒回来放给邓先生和邓夫人听，邓先生很兴奋，连说："这还真是第一次。"

回去后，我们整理、打字、校好，又送给邓先生审订。这就是后来发表在1981年《文史知识》第三期上的《岳飞的〈满江红〉词不是伪作》一文。

此文影响很大，不久就有读者来信，和邓先生商榷，还批评邓文说："邓先生文章中的一句话不妥，使他不能无憾。"那是指邓先生在文章中说岳飞，投军以前文化水平并不高，"投军以后，文化程度进步非常快，到哪个地方都喜欢卖弄一下自己的文才，写写题记。"邓先生看了读者的信后，一方面诚恳接受意见，认为"意见很好"，"确实有些措词不当"，另一方面仍然坚持自己的学术观点。这封信至今我仍然保留着，不妨录下来，请大家赏鉴。信的全文如下：

《文史知识》编辑同志：

来信和转寄的沈敬之同志信，均已拜读。沈信所指出的，我在文章中说岳飞"喜欢卖弄一下自己的文才，写写题记"，使他不能无憾。我觉得他的这个意见很好。我那句话，确实有些措词不当。在文章刊出后，我看到这一句时，当时即发生了这样的感觉，但已无法改正了，所以，后来在写《再论岳飞的〈满江红〉词不是伪作》一文时，就不再这样说了。

对于岳飞幼少年期内文化水平的估计，沈信根据《宋史·岳飞传》提出不同意见，对此，我却依然不改变我的意见。因为，《宋史·岳飞传》是从岳珂的《鄂王行实编年》脱胎来的，而岳珂对岳飞幼少年期内的生活情况所知甚少，对于他曾作"庄客"（即佃户）等事则讳莫如深，却又虚构了许多溢美之辞，如"家贫力学，尤好《左氏春秋》、《孙吴兵法》"等话语即是。这些溢美之辞，我认为是不能置信的。我写的那篇《再论》，已在山东大学的《文史哲》今年第一期上刊出。沈同志如能看到，也许对他的这一看法有所改变。此复，顺致

敬礼！

邓广铭

1982.2.21

邓先生是位极为认真执著的学者。他的成就当然与这认真与执著有密切关系。写到这里，我想起北大老师讲过的邓先生读书时一则轶事。说他本来喜欢文学，考入北京大学历史系之前，曾经在辅仁大学读书。周作人说他自己在辅仁大学授课时，"既未编讲义，也没有写出提纲来，只是信口开河地说下去"，不料，他讲完这一课后，邓先生拿着他课上记的笔记，请周作人审阅。周作人说："所记录的不但绝少错误，而且把我乱说的话整理得略有次序，这尤其使我佩服。"

后来，经周作人审订的笔记，就以《中国新文学的源流》为名出

版了，书上赫然写着"周作人讲校，邓恭三（邓先生字）记录，沈兼士题签"。书出后，周作人将稿费全送给了邓先生。

邓先生用这笔钱买了一部线装二十四史。邓先生的同学张中行曾经说，周作人讲课北调掺和南腔，其中又有不少专业知识，颇不易记。邓广铭不只记了，且接着就印成书。"一个初进大学门的学生，才竟如此之高，学竟如此之富，真是不可理解"。

我倒不认为把笔记记好了就是有才学，但这种认真和有心却实在难得，这是做学问的基本要求。

我又想起邓先生对他著作的严肃态度。他的"四传二谱"[《岳飞传》《辛弃疾（稼轩）传》《王安石》《陈龙川传》和《辛稼轩年谱》《韩世忠年谱》]先后修改了多次，直到生命的最后一年，九十一岁高龄，还遗憾着最后一遍没有改完。他说："我没有那么高深的造诣，使20年代写的东西，可以在90年代一字不变地重印。"

这种追求完美、精益求精的态度，正是成就他学问的原因吧？

请邓先生写文章的故事已经过去三十年，那时的情景却仍在眼前。邓先生面对录音机不知怎样开口的样子，让我想起来就感到亲切和愉快。可惜那时我们没有录像机，否则把邓先生的形象记录下来，该是多么有趣的事啊！

2010年6月

一代词宗

——访夏承焘先生

桌上摆着八九本夏承焘先生的新作,都是近两三年出版的。一个八十多岁的老人,在短短两三年内,有这么多成果,真令人钦佩。我不禁想起老先生在《月轮山词论集》"前言"中的话:"今天,就我个人来说已经垂垂老矣,因而更加恳切地希望得到读者的帮助和指正,使我还有一个新的开始。"写这"前言"的时间是1979年,距今仅仅三年。三年,不过是弹指间的事情,老先生却把决心变成了行动,做出了不起的成绩。如今,老先生虽然行动不如从前方便,记忆力不如从前好了,但是,他那奋斗不息的精神依然如故。是什么力量支持着夏先生奋斗不息呢?这两年,我因为给夏先生的书做责任编辑,耳濡目染,很受教益,先生之风,长留心中。

(一)

夏先生说:"我爱好词学,得感谢我的老师。"说着讲了一件有趣的往事。夏先生是浙江温州人。温州有个谢池巷,巷有"春草池",相传是晋代王羲之的住宅,夏先生的家就在这附近。温州一带文化发达,又多有治习古代文化的传统,文人士子有填词赋诗的爱好。上课时,老师给他们讲怎样作诗,怎样填词,讲到朱庆馀的《宫中词》,其中有这样两句:"含情欲说宫中事,鹦鹉前头不敢言。"当时,夏先生只有十四岁,读了这首诗,便填了一首《如梦令》,词中写道:"鹦鹉,鹦鹉,知否梦中言语?"意思是说,尽管你会学舌,可是我梦中说的话,你能知道吗?教夏先生国文的张震轩先生看到后,在这两句词旁,用朱笔,密密地加了几个圈。夏先生说:"我拿到笔记本,真是高兴啊!小孩子很看重这几个圈,它给了我很大的鼓励。谁想到张震轩先生的几个圈,竟然影响了我一辈子。从那以后,我填词的兴趣更浓了。"

夏先生感谢他的老师,感谢点燃他心中知识之火的启蒙者,但夏先生之所以能成为词学专家,主要还是他自己不断探索、勤奋刻苦的结果。

1900年正月十一日(阴历),夏先生生于浙江省温州市一个普通的商人家庭。父祖辈都是开布店的,夏先生六岁时就随同他的长兄就学蒙馆,课余时间也到布店学习商业。十四岁那年,他报考孙诒让先生创办的温州师范学校。当时,报考的有一千多人,只录取四十人,夏先生以第七名的成绩进入了学校。夏先生说,因为一开始就潜心于古籍之中,所以绝大部分时间都用于读经、读诗文集子。每一书到手,不论难易,必先计何日可完功,一定要按时读完不可。他说,他的秘诀在于苦干,他认为自己天资不高,很笨,但"笨"字从"本",笨是根本,是治学的本钱。因为自己觉得笨,就更加促使自己发愤苦学。他说,一部十三经,除了《尔雅》,几乎都一卷一卷背过。有一次,背得太疲倦了,从椅子上直扑向地面,摔得鼻青脸肿。

1918年,夏先生在温州师范学校毕业。他先在温州做过小学校长,又在北京出任《民意报》副刊编辑,后来到了古都西安,在西安中学、西北大学教授诗词。五六年间,从东南到西北,历尽艰辛,但也开阔了眼界,接触了社会,他的诗词写得更加深刻了。

1921年,从北京去西安,旅途中夏先生作《清平乐·鸿门道中》:

夏承焘先生

  吟鞭西指,满眼兴亡事。一派商声笳外起,阵阵关河兵气。 马头十丈尘沙,江南无数风花。塞雁得无离恨,年年队队天涯。

词中揭露了军阀混战给人民造成的灾难,饱含了对国家兴亡的忧虑。

  1923年,夏先生作《五律·登长城》:

  不知临绝顶,四顾忽茫然。
  地受长河曲,天围大漠圆。
  一丸吞海日,九点数齐烟。
  归拭龙泉剑,谁知此少年。

二十三岁的青年，登高远望，抒发了要成就事业的豪情壮志。

1925年夏先生又回到江南，在浙江严州第九中学教书。严州是个美丽的地方，严子陵钓台就在这里。第九中学原来是严州府的书院，里边有一个很大的藏书楼，一直封闭着，没有人利用。夏先生讲到这里，心情十分激动，眼里闪烁着异常的光芒，他说："我多亏了那个书库，它帮助我打下了学问的基础。"

原来，夏先生到第九中学后，发现了藏书楼，就问校里的老师，库里都是什么书。老师们告诉他是一些古代诗集词集，没人要看的。夏先生进书库一看，果然尽是古书，尤其见到其中有涵芬楼影印二十四史、浙局啸园丛书等等，真是喜出望外。打那以后，每天上完课，夏先生就钻进书库读书。在那里，他阅读了大量有关唐宋词人行迹的笔记小说以及相关方志，做了许多笔记。后来一鸣惊人的《唐宋词人年谱》，就是这个时期积累起来的。

"从这时起，您就开始专攻词学了吧？"

"哪有那么容易啊！光是决定今后的研究方向，我就几乎花费了十年的探索时间。"

说到选择研究方向，夏先生感想很多。他说，究竟什么时候试手做专门学

夏先生赠作者的条幅

一代词宗　133

问较为合适呢？从前人主张，四十岁以后才可以著书立说，四十岁以前"只许动手，不许开口"。这虽然是做学问的谨严态度，但四十岁才开始专，却未免太迟了。因为转眼就到五十岁，精力日衰，效率就差了。如果有老师指导，最好二三十岁就动手进行专门研究工作。夏先生说："我见过一些老先生，读了大量的书，知识十分渊博，但终生没有专业，这是很可惜的。"

怎样选择自己的专业方向呢？夏先生做了艰苦的探索。夏先生从师范学校毕业以后，因为家庭经济限制，没能继续升学，又没有老师指点，只好自己去摸索。他曾经对王阳明、颜习斋的学说发生兴趣，在西北大学讲过章学诚的《文史通义》，准备治小学；又曾发愿研究宋史，立志重新写一部宋代历史，并且花了五六年功夫，看了许多有关的材料，后来感到这个工程太大，非一人所能完成，只得作罢；不久，又想编撰《宋史削录》《宋史考异》，想著《中国学术大事表》。夏先生说，那时思想真是活跃，计划很多，变化也很快，究竟治何学问，长时间处在矛盾斗争当中，早晚枕上，头绪万千，常苦无人为之一决。

说着，夏老的夫人吴无闻女士，从书柜里检出夏老二十几岁时的日记，笑着对我说："那些年，他的计划变来变去，倒很值得吸取教训呢。"我信手翻着，果然如夏先生自己所说，思想异常活跃，甚至还曾经计划写新式小说呢。夏先生的日记这样写着：

1929年1月9日

阅《浮生六记》。沈复以画名而无意中成此名著，醉人心魄。有暇拟写一小说，以一佣妇为线索，写数家庭内幕，涂饰以不自然之恋爱及一少女情死。苦阅历不深，不易著笔，俟再阅名小说数部后为之，若李涵秋之广陵潮，洵近代一佳著矣。

1929年1月22日

检新旧唐书拟作《中国学术大事记》、《学术大事表》。先着手为此。

1929年3月11日

……前拟作《中国学术大事表》，须缩小范围，作《清代学术大事表》，较易尽力。

夏老见我看得入神，便说，今天看这些日记就像看故事一样，当年可苦坏了我，不知什么人可以帮我分析分析做个决定。但时不待人，这样东抓一把，西抓一把，怎么行呢？自己的事情还得靠自己，我反复思索，根据平时的兴趣爱好和积累，决定专攻词学。决心一下，精力一集中，很快就见到了效果，不久，《唐宋词人年谱》《姜白石研究资料》便写成编就了。

研究词学，夏先生是从校勘和考订入手的。当时人崇尚义理，夏先生所做的工作"不入时"，很多人看不上眼。夏先生说："当时我也很矛盾，但还是决心干下去。人生在世，能各发挥其一己之才性，何必阿附流俗，强所不能呢？我国文学待掘发、垦殖的地方很多，只看其方法当否耳，不入时何足病哉！"夏先生认定了目标，便义无反顾地向词学的高峰攀登。

1930年，夏先生开始在之江大学任教。他在《月轮山词论集》的"前言"中说："从三十岁到六十多岁之间，我两次住在钱塘江边的秦望山上，小楼一角，俯临六和塔的月轮山。江声帆影，常在心目。"江声帆影陶冶了先生的性情，同时，也造就了一代词人。"诗思比江长"（《望江南·自题月轮楼》），在这期间，夏先生写作了大量谨严翔实的词学研究文章，也创作了许多美丽的词章。

"您发表的第一篇文章是哪一篇？"

"我记得是《白石歌曲旁谱辨》。"

谈到《白石歌曲旁谱辨》，夏先生回忆起发表这篇文章时的情景。这正如每一个人第一次看到自己写的东西变成了铅字一样，夏先生说，他当时那种兴奋与快乐是终生难忘的。刚刚着手作文章的时候，夏先生并没有打算很快发表。文章写好后，就放到书架上。有一次，顾颉刚先生到之江，在书架上发现了《白石歌曲旁谱辨》，觉得很好，因为关于"旁谱"的知识已经没有多少人懂了，他就把这篇文章带走了。不久，《燕大学报》登了出来。夏先生说："这件事在我们学校里引起了一个小小的轰动。很快，《燕大学报》就寄来了稿费，我记得很清楚，是一百个银元。我从银行把钱取回来，同事们都十分惊讶，有的人说，真没想到做一篇文章会有这么多稿费……"

坐在一旁的吴无闻先生说："其实真不容易，老先生有一首诗，'江湖秋浩荡，魂梦夜飞沉'，说他自己做学问做得梦寐以求的情况，常常整夜不眠。"夏先生勤奋治学的情景使我联想到顾颉刚先生。顾先生曾说："有时在室内蜷伏了数天，走到街上，只觉得太阳亮得耀眼，空气的清新仿佛到了山顶。"可见，老先生们所以大有作为，都是经过"衣带渐宽终不悔，为伊消得人憔悴"的境界的。

岁月流逝。夏先生从《白石歌曲旁谱辨》发表以后，更加勤奋，成果与日俱增。1955年出版了《唐宋词人年谱》，1956年出版了《唐宋词论丛》，1957年出版了《怎样读唐宋词》（与吴熊和合作），1958年出版了《姜白石词编年笺校》，1959年出版了《白石诗词集校辑》《唐宋词选》（与盛静霞合作），1963年出版了《词源注》，1979年出版了《月轮山词论集》，真是硕果累累。当时，夏先生写了一首《望江南》，抒发自己的情怀：

支筇去，万象塔山前，解道夕阳无限好，衔山异彩忽弥天，相顾几华颠。

这首词写的是1963年，他和同事们去莫干山旅行的感想。同行几位都是"华颠"老人了，但大家老当益壮，志在千里。古人云："夕阳无限好，只是近黄昏。"夏先生说，即便是"夕阳"，也要放出弥天异彩来。从莫干山回来，夏先生便着手修改《词林系年》《词例》等稿。正当此时，史无前例的运动开始了。

（二）

夏先生越谈越健，吴无闻先生打断他的话笑着问我："你知道《瞿髯论词绝句》前言中'禁足居西湖'是什么意思吗？"没等我回答，夏先生便哈哈大笑起来，说："禁足，不得随便行动也。那是我在杭大蹲牛棚的收获啊！"

夏先生见我莫名其妙，又接着说："杭州大学的'文革'运动是从'林夏战役'开始的。林，指杭大校长林淡秋，是党内资产阶级的代表；夏就是我了，是党外的资产阶级反动学术权威……"

"回忆是美好的"，这话不无道理，即便是十分痛苦的往事，经过岁月的变迁，也会使人从中抽象出一些十分动人的东西来。

1966年6月2日，杭州大学校门口一幅大标语震动了杭大校园："绞死牛鬼蛇神夏承焘！"下面还附录了一首诗：

敢想容易敢说难，说错原来不等闲。
一顶帽子飞上头，搬它不动重如山。

杭大的师生都很熟悉，这是夏先生1958年写的一首打油诗。当时，杭大无人不晓，还曾被某位负责同志引用来批评一些干部。这次重抄出来，却被冠以新的观点：一首恶毒攻击教育革命、攻击党的领导的黑诗。夏先生见到惊得目瞪口呆，但他还是掏出笔记本，一字一句地抄了下来，准备作交代。

当晚，大会批判林淡秋。夏先生与其他"牛鬼蛇神"奉命陪斗。尽管在书斋里做了一辈子学问，夏先生还是明白，先党内后党外，斗完了林淡秋，下一个就该轮到他了。回到家里，他亲自书写了一幅大标语："打倒夏承焘！"整整齐齐地贴在自家的门墙上。他想，应该表这样一个态吧？

这时候，苏东坡的达观思想帮助他解脱了困境。夏先生致辞，崇拜苏东坡。他曾说：东坡贬官到海南，并不感到痛苦，所谓"日啖荔支三百颗，不妨长作岭南人"，相反倒心满意足了；秦观则不同，受到打击，终日抑郁，才到郴州，就忧病而死。于是，夏先生默念着苏东坡"也无风雨也无晴"的诗句，等待着即将到来的大风雨。夏先生想，下次轮到斗他时，就用棉花把两只耳朵塞住。夏先生认为，只要心中平静，就不怕外界风雨。他没有本领达到禅宗六祖慧能"本来无一物"的境界，只好用棉花塞住耳朵，躲避外界的风雨。然而，外界的风雨并不以个人的主观意志为转移，这一场暴风骤雨谁也别想逃脱。不久，一个更大的罪名又压了下来：夏承焘里通外国！

"您怎么还有这个罪名？"我被"里通外国"弄糊涂了。

"就是因为这篇文章。"说着，他打开《月轮山词论集》，指给我看《岳飞〈满江红〉词考辨》一文。我还是不得要领，便说："里面泄露了什么机密吗？"

吴无闻先生说："他一个书呆子知道什么机密，原因很简单，就是因为这篇文章先发表在日本的刊物《中国文学报》上了。"多么幼稚愚蠢的理由啊！

《中国文学报》是日本京都大学的一个学术性刊物，日本的著名教授、"中国学"专家吉川幸次郎先生、清水茂先生都曾经参与编辑工作。五六十年代，他们和夏先生时有书信往来，互相交流研究心得。1953年，夏先生在给清水茂先生的信中谈到唐人选唐诗九种之一韦庄的《又玄集》，在中国，只见著录，却见不到完整的书。清水茂先生回信说，日本内阁文库存有这本书，并且热情地将整部书影印出来，寄赠夏先生。夏先生交出版社出版。这样，韦庄的《又玄集》，经日本友人的帮助，又回到了它的祖国。唐人选唐诗九种，终成全璧。

为了表示感谢，夏先生把据清水茂先生寄来的书影印出版的《又玄集》回赠日本朋友。同时，把自己的论文《岳飞〈满江红〉词考辨》寄给日本同行，请他们指正。

这是一篇考证性文章。几百年来，人们都认为"怒发冲冠，凭栏处，潇潇雨歇"是岳飞之作。"壮志饥餐胡虏肉，笑谈渴饮匈奴血"，鼓舞了无数的志士仁人抗敌救国。夏先生另有他的看法。他说，对词的"科学鉴定"与词的"历史意义"不应该混淆起来。他认为这首词不是岳飞所作，理由是：一、这首词最早见于明代，从不见于宋元人记载；二、岳飞的儿子和孙子两代搜访父祖遗稿，不遗余力，历经三十余年，而不曾见到脍炙人口的《满江红》；三、从地理常识上说，"驾长车踏破贺兰山缺"中的贺兰山，在今西北甘肃、河套之西，南宋时属西夏，而不属于金。岳飞要直捣的是金国的上京黄龙府，而黄龙府在今吉林省境内。南辕北辙，怎么能把《满江红》同岳飞联系在一起呢？夏先生颇为兴奋地把自己研究的心得贡献给读者，就正于方家，哪里料到却因此而招来一场横祸。

事情很清楚，这是中日两国学者以文会友的友好关系，这种交往，只能增进两国学者的友好情谊。而且，中日两国学者这种友好往来，源远流长，早在一千多年前的唐朝就已经开始了。日本的遣唐使晁衡回国，误传噩耗，大诗人李白曾写诗悼念："日本晁卿辞帝都，征帆一片绕蓬壶。明月不归沉碧海，白云愁色满苍梧。"为什么我们连一千多年前的古人都不如呢？但是，那时候，这些朗如白昼一样的事实有谁听？跟外国人通信来往就是"里通外国"！

"'林夏战役'把您斗得够凶的吧？"

"算我幸运，大会批斗没有轮上，刚要斗我，全国大串联开始了。红卫兵杀向全省、全国，他们顾不过来斗我了，就把我们关了起来。书不让看，报不让读，不许随便走动，这不就是'禁足居西湖'吗？冬日夜长，没法打发日子，我就开始作诗。但毕竟是铁窗风光，哪里考虑得周全呢？这就是我在前言中说'仓卒未写定'的意思。"

"这真是'林夏战役战果辉煌'啊！"在座的几个人都哈哈大笑起来。

谈到"里通外国"，夏先生回忆起往事。抗战爆发后，夏先生避地上海，眼看汪精卫政权卖国投敌，充当了可耻的汉奸，他作词谴责。他在《鹧鸪天》（1939年作）下阕中写道：

> 持涕泪，谢芳菲。冤禽心与力终违。衔山填海成何事，只劝风花作队飞。

"冤禽"就是影射汪精卫。《述异记》中说："炎帝女溺海，化精卫，一名冤禽。"夏先生批判汪精卫逆历史潮流而动，必将身败名裂。

当时，政治腐败，通货膨胀，学校里经常发不出薪水，有些意志薄弱者就投奔南京汪伪政权。夏先生的一位词友投奔汪精卫后，来信相邀，说："希望你赶快来，汪先生知道你。"

夏先生回信说："你说到南京是为了糊口，那就只许你开吃饭的口，不许你再开别的口。"他还作词表达自己的决心。在《玲珑囚犯·过旧友寓庐感事》中，他写道："待东窗换了颓阳，才许袖罗重把。"你要和我见面吗？等着东窗见到夕阳时再说吧，表达了决绝之意。"东窗见到夕阳"，这同古代民歌中所说的"白日参辰现，北斗回南面，水上秤砣浮，直待黄河彻底枯"，都是同样不能实现的。

回忆往事，老先生的感情颇为深沉。他一边慢慢地说着，一边细细地想着，眼神那么遥远，一望可知，老先生已经回到了四十年前兵荒马乱的年代。

"我听说，去年春天，吉川幸次郎、清水茂二位先生来中国访问，您见到他们了吗？"

吴无闻先生说："那次很不巧，没有见到。前不久清水先生来信，还因为没能见面而遗憾呢！"

说着，从一堆信札中找出清水茂先生的信，信一开头就写道："看到先生大著《瞿髯论词绝句》，十分高兴。西泠尚传樊榭遗风，兴致极富。金堡为乾隆所嫉，今读高作，乃知其由。唯乾隆与金并提者有屈翁山，论词未及，颇可惜也。"又说："吉川师（吉川幸次郎为清水的老师）比获微恙，暂时不能奉书，托茂道谢。"看到两国学者与日俱增的友谊，我想到宋朝大词人辛弃疾的词句："青山遮不住，毕竟东流去。"诬陷、诽谤、造谣中伤，什么力量也改变不了历史发展的必然规律。

（三）

1975年夏先生离开了居住几十年的西子湖畔，来到了北京。寒冷而干燥的北方并没有使他意志消沉，他充满信心地等待着春天的到来。

1976年，周总理、朱委员长、毛主席相继去世，夏先生是何等的悲痛啊！他颇动感情地谈起他们对中国人民所做出的伟大贡献，谈起自己和他们的往来。夏先生的思绪又飞回过去的年代。

1956年，周总理陪同外宾到杭州，在西泠举行宴会，特地邀请夏先生赴会。夏先生被总理高尚的品德、庄重娴雅的风度、无比的聪慧与机敏，以及日理万机为国家鞠躬尽瘁的精神所感动。他深以我们民族、我们国家有这样的领袖而自豪，决心报答总理的关怀。总理去世，夏先生刚从杭州来到北京，心神才定，又悲痛丛生。他写了《水龙吟》，悼念总理：

> 昨宵来海岳都惊，拏云千丈长松倒。当胸红旭，当年同画，山河杲杲。一代完人，千秋公论，六洲此老。记西泠高会，灯边梦境，还制泪，温言笑。　百万工农素缟，耐霜风学童翁媪。九关豺虎，重阍魑魅，公心了了。大地江河，送公归去，神游八表。但云端一哂，祁连高冢，任长风扫。

夏先生又回忆起陈毅副总理对他的情谊。1963年政协在北京开会，夏先生作为特邀代表，出席了会议。会议期间，陈老总特地到代表们下榻的民族饭店看望夏先生，谈话热烈而欢快。当时，夏先生写了《玉楼春·陈毅同志枉顾京寓谈词》，记下了相互切磋论词之乐：

> 君家姓氏能惊座，吟上层楼谁敢和。辛陈望气已心降，温李传歌防胆破。　渡江往事灯前过，十万旌旗红似火。海疆小丑敢跳梁，囊底阎罗头一颗。

上阕写对陈老总豪迈诗章的倾倒；下阕抒发了对陈老总彪炳功业的敬仰。陈老总亲自到民族饭店看问之后，又请夏先生、马一浮、熊十力、沈尹默夫妇、傅抱石六位在政协礼堂盛宴。席间十分欢快，陈老总非常高兴，约定从此以后年年为此文酒会。1975年，夏先生又过政协礼堂，想起陈老总对他的深情厚谊，想起十二年前的盛会，想起陈老总相约"年年为此文酒会"，如今陈老总去世了，当年出席宴会的六个人仅剩下他和尹默夫人了，物是人非，不禁神伤。但夏先生依然豪情满怀，高唱"西山爽气，依旧秋光红与紫。招手鸾凰，他日来寻六客堂"(《减字木兰花》,作于 1975 年)。

江山不改,历史前进,美好的事物,为社会做出贡献的人,总是要被人们怀念与景仰的。

1976 年,"四人帮"覆灭,夏先生无比兴奋。消息传来,他当即赋诗《筇边和周(谷城)、苏(步青)两教授》:

筇边昨夜地天旋,比户银灯各放妍。
快意乍闻收雉雏,论功岂但勒燕然。
冰消灼灼花生树,霞起彤彤日耀天。
筋力就衰豪兴在,谁同万里着吟鞭。

1978 年 11 月 26 日,《浙江日报》登载题为《把事实作为落实政策的根本依据》一文,公开为夏先生平反。文中说:"夏承焘在全国解放后,热爱党和毛主席,拥护社会主义,找不到他有什么'勾结帝修反'的言行。为此,党委专门做了决定:推倒原来强加在夏承焘教授头上的一切诬陷不实之词,恢复名誉,彻底平反。"春天终于来到了。夏先生兼程前行,努力追赶失去的岁月。他在吴无闻先生的帮助下,新作不断。1979 年出版了《月轮山词论集》《瞿髯论词绝句》,1980 年出版了《唐宋词欣赏》《韦庄词校注》,1981 年出版了《夏承焘词集》、《天风阁诗集》、《域外词选》、《放翁词编年笺注》(与吴熊和合著)、《金元明清词选》(与张璋等人合著)。八十岁的夏先生,又踏上了一个新的征程。

写到这里,我想起夏先生对我说过的一句话,他说:"我今年八十岁了,如果掉过来十八岁就好了。有那么多事情要做,必须兼程前行啊!"这是一位多么可敬可佩的学者!夏老是我国当代著名的词学专家,他的词学专著有二十余种。他从二十岁起就献身教育事业,历任几个大学的教授。正如他最早的学生、现已七十多岁的王权先生诗中所说:"亲栽桃李三千树,管领风骚六十年。"有如此卓越的贡献尚思"兼程前行",我们该如何努力奋斗呢?我眼前浮现出刘海粟先生祝贺夏先生八十寿辰时送给他的那幅《老松图》。图中的老松虽然不像当年那样青翠,但枝枝如铁,傲然挺立,给人以力量。我衷心地祝愿夏先生长寿,为他的诗词大业写出更多更好的书。

1982 年 1 月

为后人开出一条治学的大道
——记顾颉刚先生

（一）

读大学时便听说，顾颉刚先生说大禹是条虫子，很受人嘲笑。那时我想，这老先生大概研究糊涂了，就跟我的一个师弟那样，拿着空墨水瓶去灌墨水（那年代都是这样，因为省钱），嘴里背着《庄子·逍遥游》，背完便往回返，到了宿舍才发现墨水瓶没灌。真成一个书呆子了。学术界还曾流行一个笑话，说某人研究李自成有没有胡子，长、短、多、少等等，还写了不少论文。于是，我产生了一个想法，学者过于钻研，是否就钻牛角尖了？那时，我也把顾先生归入了这一类。

后来，由国家统一分配我到中华书局工作。那是1968年，"文化大革命"正向"纵深"发展，中宣部是阎王殿，文化部是大黑窝。当时，中华书局隶属于出版口，出版口归文化部管。中华书局被誉为"庙小神灵大，池浅王八多"，封建主义大毒草加工厂。就是这样一个"问题十分严重"非砸烂不能使革命顺利前进的出版社，1971年，中央居然下令恢复古籍的整理出版工作。老专家纷纷回来了，在干校的同志也一小批一小批地被调回北京。当然，当时恢复的只是二十四史及《清史稿》的点校工作，其他业务并不在其列。原因也很简单，因为二十四史及《清史稿》的整理出版是毛泽东主席亲自指示要进行的。所以，后来传说某某先生的论稿，没有被安排出版是编辑不懂其高妙，甚至某小报记者还杜撰出编辑认为引用的诗词是色情作品等等，那都是不了解当时的情况，用自己的想象猜度当时的情况所致。

整理出版二十四史及《清史稿》工程又上马了，周总理亲自批示由顾颉刚先生总其成。其背景当然是得到了毛泽东的同意。

后来，我看到出版口领导小组给中央的一份报告，时间是1971年5月3日。报告说：4月2日总理、文元同志关于整理校点二十四史和《清史稿》的指示，我们及时向顾颉刚先生、上海的绳树山同志和中华书局的同志作了传达。又说：各史校点完毕，由顾颉刚先生总其成，审查定稿后，统由中华书局负责出版。报告的上方赫然一排红色大字，"毛主席批示：同意。"

这个情况对我的认识是一个极大的冲击。到底还是有学问的人哪，有了大工程，人们还是首先想到他们，信任他们，依靠他们来完成。但是，任点校组长的白寿彝先生经常来中华书局，点校《魏书》《北齐书》《周书》的唐长孺先生，点校《宋书》《南齐书》的王仲荦先生，点校《金史》的张政烺先生，《辽史》的翁独健先生，《明史》的王毓铨、周振甫先生，《清史稿》的启功、王钟翰、孙毓棠先生，一般都住在中华书局，或者每天从家里到中华书局上班。我们每天都能见到他们。他们都是学界大师。回想起来，那时他们每天上楼下楼自己去打开水，拿着饭盒同我们一样去食堂排队买饭菜，向他们请教问题总能得到详尽的解释，即便启功先生也是谁请他写字他都答应，写不满意，哈哈一笑，一团，扔到纸篓里重写。我对他们仰之弥高，崇敬有加。可是，在中华书局我却从来没有见到"总其成的"顾颉刚先生。

1978年9月，这个新中国最大的古籍整理工程的最后一部《清史稿》出版了，它标志着这个伟大工程终于完成了。学术界极为兴奋。大家心里想，充满封建主义思想的古籍都可以整理出版，其他图书的出版大概为时不远了吧！顾颉刚先生专门撰写了《努力做好古籍整理出版工作》的文章，发表在《人民日报》（1978年5月24日）上。这也给广大知识分子一个幻想：顾颉刚都能上《人民日报》，知识分子可以开始自己的工作了吧？

  1979年，机会终于来了。中华书局总编室派我去看望顾颉刚先生，看看他手头在做什么项目，能否交中华书局出版。

  从那时到现在，时间已经过去二十六年，但我与顾先生见面的情景仍清晰在目。他家在北京西边，钓鱼台附近的三里河南沙沟。他听说我是中华书局的编辑，十分高兴，非让我先坐在中间的沙发上，然后让人端来藤椅，坐在我的对面。这我怎么敢当，急忙站起来让顾先生坐中间的沙发。顾先生笑着说："不必客气，我年纪大了，怕听不清你说的话，这样近一点。"

  这样一个坐法，这样一句话，让我十分意外，也十分感动。那时我刚刚三十岁出头，因为"文化大革命"的关系，刚刚开始编辑业务工作，而眼前则是学界泰斗，是毛泽东都认可的人，顾先生这样谦让，一下子把我和先生的距离拉近了。

  在那次拜访中，给我印象最深刻的是顾先生的紧迫感。我问他，二十四史及《清史稿》出齐了，一大使命完成了，下一步打算做什么呢？我心想，这样一件伟业竣工了，总该喘口气，休息休息了吧？

  没想到，顾先生一口气给我说了四五个大项目。他说，他最集中精力的头等大事，是整理《尚书》。他说，"'尚'是上代的意思，'书'就是历史简册。用现代的话说，《尚书》就是'上古的史书'。"这是我国最早的一部史书，由于它写定于二三千年以前，那时的语言与现代的语言距离太远，所以，已经很不容易读懂了，其中又有"今文"、"汉古文"和"伪古文"等各种版本的问题，还有真的记录和假托的古史的争论，问题相当多。清人阎若璩作了《尚书古文疏证》，把"伪古文"的问题基本解决了，历代学者又在校勘和注释方

前排左起：顾颉刚、王伯祥；后排左起：叶圣陶、章元善、俞平伯

面付出过大量劳动，解决了不少疑难。但迄今为止，还没有人把这些研究成果综合起来，进行科学的比较、分析、判断，所以，大家使用《尚书》这部书很感不便。顾先生告诉我，他十六岁时便开始了对《尚书》的研究，几十年来，掌握了大量的历史资料，颇有新见。他早就计划总结前人的研究成果，要在前人研究成果的基础上，把全部《尚书》用现代口语翻译出来，使读者从佶屈聱牙的古文字的束缚中解放出来。目前，顾先生在他的学生、社会科学院历史所研究员刘起釪先生的帮助下，已整理完《尚书》二十八篇中的十二篇。他们把其中的《尚书·甘誓校释译论》《盘庚三篇校释译论》两篇，在《中国史研究》《历史学》上发表，引起了学术界很大的关注。

他又说，手头进行的工作还有这样几项：一是应香港三联书店之约，撰写自传；二是继续编辑《史林杂识》。这部书"文化大革命"前出了第一集，现在二到五集已大体就绪，只待编定；三是整理读书笔记。顾先生的读书笔记有二百册左右，人们估计总有五百万字以上。这些读书笔记是顾先生一生读书心得,"里面有许多是见闻所及的抄撮,有许多是偶然会悟的见解"(《古史辨》第一册自序),是一部丰富的宝藏。

"您不要着急,慢慢来。"我情不自禁地安慰老先生。

"不行,越慢越不行了,得赶快搞。"

"你们年轻,还不理解老人的心境。我这几天腰疼,背也疼。开始,我不知是什么原因,看看日历,才知道交寒露了,是在闹节气。我年轻的时候,见到一些长辈,一到节气,就嚷不舒服,我不明白。今天自己体会到了。"

"假如再给我五年时间,我的《尚书》可以整理完毕,我肚里的文章也写得差不多了。"

这些话仍在耳边,犹如昨日。

顾先生沧桑之慨和追回失去时间的不已壮心给我极大的激励。当时,尽管顾先生已八十六岁,但我怎么也没想到我第一次拜访顾先生,便也是最后一次了。我拜访他的第二年,1980年12月25日,顾先生去世了。

(二)

日月如梭。顾先生风云一生给我们留下了什么?最让我感叹的是他的开创性。他是疑古派。怀疑,才去探究。探究才建新说。

胡适坐在火车上在国外旅行,"一边是轻蓝色的镜平的湖光,一边是巉巉的岩石",怀念国中治史的朋友,在火车上写文章推荐他们的书。他推荐顾颉刚先生的《古史辨》第一册,说它是"中国史学界的一部革命的书","此书可以解放人的思想"。他断言:治历史的人,想整理国故的人,想真实地做学问的人,都应该读这部有趣味的书。

这部书中最有价值的就是顾先生提出了"层累地造成的中国古史"说。

顾先生在给钱玄同先生的信中说：我很想做一篇"层累地造成的中国古史"，把传说中的古史详细一说。它的含义有三点：第一，可以说明"时代愈后，传说的古史期愈长"。如这封信里说的，周代人心目中最古的人是禹，到孔子时有尧、舜，到战国时有黄帝、神农，到秦有三皇，到汉以后有盘古。第二，可以说明"时代愈后，传说中的中心人物愈放愈大"。如舜，在孔子时只是一个"无为而治"的圣君，到《尧典》就成了一个"家齐而后国治"的圣人，到孟子时就成了一个孝子的模范了。第三，我们在这上，即不能知道某一件事的真确的状况，但可以知道某一件事在传说中的最早的状况。我们即不能知道东周时的东周史，也至少能知道战国时的东周史，我们即不能知道夏商时的夏商史，至少能知道东周时的夏商史（《古史辨》第一册《与钱玄同先生论古史书》）。

这是大胆的革命思想，也可以说是石破天惊的创见。上个世纪二三十年代的中国的古史学界，一般分为信古、疑古和释古三大派别，以顾先生为代表的新疑古派，认为中国的古史并非早已如此，而是逐渐地、层累地堆砌起来的，"譬如积薪，后来居上"。胡适说，崔述在18世纪的晚年，用了"考而不信"的一把大斧头，削去了几百万年的上古史，是很可佩服的，但崔述还留下了不少古人帝王，凡是经书里有的，他都不敢动。而顾先生斧头更大，胆子更大，一直劈到禹，把禹以前的古帝王（连尧带舜）都送上了封神台。胡适说："顾先生的中国古史学说替中国史学界开了一个新纪元。"胡适的评价是很深刻的。其实，顾先生的贡献就在于他在史学理念上突破了传统的格局，把古代的帝王圣贤都作为历史的文献去考辨，不迷信，不盲从，把对历史的认识推向新阶段。

当然也有人说，《古史辨》的辨伪工作还没有超出旧史学的范围。但看问题不能离开历史。这一点蔡尚思先生说得透彻。他说，人们多只知道，在文学上以白话派而向文言派进行斗争，在哲学思想上以反旧道德派而向旧道德派进行斗争，是进步的一种表现；而还不知道在史学上以疑古派而向信古派进行斗争，以资产阶级的一些方法而向地主阶级的一些方法进行斗争，也同样是进步的一种表现。二者都是属于反孔反封建的思想体系的。我想，千百年来经书当道，谁敢怀疑古帝王圣贤？但顾先生能够大胆地提出不要盲目地信从前人关于古史的各种记载，要大胆地怀疑，认真地辨别真伪，敢于在古圣贤说教上开刀，是当时反封建思潮的一员骁将。

从这里，我们似乎可以理解了，为什么顾颉刚先生好端端的忽然提出来"大禹是条虫"来。郭沫若于1930年，在《中国古代社会研究》中诚恳地写道："从前因为嗜好的不同，并多少夹有感情作用，凡在《努力报》上（他）所发表的文章，差不多都不曾读过。他所提出的夏禹的问题，在前曾哄传一时，我当时耳食之余，还曾加以讥笑。到现在自己研究了一番过来，觉得他的识见是有先知之明。"郭老非常赏识地说出他的看法：顾颉刚的"层累地造成的古史"，的确是个卓识。

（三）

现在的有些史家学问很大，他们在书斋里可以编出无数大书来。他们以翻检文献为能事，号称"两耳不闻窗外事，一心只读圣贤书"。顾先生与这些史家不同，他非常看重实地考察，而且身体力行，这一点我真是想不到的。

1978年6月12日顾先生写道：

> 我一生性极好游，足力又健，日可步行百里，故能多所见闻，用以证明古代史事。惟一生为教学牵制，不得长时间

1957年，顾颉刚与谭其骧（左）、侯仁之（右）在青岛

调查……

史念海先生在回忆中写道：

> 先生以学术名家，却并非终日伏处案头，不出庭户。其游历最为重要的应为三次：一次是到河北大名，探问崔东壁的故里；一次是到内蒙古后套，访问王同春所开凿的渠道；再一次是到甘肃南部和青海东部，考察教育。

容肇祖先生写道：

他曾到我的家乡东莞县城隍庙，仔细研究探询，并绘制了《东莞城隍庙图》。他每到一处，都不放过和他研究有关问题的调查，这是他研究的基础和特点。

侯仁之先生回忆道：

就我个人来说，我之受益于颉刚师最为重要的一件事，就是他给了我以实地考察的机会。我得以参加黄河后河套的水利考察，还仅仅是一个开端。使我最难忘的是我作为他的助教协助他开设了"古迹古物调查实习"，……这对我无疑是极好的训练。

典型的事例还有很多，我只选了几位大学者的回忆，已经可以充分显示顾先生于社会实践的重视。

顾先生这种实地考察，读万卷书，行万里路的学风，正是中国文化的优良传统。早在西汉之时，司马迁遍游山川大河名胜古迹，考察形势，考察史事人物，写出辉耀千古的《史记》，成为中国学人的楷模。顾先生非常形象地提出"拿显微镜"的人要"拿望远镜"。"显微镜"是指考辨细微，探索奥秘；但缺少大局观和实地考察的经验，所以，顾先生鼓励拿显微镜的人再拿起望远镜，到大自然中去，到社会中去，进一步考察史书的记载和个人的意见，发现书本的缺漏和失误。这种治学精神在今天不是仍然应该继承和发扬吗？

（四）

凡是大学问家都十分重视对青年人的培养。这些大学问家都明白，薪火相传，长江后浪推前浪，事业总是要由青年人接续的。正是这样的责任心、使命感，使他们对青年人充满热情，大力扶植。

顾颉刚先生是这方面的典范。

著名历史地理学家谭其骧先生讲了一件他亲身经历的事情。1930年他在燕京大学历史系当研究生,听顾先生讲《尚书·尧典》。顾先生认为,这一篇的写作时代应当是西汉武帝以后,因为文中所述制度是汉武帝时才有的。谭先生认为顾先生所举材料不是西汉制度而是东汉制度,材料判断错了,结论也就不对了。下课后,便向顾先生谈了自己的看法。顾先生要他把看法写成文章。谭先生说,我本以为口头说说就算了,由于顾先生的要求,我不得不认真翻查资料,最后写成文章,以信的形式交给顾先生。没想到顾先生第二天就回了一封长达六七千字的信,表示三点赞成,三点不赞成。顾先生的回信更激发了谭先生钻研的兴趣和辩论的勇气,不久,他又就顾先生不赞成的三点进行申述,写了第二封信。十多天后,顾先生又回了一封信,对谭先生第二封信的论点,同意一点不赞成二点。通信讨论截止后,顾先生将往还讨论的四封信合并在一起,加了一个按语,加上题目,作为这一课讲义的一部分,印发给全班同学参考。

谭先生说:这是一场师生之间的学术讨论。但这位老师不是一位普通教师,而是一位著名大学的著名教授;不是一位一般的著名教授,而是一位誉满宇内、举世钦仰的史学权威。谭先生还说,讨论之所以能展开,当然有作为学生大胆提问的原因,但关键还在于作为老师的顾先生对待这位大胆学生的态度。学生给他提出意见,他既不是不予理睬,也不是马上为自己辩护,而是鼓励学生把意见写出来,并且认真回信,一封信有六七千字之长。老师如此重视,对学生是多大的鼓励呀!谭先生颇为动情地写道:"通过这场讨论,使我这个青年对历史地理发生了浓厚的兴趣,又提高了我做研究工作的能力。"

这样的例子是很多的。他非常重视青年人的独立思考,即使是与他不同的意见,甚至是反对他的意见,他总是耐心倾听,鼓励青年人把不同观点写成文章,然后他再主动推荐刊物发表。有一位研究生对于《尚书·盘庚篇》制作的时代提出与顾先生不同

1934年7月燕京大学旅行团与傅作义合影
左二起:雷洁琼、郑振铎、顾颉刚、傅作义;右一:冰心

的看法。顾先生看完文章后,立即写出意见,嘱咐说:"你的说法不是不可能成立的,千万不要因为与我的观点不一致而改变。"顾先生要求这个研究生按自己的观点写下去,最好写成与他辩论的文章,并表示写成后,由他推荐发表。更使人感动的是,顾先生还帮助这位研究生找了几条有利于说明其观点的证据。

这是多么博大的胸怀呀!这是真正的学者,在真正做学问。

为了更好地培养、发现、聚集人才,他还做了一件很有意义的事,那就是创办《禹贡》杂志,创建"禹贡"学会。1933年,顾颉刚先生在北京大学和燕京大学讲授"中国古代地理沿革史",发现学生的作业中有不少好文章,认为这些青年学生很有培养前途,便创办了《禹贡》半月刊,一方面深入开展对中国古代地理的研究;一方面发表学生作品,扶植青年人成长。一位从农村考入天津师范的三年级学生,写了几篇讨论文章，顾先生认为他肯于钻研，亲笔写信邀请他加入"禹贡"学会，并寄去入会表格。这位学生认为"禹贡"学会多为大学教授和讲师，至少是名牌大学的学生，而自己只是师范学校学生，不敢填表。顾先生知道后又约他到"禹贡"学会面谈。当得知学生家在农村，生活靠舅舅卖水接济，便亲自带他到饭馆吃饭，随后还拿出办刊物节余的稿费给他作奖学金，鼓励他努力学习。很多青年学生的稿件，顾先生亲自批阅。青年人给他写的信，他件件答复。正如《禹贡》三周年献辞所说："我们能够聚集一班青年，唤起他们对学问的热心，使他们常常做练习，一时虽嫌粗疏或幼稚，到底必可做出些看得出的成绩。我们要使不注意的人注意，不高兴的人高兴，不动作的人动作。"

1936年"禹贡"学会由筹备会而正式成立，一大批学者聚集其中，比如：吴晗、童书业、齐思和、谭其骧、白寿彝、史念海、朱士嘉、周一良、侯仁之、杨向奎、韩儒林等等，真可以说群星灿烂。这一大批人才的汇聚和成长，顾先生是有大功的。

顾先生是明智的，他知道对于无止境的学问来说，一个人的力量是有限的，必须有后继者。顾先生是幸运的，这一大批弟子的成就，已经实现了他薪火相传、后继有人的理想。他的希望没有落空，一支"继续者"的大军正在科学的春天里奋进。

（五）

写到这里，我想起旅美学者余英时在怀念顾颉刚先生时写的一篇文章。他说1980年底中国史学界失去了两位重要人物：顾颉刚先生和洪业先生。两人都是1893年出生，逝世时间仅仅相差两天，洪先生卒于12月23日，顾先生卒于12月25日。他说，两人都代表了"五四"以来中国史学发展的一个主流，即史料的整理工作。当然论两人当时的声名"顾先生自然远大于洪先生"。但最后三十年，"顾先生受政治环境的影响太大,许多研究计划都无法如期实现……这实在不能不令人为之扼腕"。而洪先生在最后的三十年发表了许多分量极重的学术论著,值得庆幸。

这是客观现实。

这又是一个知识分子,一个做学问的知识分子的悲哀。

1957年"反右"以后,政治运动一个接着一个,顾先生自然要投入到这些运动中去。《顾颉刚年谱》上记载:1958年3月,参加民进整风,在"自我改造跃进大会"上交心;6月,参加历史所整风,写大字报;11月到12月,出席民进中央会议,写发言稿《从抗拒改造到接受改造》。1959年4月,在政协会议上,他又作了《我在两年中的思想转变》的发言;12月在民进学习会上作了《总路线和我的思想转变》的发言。连续的会议,连续的发言,占去了顾先生的几乎所有时间,他抱怨道:"以运动太多,不能从事业务,此知识分子同有之苦闷。"但于事无补,仅过了半年,又得"参加历史所反右倾主义运动"。等到"文化大革命"开始,1966年,大概风还没有完全吹到顾先生身上,一年还写了不少文章;到1967年、1968年,已经只有几篇"杂记""琐语"了;而1969年、1970年两年已无一文可记。

于是,我又一次想到当年与顾先生分手时,顾先生对我说的一句话:"假如再给我五年时间,我的《尚书》可以整理完毕,我肚里的文章也写得差不多了。"可惜,上天没有再多给顾先生时间,他讲过这个愿望的第二年冬天,便告别了他的著作、他的事业和他的学生。他到底没有完成他的《尚书》研究的事业。但这没有关系,不久前,他的学生、助手刘起釪先生的《尚书校释译论》于顾先生去世二十五年后出版了。正如起釪先生在该书"序言"中所说:"顾师曾致蔡尚思先生函言,如果整理《尚书》之作不能完成,将死不瞑目,其言沉重至此!今勉可告慰顾师之灵,可含笑瞑目了。"

灯下,我在写这篇随笔时,再一次翻看顾颉刚先生八十余年前写的《古史辨》第一册"自序",那时他说:"我将用尽我的力量于挣扎

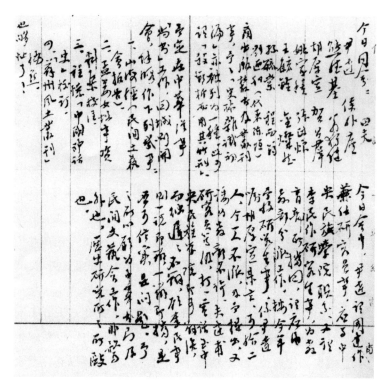

顾颉刚先生日记

奋斗之中,为后来人开出一条大道!就是用尽了我的力量而到底打不出一条小径,也要终其身于呼号之中,希望激起后来人的同情而有奋斗的继续者!"我想,顾先生确实是实践了他自己的诺言。

2005 年 10 月 1 日

我心中的郭沫若先生

——记与郭老的几次通信交往

我没见过郭老,却与他有过多次通信的交往。那时候,尽管"文化大革命"已经开始,"打倒反动学术权威"的口号喊得震天响,关于郭老的传言也各种各样,他自己也说,要把他的作品全部烧掉。可是,当我们得到他的回信时,仍然"大喜过望"。

时光如飞,从"文化大革命"开始到现在,转眼几十年过去了,想起四十多年前的"文化大革命",仍然历历在目,仍然有一种极其混乱而对命运不可预测的感觉。前几天,偶然读到有关"郭沫若在'文革'后期"的文章(《郭沫若的晚年岁月》,中央文献出版社,2004年6月版),颇多感慨。往事涌到眼前。想起当时我们和郭老通信的前前后后,再把我们和郭老的通信交往纳入郭老在"文化大革命"时期的大事记中,我心情不能平静,对郭老产生深深的敬意和无尽的同情,心底里深感自己当时的无知和浅薄。

1966年下半年,我们正在北京大学等待毕业分配。那时是"文化大革命"初期,北京大学是"文化大革命""第一张大字报"的炮制地、出笼地,各地来北大参观、学习者前拥后挤,络绎不绝。还有很多群众,专程来北大中文系请教有关毛泽东诗词的解释,那种信任和渴望让人感动。我便萌生了注释毛泽东诗词的愿望。很快就找来先我两年毕业留校的陈宏天和同班好友崔文印,我们日夜兼程,没有多久就起草了一份《毛主席诗词注释》初稿。因为是毛泽东诗词的全注本,这种全注本当时社会上还没有,所以虽然简单,看到的人都说很有用。北京大学印刷厂的师傅很热情地给我们打印出来,印了五十份。没有想到,这样粗浅简单的"注释本"竟然不胫而走,一时间索要者甚众。群众的欢迎,大大鼓舞了我们,当时校内外派仗正打得热火朝天,学习、研究毛主席诗词,真是公私两便的事,于是,我和陈宏天、崔文印便决定再找几位志同道合者,坐下来认真研究一番毛泽东诗词,好好编一本"毛主席诗词解释"。

今天看来,真是不知深浅,不自量力。但那时"文化大革命"风起云涌,整个国家都在"指点江山,激扬文字,粪土当年万户侯",我们正当青年,好像没有干不成的事,正应了那句话"无知者无畏"。说干就干,随后我们又找来曾贻芬、任雪芳、严绍璗,总计六个人,成立了"傲霜雪"战斗组。夜以继日,苦干了几个月,在初稿的基础上,居然把当时毛主席公开发表的三十七首诗词又全部注释讲解了一遍。

解释得有没有错误?注释是否准确?真要拿出去时心里又胆怯了。当时,特别想听一听对毛主席诗词有研究的专家们的意见。但有的先生被定为"反动学术权威",谁敢接近?有的先生近况不明,我们也不敢"冒险"。这时,我们想到郭沫若先生。郭老,他在我们心中不仅仅是个大学问家,而且因为他经常和毛主席诗词往还,阐释毛主席诗词,我们认为他是一位名副其实的解释毛主席诗词的权威,如果郭老能给我们审阅稿子,那该是何等的幸运啊!但转念又想,郭老能看得上我们这些青年学生的浅薄文字吗?"试试看嘛,万一能回信呢?"于是抱着这万一的希望,一封信、一本打印稿,寄给郭老了。那是1967年6月2日。

今天回想起来,我们真是书生。那时的郭老,可能正在为自己如何度过"文化大革命"而苦闷、焦虑。那时正不知有多少人在算计郭老,如何从打倒他中获取更大的资本!我们反去请教他,打扰他,真是不懂"政治"。

一天早晨,中文系办公室送来一个很大的信封。看到信封上熟悉的遒劲、潇洒的字迹,我们都欢呼起来了,"郭老回信了!"郭老有信,还把原稿逐页做了审阅,在文旁做了许多批注,我们真是喜出望外。郭老的信这样写道:

> 毛主席诗词的注释,看了一遍。有些地方,我作了小的修改。有些地方我打了问号,请你们斟酌。
> 《渔家傲·反第二次大围剿》中"枯木朽株齐努力"句,我以前的解释是和你们的解释一样的。有人请示过主席,主席说那样的解释是错误的。因为"努力"是好字眼,不能属诸"腐恶的敌人"。
> "枯木朽株"这个词,最初见于邹阳《狱中上梁王书》,比司马相如《谏猎疏》还早。
> "有人先游,则枯木朽株,树功而不忘"。准此,主席诗词中的"枯木朽株"不是恶意,可解为"老人病人都振作起来,一齐努力"。供参考。……

回信的时间是6月13日。

我们急忙翻开打印稿,逐页细看。郭老为我们修改了几十处,既有关于词义的理解,也有错别字,甚至还有用得不妥当的标点符号。修改的字迹,有用毛笔写的,有用铅笔写的,还有用红蓝铅笔写的,说明不是成于一时,或许是多次斟酌过的吧?郭老给我们回信,而且是如此细致、认真,我们大家都没有想到。更没有想到的是,回信竟然这样快,从我们寄出信,到我们收到回信,前后不过十一天。一本十多万字的稿子,郭老给我们从头改到尾,要用去他多少时间啊!而对于一个学习、研究毛主席诗词的人来说,还有什么比得到郭老的指

如椽大笔郭沫若（和他的儿子）

教更快乐的呢？人家都说郭老没有架子，对什么人都乐于帮助，这次，我们亲身感受到了。

可惜的是这些资料今天都不在了。本来这些材料都在我手里保存，陈宏天借去看，夹在书稿堆中，搬家时连同旧书稿一并丢失了，幸而还有抄件。

郭老的关怀，更激励我们努力把毛主席诗词注释搞好。我们又给郭老写了第二封信，一方面表达我们对他的感谢，另外又把我们理解不好的几个问题，再向他请教。这几个问题是：

一、《浪淘沙·北戴河》中"秦皇岛外打鱼船。一片汪洋都不见，知向谁边？"究竟有什么寓意，上下阕的联系怎样？

二、《登庐山》中"桃花源里可耕田"一句，就是指的人民公社的发展吗？

三、"答友人"中的"友人",是实指还是虚指,所指大概是什么样的人?

很快,郭老又给我们回信了。信中郭老详尽地回答了我们的问题。郭老写道:

一、我看不出有什么寓意。上阕是借景抒情,下阕是借史抒情,和《沁园春·雪》是同样的手法。我的解释是往常见到的打鱼船,今天在大雨大浪中看不见了,和你们的解释有些不同。主席看海而想到渔船,是表示对人民的关怀。这和曹操的自负是完全两样的。大雨、地望、沧海、秋风,和曹操当时的情况都可发生联想。曹操打败了乌桓,也可能联想到打败了美帝。

二、陶潜的《桃花源记》是属于空想的社会主义的范畴。空想的社会主义,列宁认为是马克思主义的三个来源之一,恩格斯也是肯定的。可以想见,主席对于陶潜在当年能有那样的空想,还是认为可取的。故在诗里怀想到他。因此,桃花源可以让我们联想到人民公社,但空想和现实是大有区别的。

三、这个人姓周,名字我忘记了。是民主人士,好像是湖南省副省长。他献给主席的诗,我处也有,但不知放到什么地方去了。我建议:没有必要说出。

四、打字稿看了一遍,有些地方作了一些修改,直接写在稿子上了,送还你们,仅供你们参考。有些地方可能还有问题,并望你们仔细推敲。要注释得恰到好处,我看是不容易的。

在《七律·长征》"更喜岷山千里雪""岷山"一词的注释下面我们写道:"又称大雪山。"郭老在文旁批道:"岷山以山脉而言,绵亘青海、甘肃、四川境内。以孤独的山峰而言,在四川松潘,不是大雪山。大雪山——一名夹金山,海拔四千公尺以上,在川西康定县,是岷山山脉南支之一峰。诗中'千里雪'，是以山脉而言，包含夹金山在内。在这里可能是指夹金山，但不能说岷山又叫大雪山。"郭老详尽地给我们讲解了岷山和大雪山的关系，既指出了它们之间的相互联系，又指出了它们之间的区别。从这一小小的问题，看出郭老治学的严谨。又比如：在《菩萨蛮·大柏地》一词旁郭老批注道："出虹时每伴有霓（雌虹），在虹之上，色较淡，色序相反。这一反一正，一雌一雄，更显示出彩绸飞舞之趣。"在《水调歌头·游泳》一词旁批道："不是孙权是孙皓，见陈寿《三国志·吴志·陆凯传》。批注是凭记忆批上的，有些不准确的地方，应照原书修改。请酌。当年的武昌是鄂城县，不是今天的武昌。"像这样的例子，在郭老给我们修改的稿子中还有许多处。特别是郭老在信的末尾语重心长地嘱咐我们，"要注释得恰到好处，我看是不容易的"，很让我们警醒，也让我们自诫和努力。

1968年3月，我们完成了第三次修改稿。大家觉得这一稿已经吸收了广大读者的意见，又参考专家的意见一一做了修改，可以说是定稿了。我们急忙给郭老寄去两本，一是表示我们的感谢，一是想听听他的意见。郭老于3月20日回信：

> 谢谢你们给了我两册《毛主席诗词注释》（第三稿）。所收入的"一从大地起风雷"一诗的墨迹在我看，不会是主席写的，请你们仔细研究。

这时，在我们心中郭老已经不只是一位国家领导人、一位大学者、大文学家，他已经是我们的一位师长、一位朋友。

回忆往事，这些请教、切磋，是那样地让我们快乐。在我们，可以说一切都在兴奋和期盼中轻松进行。可是，今天，当我了解了郭老在这一时期的遭遇时，我们设身处地想想郭老当时的心境，我才真正感到郭老给我们写信、回答我们问题的不易，他是在怎样的痛苦与折磨中满足我们的期盼啊！

正是在这期间，在短短的一年半不到的时间里，郭老曾先后失去两个儿子。郭民英，1967年是中央音乐学院小提琴专业学生，郭老与于立群的第四个孩子，因为将家里的盘式录音机带到班上，与同学一起欣赏古典音乐，结果犯了大忌：一是有炫耀资产阶级生活方式之嫌；二是宣扬"洋、名、古"，与党的文艺方针、教育方针不符。试想想，在那时，欣赏古典音乐，与时潮该是多么格格不入啊！于是中央音乐学院的"青年学生"给中央写信了。"青年学生"要求彻底清除师生中十分严重的崇洋思想，把教材中、舞台上的帝王将相、公爵、小姐统统赶走，换上工农兵。毛泽东在中办秘书室编印的《群众反映》上读到这封信的摘要，随即给当时的中宣部部长陆定一写了一个批示："此件请一阅，信是写得好的，问题是应该解决的。但应采取征求群众意见的方法，在教师、学生中先行讨论，收集意见。"毛泽东在署名之后又加写两行字："古为今用，洋为中用"，"此信表示一派人意见，可能有许多人不赞成。"

毛泽东的批语不见得是针对某一个青年学生的，但伟大领袖一句话所产生的巨大政治作用是可想而知的。面对"炫耀资产阶级生活方式"的大帽子，面对热衷"封资修"的指责，只有二十四岁的郭民英极为痛苦，竟至得了忧郁症。他黯然神伤地离开了中央音乐学院。郭老劝他转到其他大学读书，"即便从一年级开始也可以"，他对所学专业不感兴趣，不愿去读。后来总算参了军，在部队发挥了音乐才能而成为中共预备党员，但最终还是在1967年4月12日自杀身亡，没有留下任何相关文字。

而我们的第一封信是1967年6月2日写的，郭老6月13日回的信，这距郭民英的死仅仅只有两个月。对于一个父亲，二十四岁儿子的死该是多么沉重的打击啊！这两个月该是多么沉重的两个月！再想一想，对于一个国家领导人，在那个年代，亲生儿子自杀，又是多么严重的事情！可以想见，郭老给我们复信的每一个字是在怎样一个痛苦的心情下写出的。

而在郭老给我们写最后一封信的时候,则面临着他的又一个儿子——郭世英的横死。

1962年郭世英考入北大哲学系。他是一个敏感的忧国忧民的青年。他的同学对他出身名门、生活优裕仍然心情郁闷,十分不解。郭世英回答说:人并非全部追求物质。他和几个中学好友组织了一个"X诗社",经常一起讨论时局,议论大事。后来有人回忆道:"他极其真诚,可以为思想而失眠、而发狂、而不要命。那些日子里,在宿舍熄灯之后,我常常在盥洗室里听他用低沉的嗓音倾吐他的苦闷。现行政治、现行教育的各种弊端,修正主义是否全无真理,共产主义是否乌托邦,凡此各种问题都仿佛对他性命攸关,令他寝食不安。"

后来,X诗社被告发。郭世英还没读完大学的第一学年,就被下放到河南西华农场劳动。而另外几个人全以"反动学生"定罪,判了刑。据说对郭的"从轻发落"是周恩来表示了意见。但躲过了初一,躲不过十五。1968年3月,"文化大革命"如火如荼,一个群众组织绑架了郭世英。他们私设公堂,刑讯逼供,并追究"是谁包庇了反动学生郭世英"。郭沫若当时虽然还是副委员长,但他无权过问此案的审理判决,何况这是在"文化大革命"中啊!可以看出,绑架者的目的已经不在一个青年学生身上了。

4月22日上午,郭世英从关押他的三层楼上的房间里,破窗而出,以死抗争,年仅二十六岁。

郭老的夫人于立群悲愤难忍,责备郭老何以不向周总理反映。郭老深知案子的复杂,知道刑讯逼供的矛头所向,他悲愤莫奈地回答道:"我也是为了中国好啊!"

今天看来,郭老明白周恩来的处境,他不愿意给周恩来出难题,他不能为了自己而将周恩来推向困境……

我们正是在这个时期,给郭老寄去《毛主席诗词注释》(第三稿)。而郭老正是在为爱子被关押极度焦虑中看我们的书稿,为我们审读，给我们回信的。设想，假如我们面临这种局面，我们能沉得住气吗？我们还能为别人审读书稿吗？我们还有心思关心别人、抓紧时间给别人回信吗？

爱子死后，郭沫若以难以想象的坚强，忍受着亲子横死的悲痛，将郭世英在西华农场劳动时写的八大本日记，一行行、一页页誊写在宣纸上，一笔笔、一字字，用泪水和墨汁倾诉着自己的歉疚和哀思。

呜呼！一个大学者，可以说是旷世奇才；一个领袖的追随者，可以说是竭尽忠诚；一个新社会的歌颂者，可以说不遗余力，竟然落到如此下场，让人唏嘘。黄永玉先生在他的《比我老的老头》一书中说："辈分高莫高过郭沫若，荣华富贵贵不过郭沫若，到了晚年连个儿子眼睁睁保不住，这是一种读书人的凄凉典型。"就是说的郭老这个遭遇。这是时代的悲剧，是国家的悲剧，是社会道德的悲剧。当我们渐渐了解了历史本来面目时，我们怎么能不对郭老产生深深的敬意和不尽的同情。

我们企盼这历史不再重演。

2010 年 1 月修改

遥远的北大

（一）

看了吉林人民出版社刚刚出版的《未名湖之恋》，我真高兴。书里收了三十四个同学写的三十八篇文章。这些同学我都认识，虽然有的不很熟，但都是北大中文系1961年入学的同年级同学，也不陌生。他们的文章，情真意切。文章散发出来的蓬勃才气，文章蕴含着的美好感情，让我顿生敬意。我很遗憾，在一起读书的时候怎么没有和他们多接触、多聊聊？他们毕业后，各奔东西，大都从坎坷艰难中获得成绩，过得很充实。像马以钊，过去我和他一个宿舍住过，也知道他爱好民乐，但哪里知道，今天他从琵琶中得到那么多快乐和享受。他们全家每人都会一二种乐器，女儿、女婿、老伴和他，四个人组成一个家庭乐队。去美国小城戴维斯探亲，给邻居演奏，美国邻居连称中国文化神奇。他们这个家庭乐队出了名，戴维斯有什么活动，经常请他们去演出。你看，他们没写小说，没当作家，没当官，不也生活得快乐、适意吗？还有史孝勇，学中文的，到了大沽盐场，与专业毫不沾边，却工作生活得有滋有味，还能及时发现总结化工生产方面的经验，得到化工部表扬，向全国推广。真了不起。汪炎，上海人，毕业后分配到陕西省剧目工作室。他去了没几天，工作室也成了与作协、文联一样的裴多菲俱乐部，被斗倒砸烂。几经折腾，还因为关照他是刚毕业的北大学生，安排到了秦岭深处的安康。他说，"此生进了秦岭深处的安康，我也没打算再出山，我也出不了山了，从安康到西安，坐长途汽车，要走两天的盘山路……"但他在那大山深处，却写出了《情系汉江》《雪缘》等优美的散文，没有定心，哪来定力，何来文章？"文化大革命"结束后，汪炎在西安见到了写《创业史》的柳青。汪炎问柳青："你还认识我吗？"柳青看了看，笑了，说："咋能不认识呢，你不就是一毕业就钻到裴多菲俱乐部的那个北大学生嘛！"宋柏年文章里的一件轶事，让我想到他的遭遇，感慨万千。他说：当我在三十二楼（过去的三十二斋）前拍照的时候，一位女生从我身旁走过，她好奇地问我："连这个普通的旧楼也要拍照？"柏年说，"她哪里知道，这个普通的旧楼里，有我的青春，有我的理想，有我终生难忘、刻骨铭心的一千四百六十个日日夜夜。"柏年因为学校安排他去做留学生工作，提前一年毕业，所以他在三十二斋只住了四年。他的这些话，只有我们这些同学，我们这些和他同时在三十二斋度过那如火如荼的大学生活的人，才明白它的分量。

他们是好样的，他们的经历让我感动。如果现在有人问我有什么愿望的话，那就是给我们机会，让我们这些同学聚会一起，畅叙过去和现在。

（二）

同学们的这些文章，勾起我对往事的回忆。说心里话，回忆起北大，我怎么就没有那些同学的那种自豪和得意？回想起北大的学生生活，一种郁闷，一种不愉快，便会油然而生。所以，毕业以后，我很少参加北大同学聚会，不论是中文系的，还是班级的。

坐落在北大燕园的
蔡元培先生雕像

当然,我这种心情也并不是一考上北大就有的。如果是那样,我又何必千辛万苦报考北大,去冒一旦考不上北大就可能落到二类学校的风险呢?

刚入北大时,我们的生活快乐而单纯。

参观北大校园,湖光塔影,林荫曲径,雕梁画栋,竹绿枫红,美不胜收。这里是蔡元培纪念碑,那里是胡适之讲课的教室,司徒雷登的办公处,马寅初演讲"人口论"的地方……北大是文化圣地,是文化史的浩大卷帙。北大的校园那么美又那么大,我自己都不相信,这就是我的大学,这就是我即将接受高等教育的学校?一霎时,我觉得每一个能到北大读书的人都是幸运的人,都是蒙受了上天的恩泽。在这样的环境中不好好学习,真是对不起国家,对不起学校,对不起父母。这可以说是我进入北大后还没有开始上课,不用谁教育,就产生了的第一个"信念"。

在迎新会上,教授林立。杨晦、游国恩、吴组缃、魏建功、林庚、王力、周祖谟、王瑶、季镇淮、朱德熙……久闻大名,一睹尊颜,让人目不暇接。大语言学家王力教授代表教师讲话,其中的一句话至今我还记得,他说:"得天下英才而教之,不亦乐乎?"先生的这一句话,当时让我们这些年幼无知的学子内心顿感骄傲。今天回想起来,实在可笑。但正是这种骄傲,陪伴我们五年大学生活,让我们在走上社会之后仍然记着自己的责任和使命。

再一个当时让我们快乐的是北大的图书馆。据说北大图书馆当时的藏书量居全国第二位,那就是说除了北京图书馆,就是北大图书馆了。我到办公楼的总馆借书,只见台灯一盏挨着一盏,每盏台灯下面都有一个人在埋头读书。那种安静,那种全身心投入、伏案攻读的气

北京大学的冬天

遥远的北大

氛，让我感到一种庄严、幽深和神秘。我想学习就是庄严、幽深和神秘的事，必须严肃对待。

我到文艺图书阅览室（不知为什么当时叫文艺图书出纳台），一排一排的文艺作品，古今中外，完全开架，任你随意选读。上大学一、二年级时，我下了课几乎天天先去那里看书，不用借走，倚在书架旁一看一两个小时，忘掉时间和肚子咕咕叫的烦恼。当时，我曾为我的学校有这样的图书馆而感到自豪。我所读过的中外名著，大约都是那几年，在这个阅览室读的。有时，时间晚了，阅览室要关门了，为了明天能接着看，我就把我读的书放到别人不易发现的架子的最高处，第二天下了课，到那里拿下来再读。

最让我感到温暖的是文史楼阅览室。那可以说是我们中文系、历史系专用的阅览室。举凡文史方面的重要图书一般都有，使用起来很是方便。阅览室的管理员李鼎霞老师，总是笑容可掬，耐心和蔼，借阅图书时，你有什么问题，她总能给你解决。你找不到的书，她总能帮你找到。即便你找的书借出去了，她会做下记录，一旦那本书还回来，她就立即通知你来借阅。后来，我知道李老师也是大学毕业，她却能安心为学生服务，帮学生借书还书找书，真让人感动。可以说，我们中文系里哪个人能为国家为人民做出一点贡献，都包含着她的帮助。多年之后，我又知道她就是我所熟悉的著名学者白化文先生的夫人，不怕白先生不高兴，刚认识白先生时，我是因了李老师而尊敬白先生的。

说到教我们的老师的水平，我们真是得天独厚。

魏建功先生，他是著名语言学家。他主持编辑了《新华字典》，至今已印刷十版、二三亿册。抗战胜利后，为了清除日本帝国主义在台湾五十年奴化教育的影响，促进台湾回归祖国，他响应号召，毅然去台湾推行国语，创办《国语周报》。20世纪60年代，他积极参与文字改革工作，主持完成了《汉字简化方案》，编成《简化字总表》。这样的先生，亲自给我们讲"文字音韵训诂"课，我们是何等幸运！记得一次他给我们讲今古音的区别，古人如何吟诵诗文，便吟诵起《醉翁亭记》来。随着那抑扬顿挫的吟诵，眼里流出了泪水，先生完全进入作者塑造的境界里去了。至今我还记得魏先生当时的音容笑貌。

还有，给我们讲现代文学史的章廷谦先生。他的笔名叫川岛，光听名字还以为他是日本人。他戴礼帽，拿手杖，脸红红的，胖，走路有点喘，讲起课来，东拉西扯，哪天鲁迅吃什么，哪天郁达夫又怎样了，"冰心大姐"如何如何，一堂课直到还剩下一二十分钟了，才拿起讲义念一遍。我们当时都挺有意见。但章先生讲的那些轶事，恰好补了课本的不足。今天想想，正是章先生"侃"的这些杂七杂八的轶事，烘托了20世纪30年代中国文坛的气氛。那都是宝贵的文学史资料啊。这个课，还非他这个亲身经历者讲不可。

为了让学生开阔眼界，学校还常常请外面的专家、学者、作家、诗人来讲课。我印象最深的是请老舍先生来给我们年级上写作课。他讲的题目叫"叙述与描写"。他说，叙述描写要给人留下深刻印象，必须有点睛之笔。比如，一锅白菜汤，本没什么吸引人的，先点上几滴香油，味出来了，再撒上一些香菜，色出来了，这锅白菜汤色香味俱全，谁不想喝一碗？又比如描写北京的风，从西北刮来，遮天盖地，是一种情况；再写风从门缝窗缝钻进来，弄得屋内到处是土，又是一种情况；再说这风吹得炉子上的豆汁锅锅沿上一圈黑……这个风的强烈、讨厌，就出来了，又有了北京的地方特点。

好的报告太多了，杜诗专家萧涤非，地理学专家侯仁之，东方学专家季羡林，美学家朱光潜、宗白华，音乐指挥家李德伦，《艳阳天》的作者浩然，北大毕业的大记者、后来当了新华社社长的郭超人讲的西藏平叛纪实等等，他们的每一个讲座在我们眼前都展示了一片新的蓝天，一个新的世界。

那时我们的生活虽不富裕，但却不缺少快乐。早晨到大饭厅，买上一个馒头，一碗玉米面粥，夹上一点北京咸菜丝，一点儿也不觉得苦。我们多半是先把粥喝光，然后把咸菜夹到馒头里，一边走一边吃，为的是赶早到图书馆能占上一个座位。

上课的时候大家精力十分集中，但是到十一点半以后，常会有同学把带到教室的碗袋，碰到地下。碗勺掉到地上的声音，会引得教室里一片会意的笑声。老师知道，那是催他别讲了，该吃饭了。老师便顺乎民意，笑笑，合上书本，说一声下课。

逢年过节时，大家就把饭菜打回宿舍，因为食堂加菜，一个宿舍五六个同学的菜放到一起也是很丰盛的。大家再自掏腰包买些酒来，无非是很便宜的葡萄酒、水果酒、啤酒。记得大学二年级时的新年聚餐，是我有生以来第一次，也是唯一一次醉酒。因为是每个人掏钱自己买来的酒，所以各式各样，每样儿都不多。我喝了水果酒，又喝葡萄酒，还喝了啤酒。杂七杂八头就晕了。室长让我去关门，手晃了半天，怎么也抓不住门把手，最后只好用身体把门顶上，自己也摔倒在门前。吃喝完了，我们开始晚会，有人拉二胡，有人弹琵琶，有人敲碗，有人击打筷子……等着新的一年零点零分全校团拜的钟声，等着校长在团拜时的祝福。

看看，这是多么快乐，多么无忧无虑的大学生活啊！如果五年能一直这样下去，我们集中精力、踏踏实实地能学到多少知识、多少本领！我们的大学生活该是怎样的惬意！

（三）

但是，十分可惜，这种气氛不知怎么就没有了。

1962年的下半年，我们年级发生了一件事。文学班的一个同学从图书馆借来了1957年《人民文学》的合订本，其中有丰村的《美丽》、宗璞的《红豆》。他觉得写得很美，文笔也好，就推荐给同班同学看。这个同学看完之后，立刻感到问题严重，告诫那位同学说：这两篇小说完全是宣传小资产阶级情调啊！要知道，那个年头小资产阶级情调是非常严重的问题，是无产阶级所不取的。接下来老师知道了，就找他谈话，跟他说：这两篇小说的作者，一个是"右派"，另一个虽非"右派"，问题也不少，你竟然欣赏这样的小说，和这样的大毒草产生共鸣，你要检查一下你的世界观，尤其是要联系你的家庭出身检查。

这样一说，给了这个同学当头一棒。老师让他联系他的家庭出身检查，这可不是随便说说的。原来这个同学的父亲解放前是个商人，解放初定的成分是资本家。在报考大学时，他的父亲本来不让他报北大，说，就是分数够了你也不会被录取。没想到还真考上了。已患了肺癌的父亲十分忧虑地对儿子说："到学校后，一定要尊重师长，和同学搞好关系，你要记住：你的家庭出身不好。我的病也许等不到五年后你毕业的那一天，等你走上社会，你仍然要牢牢记住：你的家庭出身不好。"这位同学说，本来对这个家庭出身我十分坦然，学校不是再三说家庭出身是不由自己选择的，关键是自己的努力吗，所以填什么表都是如实填写。这件事发生后，对他震动极大，他说，"这时我才感受到父亲话的深刻含义。再思量父亲的嘱咐，那些话真的深入到我的脑海里，渗透到我的骨髓中了。从此后我自觉矮人一截。"我们听他这么说，心里都很不是滋味。直到今天，一想起他的那些话，我就会想到佩戴在海丝特·白兰太太身上的"红字"。

这件事也给大家敲了"警钟"。因为私底下，大家早在盛传，什么毛主席说小说《刘志丹》是大毒草，"是利用小说进行反党"，是"一大发明"。大家开始感到紧张，开始感到校园里并不是那么简单。

也巧，很快又发生一件事，再一次震动了大家。有位同学举报，有的人在食堂吃白薯竟然扔皮，这不是资产阶级生活作风吗？于是全年级各班，都开生活会。这次不仅仅是出身不好的人要检查了，每个人都要检查自己有没有资产阶级生活作风，每个人都回忆自己是否吃白薯时扔过皮。

我还记得一件事。一次,我们在饭厅外面的台阶上坐着吃饭。恰好,一辆大粪车在我们前面经过。大家纷纷端着碗走开。我说了一句:"嗬,真臭!"坐在我旁边一起吃饭的一位同学说:"你怎么能这么说话呢?没有粪臭,哪有馒头香?你没种过庄稼,种过你就觉得粪香了。"虽然至今我也没觉得粪香,但当时我确实觉得自己缺乏劳动人民感情。

这样的事不断发生,而一旦发生这类事情就要和阶级斗争,和世界观、小资产阶级感情联系起来。要想认识深刻,还得从"和平演变""堡垒从内部攻破"等方面去深挖。学校里的气氛越来越紧,渐渐地大家做事说话都十分谨慎,十分小心了。

一天,事情终于在我身上发生了。这件事成为留在我心上经久不去的烙印。

入大学时,正值三年困难时期,吃不饱饭。学校领导怕学生累坏了,实行劳逸结合,每天晚上九点多,大家就已经上床了。那么早就躺在床上,睡不着干什么呢?两件事,一是开精神饭馆,大讲什么菜好吃,谁的家乡有什么特色食品,讲得直咽唾沫。二是讲鬼的故事。越听越紧张,越紧张越爱听。我是个没有故事的人,小的时候,七岁上学读书,从不到野外玩,有数的一次,和一些大孩子去野外捉鸟。回程时,大孩子们钻进高粱地,寻找瓜园。我家乡的西瓜、香瓜都种在高粱地或者玉米地里,为的是不易被外面过往的人发现。我们钻进地里,很快就发现了一块香瓜地。大孩子们马上下手,我也跟着摘。怕农民发现,大孩子摘了几个,很快就跑了。等发现别人都跑了,我还没有找到熟的瓜。我以为看瓜的人来了,吓得我扔下刚摘的一个,拔腿就跑。等我追上大家,看到人家嘴里吃着,手里还拿着,我则两手空空,什么也没有了。既没吃着瓜,还吓得发抖。

这样一个人,苍白得很,有什么故事?等听到人家讲得津津有味时,我突然想起中学时我的一个好朋友讲过的一个故事。

说的是抗日战争时,一个山沟里的战地医院,住了很多伤病员。

到了夜深人静大家睡着时，会有一个黑影进入病房。第二天，睡第一张床的病号就失踪了。一个月居然发生了好几起，总没破案。派人暗中守着，也没有事，可天一亮，大家醒了，又少了一个人，闹得谁也不敢睡第一张床了。说完这个故事，谁也没吭声。我也觉得瘆得慌。马上说，这是听中学同学讲的，肯定没什么鬼。

……还是一片寂静，也许是大家年轻，怕鬼，也许是困了，该睡觉了。突然一个声音发出来："什么鬼故事！你这是宣传封建迷信，攻击革命战士！你没有起码的科学精神，根本不配做个共青团员！"宿舍里更寂静了。起初，我还以为是在开玩笑，但在一片寂静中，我顿时明白了，这是在批判我。

"你凭什么这么说？凭什么扣帽子？我早就说了，听别人讲的……"

我的嗓门很大。其实，我这是辩解，说自己讲这个故事并没有恶意。也许别人在这种情况下会选择不吭声，忍耐着让激动过去。我却选择了为自己申诉，而且申诉得像似跟批评我的人吵架一样。时间已是夜里十点多，其他房间里其他班的同学都过来看究竟。这事情真闹大了。今天，我已经经历了世事沧桑，回想当年，真是太经不住事了。可是当时那是怕成为开会检查的对象啊！

这以后，想不到的事情还真发生了。我记得最清楚的是，很快我就被取消了听党课的资格。据我观察，我们那时要求入党的人有四种待遇：一是写了入党申请书的；二是写了入党申请书又可以听党课的；三是写了入党申请书被确定为培养对象的；四是最高档，被定为重点发展对象的。本来我已进入二档，是可以听党课的了，讲了鬼的故事后，我又退回了第一档。

"祸从口出"啊，我又想起得到和我类似"待遇"的一个同学。他因为说了郭沫若先生一句话，也受到严厉的批评。郭老在他的自传体随笔《我的童年》中说：一天，他在园子里看到堂嫂两只手掌带着海棠花的颜色，突然起了一种美的念头，想去触摸嫂子的手。

但终没敢走去实现。我们班这个同学说：郭老怎么能这样想，太不好了！其实，郭老是说他自己十岁前后，由于身体的变化，就有了性的觉醒，转而提醒家长对孩子要有科学的教育。这个同学也是书生议论，并无他意，但却为此受到批评。因为那时郭沫若先生是人大常委会副委员长，便批评这个同学丑化国家领导人。

但那时，我们都还是头脑简单的学生，没有社会经验，一心想着"路遥知马力，日久见人心"的古训。我还乐观地相信，清者自清，时间会证明我是一个正直无他的人的。

可是，事情并没有像我想的那样发展，直到毕业，我也没有晋升到可以听党课的档次，更谈不上成为培养对象了。其实，今天想想，当时整个社会都是那样，一个小环境里的往事前尘又算得了什么？哪个人，包括我们自己，都生活在这个环境里，都受这个环境影响，用当时那种思维、眼光看事看人。这是时代造成的。只是那时我们还没有认识到这一步。

1987年，我终于入党了。在支部大会上，支部党员在发言中特别赞赏的我的一个优点是：能经得住组织的考验。证据是从1962年提出入党，到1987年，二十五年坚持不懈地争取入党。

（四）

话再说回来。时间已经到了1963年，我们进入大学三年级。这时，针对国民经济三年困难的"调整、巩固、充实、提高"的八字方针已不见有人谈，"千万不要忘记阶级斗争"已经成为公开的口号，一个一个"阶级斗争"的严酷事例让这个口号深入人心。学校里开始了"阶级斗争必须年年讲，月月讲，天天讲"的日子。"红与专"的问题已经上纲到无产阶级与资产阶级争夺接班人的高度。有的同学不敢当众看书，怕被当作"白专"的典型。有的同学寻找人迹罕至的地方去

在玉龙雪山 4506 米处（左王俊国，右周清华）

攻读书本。我们年级一位同学，在他回忆那段生活时说："我观察我班同学到总馆借书的很少，寒暑假不回家的同学也很少，因此，平时我就躲进总馆攻读藏书，寒暑假不回家，留在学校读书。总之，要尽量不让其他同学发现我在读书。我要给人留下欠红也欠专的平庸印象，这样既不冒险也不危险。"学生读书要躲起来，努力学习都成为有风险的事情，就是那时校园里的现实。

不久，1964 年，北大又开展"梳辫子，抱西瓜"的社会主义教育运动。所谓"梳辫子"，就是把自己的错误问题理出来梳成辫子；"抱西瓜"，就是要抓自己的大问题，抓"西瓜"，不要净说"芝麻""蒜皮"的小事。这次运动是直截了当地针对每一个同学，要求同学们之间开展批评与自我批评。自己检查，群众揭发，人人过关，严肃教育。一时间人人自危，矛盾由此而生。就我个人看，"文化大革命"开始后，班级里分为天派、地派，并不完全是对国家大事的政治观点形成的，而是班内矛盾的体现。这些人进了"天派"，那些人

遥远的北大 179

就成了"地派"。学校生活成为很揪心的日子,"同窗"这一词完全变了味道。

后来,就是去农村参加社会主义教育运动("四清"运动),清理干部的"四不清"问题。"梳辫子、抱西瓜"之后,学校说,你们要到阶级斗争中去经风雨见世面。你们要在实践中念好阶级斗争这本书。那是我第一次到长江边上的古荆州地区,虽然不是江南,但已经是紧挨长江边了。稻田、竹园、小河、池塘、鱼鹰、炊烟、房东大哥大嫂……让我这个北方青年,感到十分亲切,在校园里绷了两年多的弦轻松下来。"四清"工作队领导及时发现了我们的情绪,马上组织开会,再三强调,这里不是世外桃源,千万不要忘记在这美好、平静下面潜伏着激烈的阶级斗争,但农村的这一切,仍然让我感到清新、亲切。

在江陵的十个月社教运动给我很多教育、很多收获,但对我教育最深的是:以后做什么事都要记下来,尤其是涉及钱财的事。我还记得和我一起工作的地方县干部说:拿破仑说过,钱财大事不能马虎。这话是否是拿破仑说的,我不知道,但当时这话的真理性对我确是正中下怀。因为"四清"运动清干部,就是让他们一天一天回忆今天干什么了,昨天干什么了,前天干什么了,在哪开会,吃的什么,和谁在一起,一年前、两年前、三年前的情况都要如此回忆,要说清楚,甚至要一直追溯到他上任那一天。后来,我曾问过和我们一起在江陵搞社教运动的地方县里的干部,"四不清"干部他们怎么能把每一天的活动都记得那么清楚?地方干部说,瞎编呗,哪个季节,开什么会,吃什么大体差不多。他们不是第一次搞运动了,他们有经验,会对付。但是,我还是牢牢记住,做了什么事,尤其涉及钱财大事,一定记录清楚,保留下原始单据。

吸取这个经验教训,确实让我尝到了甜头。1988年,我从中华书局调到新闻出版署图书司工作不久,赶回老家给父亲办丧事。司里有人举报我办丧事住高级宾馆,让当地新闻出版局出钱。我毫不慌张,立即把保存好的和弟弟们一起住招待所的发票，交给组织看，发票上写着：四个人一间房，每晚一人五元九角钱。

唉！生活教会了我们多少经验啊！

写到这里，我想起我的一个同班同学的结局，很难过，一定要写下来。我一直认为她就是这样教育的牺牲品。

这位同学是一位电影大导演和著名演员的女儿。"文化大革命"开始没多久，大导演被打成反动权威，斗倒斗臭。她就改姓母姓，另起新名。她的新名叫着不方便，我们总叫她石力。

她是一个年轻、聪明、充满理想的女孩子。还记得1963年的时候，三年困难已到了尾声。北大校园渐渐活跃起来。在食堂大厅，周末的晚上常有舞会，跳的是交际舞。那时的舞会还是很小规模、很少的人参与的事。我们年级的几个男生，爱热闹，穿上不知是父亲还是叔叔的旧西服，上衣左边的口袋里还露出手帕的一个角，很像那么回事，挤在舞厅的门口想进又不敢进。

石力也是舞会的热心参加者，记得她穿的是西服裙。因为那时这是很时髦的服装，所以我印象深刻。后来，在"文化大革命"中，她努力脱胎换骨。到"干校"，战天斗地，她心里想着自己出身反动权威家庭，决心与家庭划清界限，走与工农兵相结合的道路，不做"资产阶级小姐"。她默默地，自觉而刻苦地改造自己。"干校"后期，我早已调回北京，听说她嫁给了外省一家工厂的工人。

1988年冬，我去那里开会，会上的工作人员告诉我，石力工作的单位离我住的宾馆不远。会后，我去看她。她十分高兴，眼里溢出兴奋的光彩。她下班了，我说，到我住的宾馆坐坐。她说，好，正好顺路。她推着自行车，一路走一路聊。几次眼眶发红。后来，她说时间晚了，家里婆婆孩子等着，不坐了，得赶紧回去。分手时，我又见她眼眶红了。我以为她远在离家千里之外的地方，难得见到老同学，是一种激动，便挥手告别。还对她说，有机会带着孩子到北京玩。

不过半年，石力的朋友来北京开会，告诉我石力没了！我大惊。

朋友说，她早晨上班，刚出家门，胡同里飞驰过来的摩托车把她撞翻，从此再没有醒过来。她一句话没说，留下了两个还没到上学年龄的孩子。

我又想起我出差看她和她说话时她那红红的眼眶，想起她的改姓更名，决心走与工农兵相结合的道路……不知什么缘故，想到石力的遭遇，我总会想到《红楼梦》里探春的远嫁，但那是因为什么，她又是因为什么？

想起这些事，我们的心情能够怎样？唉！

（五）

尽管如此，北大仍然是我一生中十分重要的旅程，是一段没法忘记的岁月。今天，它已经十分遥远了。可是，检视我的一生，它又是那样贴近。艰难郁闷的日子培养了我们奋斗的意志和与人为善的情怀。

我们得努力，不辜负深厚、渊博、求新、向上的北大。

我们得与人为善，让那些阴郁的日子不要再来。大家携起手来，共同面对生活的重压，享受生活的美好。

面对蝇营狗苟，琐琐碎碎，我懂得了，快乐的秘诀就是在生活中要充满梦想；成功的秘诀就是不屈不挠地前行，不管什么声音，什么脸色，想着让梦想成真。

从江陵的农村社教运动（"四清"运动）回来不久，"文化大革命"就开始了。因为北大有聂元梓的一张大字报，更为热闹。那以后十年的日子大家都差不多了，我无须再写。

2009 年 3 月

张振玉先生与《京华烟云》

张振玉先生的大名,在中国大陆恐怕知道的人并不很多,但是读书人有谁没有读过林语堂的《京华烟云》呢?林氏的《京华烟云》中译本,便是张先生的手笔。

《京华烟云》1939年在美国出版,影响甚巨。诺贝尔奖得主美国人赛珍珠曾推荐其为诺贝尔奖候选著作。又有人建议林先生自己以中文将本书再写,没有实现。后译本并出,先有郑陀、应元杰合译本,后有越裔的节译本,林语堂先生都不满意。著文说:"1939年郑陀、应元杰合译,上海春秋社出版……译文平平,惜未谙北平口语,又兼时行恶习,书中人物说那南腔北调的现代话,总不免失真。"(见《无所不谈合集〈语堂文集序言及校勘记〉》)又曾刊登广告,"劝国内作家勿轻言翻译"(见台湾德华出版社《京华烟云》新译本"出版缘起"),于是出版社诚邀张先生再译,希望出现一个较好的版本。学术界后来有评论云:"《京华烟云》必传于世。张振玉之名会借林语堂的小说得以流传,而林语堂的小说是借张振玉的文笔得以流传。"这种英文原著与译文珠联璧合的结果,实为读者的幸运。

张振玉先生生于1916年,先后任台湾中国文化大学、台湾大学等多所大学教授,著名翻译家。先生自幼随祖父母居于北平鼓楼东大街京兆尹衙门附近。由私塾入小学，中学。1941年在辅仁大学西洋语言文学系毕业。在校时受教于张谷若、李霁野、英千里诸先生。毕业不久，日寇侵略华北。先生即去西安，转赴重庆。在重庆从事抗战教育工作。抗战胜利后，受聘于长春大学任教授。1950年赴香港，1952年受聘台湾大学任教授。晚年，曾来京讲学，其间参观名胜，回望故里，浏览古籍，颇多感慨。

张先生所著《翻译学概论》，是翻译界少见的系统完整的学术著作。1964年初版，中经多次重印，成为台湾、香港等海内外若干大学教材。这是先生的成名之作。出版时先生只有四十七岁。此书的"后记"中叙述了它的诞生经过，颇为感人。其文云："1963年夏，余自屏东北来，英师千里长台大外文系，嘱以翻译授诸生。本书之草拟，实自此时始……是年冬，钱歌川兄北上来访。阴雨天寒，长夜闲话。见拙稿，亟劝写就问世。翌年，长夏滔滔，假中多暇，乃重整旧稿。深感理论疏而不密，例证寡而失妥。于是穷搜苦思，随写随改，自溽暑挥汗，至寒雨披裘，凡五易稿，不能惬意之处仍嫌不少。复经再三修正，直至旧岁除日，始大致确定。"从中可见作者溽暑寒雨、挥汗披裘、艰苦努力、精益求精之情状，我们已毋须再述。

1992年，此书经作者修订增补，改正误植文字，由江苏译林出版社在大陆出版，填补了空白，为翻译学界所欢迎。

1977年，先生翻译林语堂英文版《京华烟云》告竣。这可以说是先生《翻译学概论》中所总结的翻译理论的实践。出版后，译界评价甚高，公认为林语堂先生《京华烟云》最受欢迎之中文译本。台湾著名出版人蔡丰安先生说：此书推出，"万方瞩目，佳评如潮，咸认为名著名译"。

这里我稍加具体地介绍一下张先生对《京华烟云》的重要贡献。他不但订正了历来译本翻译的失误、工厂排字的衍脱，而且订正了作者林语堂先生的多处失误。这些问题，张先生在《京华烟云》东北师大出版社版的"前言"中有具体的说明。如：

关于轿杆,"原著者语堂先生以南方人而居北京不久,在写此长篇巨制时,有关北方风俗器物难免有失之隔阂之处。如第九章曼娘出嫁时之轿杆,语堂先生称之为竹制。殊不知北方不若南方之盛产竹子,民间亦不若南方用具多为竹制。北方轿杆系采用木制者,挺直光滑而富有弹性。故在拙译文字中,径言轿杆,已省去竹制字样。"

关于水烟袋,"第四十四章经亚及阿非在平津陷日后南逃时,写阿非扮做生意人,手拿'水烟袋'。按水烟袋必须内部桶中装水,并用'纸媒儿'(一种易燃纸捻)以口吹着点燃之,方可吸用。旅行逃难匆忙拥挤中焉可持用,翻译时已顺笔改为'旱烟袋',因旱烟袋杆有长短,易于携带也。"

关于几处地域,"通州距北平为三十里,非如原著所称数里之遥,也于译时随笔更正矣。再有什刹海北面有会贤堂饭庄,坐于走廊上南望,可见北海小白塔,但不可同时又见身后之钟鼓二楼,此种错误,不关重要,译者并未多事更正。"

特别是张振玉先生第四次修订时,"将全书四十五章,每章按中国章回小说增加回目标题,一如传统的对联式样"。如第一章之标题"后花园仓皇埋宝藏,北京城奔波避兵灾",第二十章"终身欣有托莫愁订婚,亲子横被夺银屏自缢"等,五十四章皆依此例。这样,在风格上,与《红楼梦》《三国演义》《水浒传》《西游记》等章回小说一致。目前,各方出版的《京华烟云》恐怕有几十种,有正式授权的版本,也有未经授权的版本,但不论署不署张先生的名字,每章之前的回目,皆是张先生所创拟。增加回目后,不但读者阅读时方便查考,而且更增加了中国传统文化之韵味。这是先生对林语堂《京华烟云》之重大贡献。

《最美英文抒情诗》,是张振玉先生几十年翻译英美著名诗人之代表作的汇总。全书近二百首,先是在各类报刊上发表,听取意见,之

张振玉先生

后又根据各方意见,仔细打磨润色。先生说:"全集编稿完毕,最后稍事浏览,发现拙译之中,尚有少些'琢磨'得私心窃喜之诗句。"我们从先生的谦逊中感受到他对自己译作的严谨和得意。我们阅读这些译作后,充分体会到,先生的"得意"正源于先生的"功力"。将英文诗歌翻译得如此朗朗上口,音、意、神俱佳,实在难得。慢吟细品,实在是一种享受。

先生在谈他的翻译理论时,曾对严几道在汉译《天演论》"例言"中所论述的"信、达、雅"之原则提出自己的见解。他认为"信",如若单纯追求原作表面形式上的信,则求信反而不能信,并进而伤"达"伤"雅"(艺术性),至于要体现原文的风格,就更谈不上了。他主张一定要领悟原文之神髓,否则,只求把握字面生硬翻译,所谓"直译",就是"硬译"与"死译",最后一定是传形而不能传意,传意而不能传神。

他举林语堂关于"信达雅"的解释,"信"是译者对原作者所负的责任,"达"是译者对读者所负的责任,而"雅"则是译者对艺术

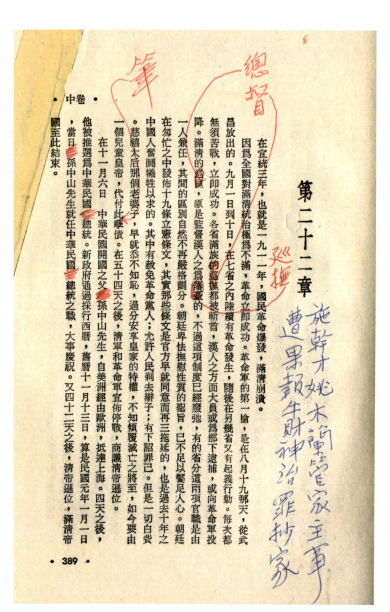

张振玉先生将《京华烟云》增加了回目（手迹）

张振玉先生谈修订《京华烟云》之译文

所负的责任。先生认为,这种看法,给人"耳目一新之感","颇有启人深思之处"。他尖锐地指出,"信若果系指照字直译,则单凭多查几本字典,便可奏功,译者尚何需乎洞解之智力与文艺之才华哉?"体味先生对英美抒情诗的翻译,正是实践了他自己的理论。书中让人欣喜而反复吟咏的诗篇很多,确是先生翻译理论的成功实践。

张振玉先生的著作计有:《翻译学概论》《翻译散论》《英美会话读本》《浮生呓语》(散文集)、《万里长城颂》(长诗)。译著有:《京华烟云》《苏东坡传》《武则天正传》《红牡丹》《中国传奇小说》《孔子的智慧》《胡适之评传》《汉译英美抒情诗稿》等。

写出上述诸多著作之后，突然想到先生在《京华烟云》第一版"译者序"中开头的话，顿时让我感到，译作的每字每句之后都凝聚着译者的多少心血啊！他说："去年秋天，大概是九月十四日，一本厚厚的 Moment in Peking 拿到手里时，到今年二月十四日，全书八百十五页译完，正好是五个月。这五个月的白天，有时夜里，要出去上课，家里有时学生来学翻译写作，这些活动之外，每天每个夜晚，几乎都用在翻译这本书上。假日没有，周末也没有，应酬也没有，几乎百业俱废，一切搁置，到阴历年前，终于赶完。觉得肩膀上的重负卸了下来。"看到这里，仿佛见到先生伏案疾书的形象。但愿我们今日的学者、作家，也像张先生那样，能沉下心来，为读者扎扎实实地写几部好书。

综观先生一生教授、著述的业绩，我们可以说，先生是一位渊博的学问家、真正的翻译大家。他不仅有自己的学术系统、精到的翻译理论，而且有广受欢迎、传之久远的翻译作品。他的事业不仅显名于一时，也必将永远存在。

2013 年 11 月 22 日

往事依依

——记我在总署时的领导

按语：这篇文章本是我的《关于出版的思考与再思考》（人民出版社2012年出版）一书的后记，因为是感念我的几位老领导的，略作增改，另起篇名，也收入这个集子中。其中的一些有关"再思考"一书出版的文字，一并保留，以为纪念。

这部书稿已经编完并即将出版，还有一些话一定得说一说。这些话原本应该在"前言"里说，更能忠实而郑重地反映出我的心意。但我不想破坏前面那篇"前言"的完整性，只好说在"后记"里了。收入这本书中的一篇篇文章，犹如我一年年的行事记录，今天重读它们，让我回忆往事，生出无限感慨。这时候，关心、提携和影响我的人——浮上心头。

我从出版社走到政府管理机关，由每天忙于编辑具体的一部书稿、一期杂志，改变为要及时了解全局，从全局高度认识和处理问题，让我视野开阔，得感谢当时出版署的三位领导：宋木文同志、刘杲同志和卢玉忆同志。我在中华书局是做编辑工作的，前后二十年了，已经形成了一套习惯，而对政府机关的工作规律和上下左右的关系，却很陌生，一切都得从头学起。我渐渐理解和把握住出版管理

新闻出版署(总署)几位署领导(前排左二起:刘杲、杜导正、宋木文、于友先、石宗源、龙新民。左一杨牧之、右二桂晓风)

工作的一些基本规律,到后来能较为主动地开展工作,得益于他们的领导,得益于他们对我的悉心指教。后来的于友先和石宗源署长,他们原本是负责一方的大员,阅历丰富,经多识广,各有风格,都给我很深的影响。这是我离开新闻出版总署的岗位,又经过十多年后,从出版管理工作的第一线上退下来,长久存在心里而要表达的一份心情。

1986年,中华书局的两位主要领导都因为年龄已到,要退休了,新闻出版署(当时还叫国家出版局)由副署长卢玉忆同志带队,到中华书局调查研究、考察干部。后来,我被考察组推荐到署里工作并得到署领导的同意和支持。所以,我对卢玉忆同志总怀有一种知遇之感。她的诚恳、朴实、讲原则,让我信赖。其实,在这之前,我并不认识她,也只是开大会时见到她坐在主席台上。

回忆我刚到署(总署)里工作的时候,有些事给我印象很深。今天看看这些事都不一定是重要的,甚至都是些小事。但回想往事的时候,正是这些"小事"先浮现出来。

1988年,那是我到新闻出版署工作的第二年。署里主持起草关于出版改革的文件。大概因为我是图书司司长,宋木文署长(当时还是副署长)把我叫到他的办公室。他坐在沙发上,把文件(初稿)摊开在茶几上,我坐在他旁边。我和他都看着文件。他一行一行地往下读,一句话、一个字地抠。他思维敏捷,讲政治,讲政策,因此很考究用词。一句话这样说好还是那样说好,常常问得我哑口无言。因为他提出的问题,我根本没想到过。我怕再被署长问住,便尽量找问题,尽量多想。所以,压得我很累。今天回忆起来,起草文件从政治高度、政策高度,认真地去抠,反复地推敲,是木文署长给我上的第一堂课。

还有一件事,让我至今对木文同志肃然起敬。那是1987年5月下旬,木文同志率团出访新加坡,我是代表团成员之一。途中,代表团应邀过港,访问香港的新闻出版单位。那正是国际国内大环境十分复杂的年代。新闻出版署刚刚成立,外界议论颇多,一路上不时有记者跟踪我们代表团访谈,想探出点什么内幕来。大概木文同志觉得与其这样,不如坐下来认真谈一次,便与北京有关方面沟通,主动召开并主持了记者会。木文同志的谈话,澄清了事实,宣传了中央的精神,效果很好。香港的几家大报、电台、电视台,都对记者会做了较为客观的报道。香港的记者是有名的能干,香港的政治派系是有名的复杂,木文同志敢讲话,敢担当,有气魄,给我留下很深刻的印象。当时我就坐在他的旁边,十分专注地听着记者的提问,十分专注地听着木文同志的回答。木文同志谈得左右逢源,潇洒自如,我内心却很是紧张。

1987年,我从中华书局调到署里工作,从一个编辑变成政府管理人员,而且"官位"不低,忝为"司长"。但我却真的对政府机关上下左右的关系懵懂无知。刘杲同志是我的顶头上司,大概看我"编辑气"十足,便教给我如何梳理工作任务,抓住工作重点,制定工作计划，分配使用干部。我暗暗地把周围的同事、领导当作老师，看他们怎样思考问题，怎样处理矛盾。刘杲同志从不指手画脚，但时不时地点拨，既指导了我的工作，又给我留了面子。好老师。

刘杲同志博学多才，思辨能力很强。一次在山东烟台召开古籍整理出版工作会议，我准备了很久，认真地写了讲话稿，我还是学古籍整理的，中华书局出身，但讲得也并不如意。刘杲同志一边听会议发言，一边思考问题，最后做总结时，凭着一份提纲，侃侃而谈，两个小时，十个问题，中肯而深刻。直让我感到做他的部下很是幸运。

最让我佩服的是刘杲同志对出版事业的深切关心。这体现在他敢讲真话、肯讲真话。他在他的博客中有两条谏言，一是"2012 年出版数据"的分析。他写道：

> 根据新闻出版广电总局发布的文件，2012 年全国出版印刷和发行服务实现营业收入 16635.3 亿元。可是，文件显示其中包装装潢等非出版物印刷营业收入 8555.54 亿元，比重达 51.43%。这就是说，超过一半的收入与出版无关。

二是关于"品种和库存双增长"的剖析。他说，2007 年全国出版图书二十四万种，2012 年达到四十一万种，五年间增长了 70.8%。图书品种数量的急剧增长带来的主要问题，一是质量下降，二是库存上升。质量难以量化，没有数据。库存可以量化，有数据。2007 年出版物库存年末为 565 亿元，2012 年达到 880 亿元，五年间增长了 55.7%。对这些情况，出版界内外很多人都很关心。

确如出版界同志所言，刘杲同志头脑敏锐，富有真知灼见，但我认为有头脑、有见解的人不少，最重要的是刘杲同志肯把观点亮出来。真个是"不逐世风乱起舞，平生自信秉丹心"（刘杲 2011 年诗作）。

这让我想起《环球时报》（2013 年 10 月 8 日第 6 版）刊载的一

在刘杲同志（左二）八十岁诞辰纪念会上（右二为石宗源）

篇转引德国《世界报》的文章，题目是《图书危机——中国出版社直接生产"废品"》。文章说："2012年中国出版界取得了可引以为傲的成就：出版了全球最多的新版图书，还有1918种报纸和9867种期刊，这也是世界第一。但数量惊人的出版物常常直接变成'废品'。因此，中国也是库存图书最多的'世界冠军'。"

而德国《世界报》的数据，正是来自于我们自己公布的数据。

木文署长退到二线，于友先同志接着做署长。上任不久，便筹备全国新闻出版局长会议。党组同志反复研究会议的中心议题应该是什么，突出什么主题，也就是当前的主要倾向是什么，主要解决什么问题，议论来议论去，总觉得说得还不够透。会一直开到局长会议开幕的头天晚上。根据各司局调研情况和大家讨论中总结的问题，友先同志概括出"从规模速度向质量效益转变的阶段性转移"的思想。今天回头看看，提得对，符合实际，抓住了当时的主要矛盾。这是第一次鲜明地、有意识地把这个观点作为全国新闻出版工作的指导思想明确提出来的。

有一件事我至今为友先同志遗憾。他是 2000 年退下署长职位的。这之前，他曾多次去有关领导同志处探讨新闻出版署升格为"总署"的必要性。但是，在"署"升格为"总署"的前夜，他退休了。友先同志认为这再自然不过，但我却替他没能在"总署"工作一天觉得有些遗憾。

我在总署工作期间，最后一位署长是石宗源同志。他 2000 年 9 月从吉林省委副书记任上调到新闻出版署任署长。2001 年 3 月，新闻出版署（副部）升格为总署（正部）。紧接着于 2001 年下半年酝酿组建中国出版集团。变化是剧烈的。新闻出版署升格为总署，说明任务加重了。组建中国出版集团，要把新闻出版总署直接管理的全国甚至世界有名的大出版社如中华、商务、三联、人民、文学、百科、音乐、美术及新华书店、荣宝斋、中图公司，二十多个局级单位全都划出去，对于一个刚上任的总署一把手，那也是个"考验"啊！据说后来总署召开直属单位会议，直属单位只剩七个了，而且七个都是较小的单位，颇觉冷清，特别是管干部的部门更明显，一下子没有几个单位好管了。今天想想，那时总署及各职能部门的思想问题肯定是不少。但宗源署长态度明确，坚决拥护中央的决定。成立中国出版集团的报告送到他手里，他一分钟也不耽误，立即签发送交中央有关领导部门。因为正巧组织上决定由我去主持中国出版集团的工作，宗源署长的态度、情绪，我感受很直接，很具体，真是体现了一位党的高级干部的政治意识和大局意识。后来，他还亲自参加中国出版集团的工作会议，多次指点我应该注意什么问题，给我们工作以很大支持。让我感到很温暖。

写到这里，还有一件事我不能不说一说。宗源同志较早地使用网络做工作。他开通了 QQ 专线，下班后，他打开 QQ，看看署里同志哪位在线上，就主动和那位聊两句。有时，点出一杯茶、一杯咖啡的图案，意思是工作一天了，休息休息，喝杯茶、喝杯咖啡吧。聊上几句后，再点出一辆自行车或公交车的图案，意思是说时间不早了，快乘车回家吧。他聊天的对象不仅仅是司局级干部，也有普通职工。虽然只是简单的几句对话，但让大家感到署长的亲切和关心。署长和大家的关系拉近了。所以，后来总署各司局干部大轮岗，变化很大，但波动很小，进展很顺利。我想，这与宗源同志平日善于和群众沟通，注意关心和鼓励干部，有很大关系。

今天回忆这些往事，我感到十分愉快，当然支持和影响我的不止是几位署领导，还包括署里在一起工作的同志。特别应该感谢那时和我一起工作的图书司和发行司的朋友和同事，在写作本书很多文章时，他们的观点给我很多启发，他们经常为我搜集提供材料。可惜，情长纸短，不能一一述说了。大家在紧张的工作中相互切磋，互相探讨，有时不免急躁，有时不知某位想到哪里去了，在会上说出很让人诧异的话，但一阵寂静之后也就过去了。我正是在这些切磋、探讨、急躁、诧异和"寂静"中，逐渐认识了工作，认识了人和社会。于是有了当时的"思考"和今天的"再思考"。

有这样的思考与再思考的机会，还要感谢人民出版社的黄书元同志和辛广伟同志，是他们一再鼓励我、督促我，使我有信心终于编成这部书稿。王萍主任作为本书的责任编辑，办事干练，学识渊博，帮助我审阅，指出我书稿中多处疏漏；美编徐晖，虽然无幸谋面，但听任我一个外行指手画脚，把设计的封面改来改去……这些同行的精神都让我受到鼓励和鞭策。谢谢他们。

2012 年 10 月

满架书香的追忆
——怀念宋木文署长

今晨,石峰来电告诉我,木文署长昨晚去世了。我突然特别难过,一阵悲伤。前些天我和石峰刚刚去医院看望过他,他还回忆往事,谈笑风生,怎么说没就没了呢?我们出版界的一代人物,打我进新闻出版署,他就是我们的直接领导。几十年来,我们就是追随着他,贯彻落实党和国家的出版方针、政策,不断实践,不断创新。

出版业的一个时代结束了。

上班之后,我与谭跃、伯根一起去木文家吊唁,人已远去,室内只余他的座椅和满架的图书。

——2015年10月22日晨·日记

上述这段文字是我们去木文家吊唁后记下来的。今天,当我怀念木文同志的业绩时,他的坚定的政治方向,他讲政治、善思考、勤学习,给我留下了深刻印象。特别是他作为一个部门、一个领域的主要负责人,敢于担当,谨慎前行,不断开拓,让我深为敬佩。回首往事,历历在目,这里,谨记述我参与的木文署长领导处理的几件事,以表达我对木文署长深深的怀念之情。

一、"性风俗"风波事件中体现的政治家素养

"性风俗"事件是当年震动全国的一件大事。对"性风俗"事件的处理，清楚体现了木文同志政治家的素养和掌控大局的本领。当时因为忙于办事，没有工夫细想，今天回想起当时的每一个环节，仍让我感到木文同志在风浪中的魄力和思虑的周密。

事件发生在 1989 年 3 月。

《性风俗》这本书正如其名，汇集了世界各地的性事风俗，特别是针对伊斯兰的一些风俗进行演绎或猜想，有不少内容是捕风捉影、没有根据的。比如说回教寺院建筑的某些形状、结构象征人体的某处，又说穆斯林妇女怎样无条件地为托钵僧服务等等，引起穆斯林极大愤慨。一时间穆斯林的抗议、游行从甘肃临夏地区始，迅速席卷全国十余省。兰州有数千人上街，摩托车开道，高喊"处死中国的拉什迪""绞死出版社社长"。临夏游行的人越聚越多，竟有上千人浩浩荡荡向北京进军，要求烧毁上海文化出版社。不久，北京也有穆斯林集合一二千人要到新闻出版署抗议。新闻出版署紧急动员，认真对待，洒扫庭院，备好开水、水果，并新买来了几百条毛巾以供他们使用。据说，约千余人的抗议队伍，走过天安门广场，汇集到统战部。他们听说新闻出版署临时办公地点在安定门外的蒋宅口，至少还有十公里，便决定不再前行。大家松了一口气，但还要派一名领导前去领取抗议书。

后来，接替于友先同志任署长的石宗源多次跟我讲，他当时正任临夏回族自治州的党委书记，做了许多艰苦的工作。他还说，在那以前，"文化大革命"后期他做穆斯林的工作，另一派还曾悬赏五十万元，要他的性命。可以想见，当时民族工作之艰巨和重要。

这是一场大家没有想到的因图书而起的轰动全国的大风波。木文同志带领党组同志，先是要求我们立即查清《性风俗》是如何出版的，

买卖书号是怎样失控的，谁应负主要责任，中间怎样周转的，查清此书的销售、库存情况，做到心中有数，并立即明电通知有关省市，如上海、山西、甘肃查禁、收缴《性风俗》一书，把事件风头刹住。

然后，派人向主管统战、民族工作的国家有关部委汇报和沟通，诸如中央统战部、国家民委、宗教局、公安部等多家部委，取得他们的理解与支持。木文同志还亲自和这些单位的有关领导一起研究情况，布置处理措施。

第三步，在各方面情况清楚之后，木文同志要求我们起草报告，尽快请示党中央、国务院。在得到中央领导批示后，立即向全国发出明传电报《关于果断处理〈性风俗〉一书问题的紧急通知》，明令收缴存书和软片，在伊斯兰教会、宗教局等方面的监督下化浆、销毁，对出版社、协作出版发行单位，及其有关负责人，或停业整顿，或吊销营业执照，或停职检查，做出严肃处理，并通知各省严格执行通知要求。

最后，木文同志还不忘向在北京的伊斯兰组织去说明情况和道歉。我记得那是1989年6月份，北京市市面上气氛复杂，重要街口都有警察站岗，我陪着木文同志穿过一个个路口，去中国伊斯兰协会道歉，听取意见，接受批评。协会的相关领导、阿訇们，从下午二点起，一个发言接一个发言，一直讲到下午五点。然后，木文同志做了诚恳的道歉，汇报了处理情况、采取的措施。木文同志讲过之后，还有阿訇要发言。协会负责人打住了，说，已经六点多了，时间晚了，先到这里吧。

最后，木文署长还考虑到此事件在国际上的反应，要求办公室通过外交途径向伊斯兰国际组织通报了我国严肃处理"性风俗"事件的情况。恰巧，伊斯兰国家秘书长正在北京访问，木文同志了解了这个情况，又通过外交途径做了秘书长的工作，取得了很好的效果。

木文同志在他的有关文章中说："上海文化出版社以一本《性风俗》的出版引发了一场惊天动地的事件……这一事件发展规模之大，持续时间之长，不良影响之广，造成后果严重，确实表明并非是一个完全孤立的事件，而是当时社会多种矛盾的反映。但毕竟是由出版单位引发的，又事关宗教、民族等重大敏感问题，事关国家社会稳定的大局，因此，对这一付出惨重代价的事件留下深刻教训，我们千万不要忘记！"

我想，木文同志正是基于这个考虑，上上下下，周围左右，眼观六路，耳听八方，夜以继日，缜密思考，指挥调度，有条不紊，体现了一个政治家的素养，一方事业的掌舵人把控大局的能力。那时，我任图书司司长。因为是书的事，由我负责一些具体事务。木文同志交代我：你在署里值班、守着，我在家里值班、守着，有事立即给我打电话。向上级汇报的文稿起草好，已经是夜里十一点多了，我再三犹豫是否给木文同志打电话汇报。当我拨出最后一个数字时，木文同志立即接起电话，要我尽快到他家去。这是我第一次去他家，只有客厅一盏台灯亮着，木文同志坐在书桌旁，桌上摊着一摞文件和各方汇报来的材料。电话就在他的身旁。

二、历史地、辩证地评价和认识一部书的价值

对于国家政府部门管理出版工作的最高负责人，我认为这个人对一部书的评价，对过去某一历史时期一部书的长短的认识，恐怕是十分重要的。他的意见，体现着党和国家的出版政策，关系到百花齐放、百家争鸣的方针，甚至可以说关系到出版的发展与繁荣。说得直白一点儿，人们认为出版署的署长，代表了党和国家的出版意志。

木文同志在这方面的思想，让我很受教益。

1992年，全国新闻出版局长会议决定编纂《中国图书大辞典》。用副署长刘杲讲话中的意见来说：出版界自己编一部关于书的书，把新中国成立以来图书出版的主要成果，用类似《四库全书总目提要》的形式，集中起来，作为一部资料来收集，作为一种工具向使用者提供。

木文同志、刘杲同志是负全责的主编，制定原则，编制体例，审定条目，确定样稿，图书司做具体的组织工作。我作为图书司司长

能更多地与二位领导联系、沟通，亲身体会到他们处理问题的原则。这中间最为复杂、细致的是一些配合重大政治历史事件的图书。自1949年以来，中国的政治运动很多，有一些配合政治运动的书，也有一些在那个时期产生的著名作品，有的影响很大，宣传了当时的政治观点，如何处理，选不选，如何选，颇费斟酌。

木文同志听取了大家的意见后，和刘杲同志一起提出了他们的意见：

1. 对有一定学术价值但被认为有错误倾向的著作，在介绍其学术观点和价值的同时，也客观地予以指出。

2. 对图书给予学术评价时，努力做到不虚美、不隐恶，评介结合，以介为主，寓评于介，实事求是。

3. 有的图书，与今天的政治标尺相悖，但那是特定条件下的产物，并且产生过重大社会影响(包括负面的)，也酌予选收，以供今人和后人了解与研究。

木文同志为了说明观点，还举了一些例子。对这些例子的处理，充分体现了木文同志的马克思主义理论水平，充分体现了木文同志的历史唯物主义和辩证唯物主义的思想高度。

他认为出版的功能是多样的，不但有导向作用、认识作用，还有积累和资料作用。因此，他特别要求，对在历史进程中产生过重大影响的图书，如批判胡风时发表的三批材料，"反右"时的一些著作，"文革"中最具代表性的图书，有特定意义和重要影响的"内部书"等，应注意选收，并精心写好词条。

木文同志还强调，对公开出版的政治、理论以及有关文献，如20世纪60年代中苏论战出版物，包括《关于国际共产主义运动总路线的建议》、九评苏共中央公开信，以及"文革"中批判"三家村"、批判"海瑞罢官"等书也要注意选收，并写好词条，不要因为有争议或已成为反面材料而一律不收。

木文同志的这些思想，处理《中国图书大辞典》如何选收图书这个关键问题的意见，保证了《中国图书大辞典》的水平和权威性，体现了党的方针政策。

　　出版从诞生之日起，就起着记载、传播和积累人类在生产活动和社会活动中产生的各种思想和科学文化知识的作用，沟通人们与历史、与外部社会的联系，促进人类社会和生产力的发展。人类的认识总是从成功与失败中不断总结和提高的，科学文化水平也总是在成功与失败中不断向前推进，从必然王国走向自由王国的。这种成功与失败，这种必然与自由，都应该客观地记载，留给人们去体验与借鉴，或成为我们继续前进的宝贵财富。木文同志不但有理论，有指导思想，而且身体力行。他具体问题具体分析，反对"一刀切"。他用自己的实践，历史地、辩证地评价一本书，作为国家出版事业的负责人，能有这种境界，对于出版和文化的发展意义重大。

三、掌控改革大局，把握产业脉搏

　　2013年2月，我把人民出版社（黄书元社长）出版的我的一本书《关于出版的思考与再思考》的"后记"另起名《往事依依》单拿出来，交《中国新闻出版报》发表了。因为那篇文章中提到木文、刘杲、玉忆、友先、宗源几位署长的几件具体的事，我在文中说是"小事"，但这几件具体的"小事"，让我感动、记忆深刻，虽经一二十年而不忘。当我回忆我自己在出版工作中锻炼成长的历史，不能不想到正是他们的事业心，他们的敬业精神，耳濡目染，潜移默化，让我受益匪浅。

　　在"后记"中我写道：

　　　　1988年，那是我到新闻出版署工作的第二年（1987年5月奉调到署工作）。署里主持起草关于出版改革的文件。大概因为我是图书司司长，宋木文署长（当时还是副署长）把我叫到他的办公室。他坐在沙发上，把文件（初稿）摊开在茶几上，我坐在他旁边。我和他都看着文件。他一行一行地往下读，一句话、一个字地抠。他思维敏捷，讲政治，讲政策，因此很考究用词。一句话这样说好还是那样说好，常常问得我哑口无言。因为他提出的问题，我根本没有想到过。我怕再被署长问住，便尽量找问题，尽量多想。所以，压得我很累。今天回忆起来，起草文件从政治高度、政策高度，认真地去抠，反复地推敲，是木文署长给我上的第一堂课。

这里所说的"逐字抠""推敲词句"，体现了木文同志对党的事业的高度责任心，体现了他在政策理论方面的深厚造诣。比如关于社会效益与经济效益的表述，木文同志用力最深。去年（2015年）9月，早间新闻播发中央文件《关于推动国有文化企业把社会效益放在首位，实现社会效益与经济效益相统一的指导意见》，那些观点，我听了颇为耳熟，顿时想起当年（1988年）和木文同志一起推敲《关于当前出版社改革的若干意见》的情景。

那是1988年，出版改革方兴未艾，今天看来很简单的问题，那时却很难统一，尤其要用文字固定下来，还是得谨慎、再谨慎，斟酌、再斟酌的。如文件中提到的"推行社长负责制"，今天看来天经地义的事，但当时改来改去，最后还是由木文同志在"推行社长负责制"前面加了"逐步"两字；试着来，不要一下子到位。关于分配制度，首先写明"坚持按劳分配"，这是很稳妥的提法，但能不能多劳多得，拉开差距？如果在这层意思上没有突破，改革的积极性势必受影响，几经斟酌，木文同志在"坚持按劳分配"后又加上了"敢于拉开差距"。"敢于"二字，可见在当时的形势下"敢于"也不容易，也可以看出主笔者的苦心和琢磨。在"开辟多种渠道，扩大出版能力"题下，对同外资合营出书方面，文件规定：一、要经过省级政府和部级主管部门同意，还要经新闻出版署批准（双保险）；二、仅是试行（言外之意，试不好还得停）；三、外资股金必须低于二分之一（经济上我控股，我说了算）；四、编辑部应由我方掌握（也就是说内容由我定，我有终审权）。这四条是多么严密的把控啊！管理者是要努力贯彻中央的精神，积极改革开放的，但管理者又要为国家把关，不能有一点疏漏。

说到 2015 年 9 月中办发的《关于推动国有文化企业把社会效益放在首位，实现社会效益和经济效益相统一的指导意见》，题目指明是两个效益的关系。当年，木文同志带着我们起草《关于当前出版社改革的若干意见》时，关于这二者关系的文字，正是思考最多，用力最大，几经修改，最后才定稿的。1988 年经木文同志及署党组多次讨论，最后确定了这样四句话：

> 出版社既要重视社会效益，又要重视经济效益，必须把社会效益放在首位。
>
> 但作为自负盈亏的出版社，如不讲经济效益，也难以实现社会效益。
>
> 在具体问题的处理上，如果经济效益与社会效益发生矛盾，经济效益要服从社会效益。
>
> 总之，要努力使社会效益与经济效益统一起来。

从 1988 年到 2015 年，二十七年过去，今天中央发的文件，内容更加丰富，表述更具权威性，思想更为前瞻，但大体内容、基本的原则，与当年木文同志、与署党组的思考还是一致的。

这份用心，这份斟酌，这份推敲，表现了一位党的高级出版管理者的理论水平，理论联系实际的作风，理论推动实践、指导实践的杰出能力，展示了一代出版人掌控改革大局，把握产业脉搏，落实中央精神的赤诚的事业心。

怀念木文署长，回忆在木文同志领导下从事出版工作的往事，虽然几十年过去，至今仍然让人鼓舞。前辈们的风采与胸怀给我们树立了榜样，前辈们对我们的要求和期望至今仍在耳畔回响。我们要继续前行，发扬光大，为读者多出好书。

《出版往事》：生命的油灯

看到中国书籍出版社送来的陆本瑞同志的《出版往事》校样，我真是大为赞佩。本瑞同志行政事务繁忙，居然写了这样多的文章。据编辑同志讲，这还只是从党的十一届三中全会以来，他所写作的文章中挑选出来的部分。这些文章涉猎面之广，探讨问题之深，见解之高明，我好像又发现了一个新的本瑞同志。

细读之后，我肃然起敬。我脑中萌发一个意念，我们千万不要把这部书当作一本普通的文集。这是一个人的生命所系，是一个人用他的足迹书写的历史。本瑞同志生于1929年，1946年冬，十七岁即进入上海出版业，1994年从出版科研所常务副所长位置上离休后，又应邀主编《出版参考》，直到2011年退出主编工作，前前后后，在出版业足足工作了六十五个年头，一个甲子还多。正如他自己所说，出版工作是他"乐之所在"，"情之所系"，一辈子不离不弃，始终坚守的岗位。这文集无疑是本瑞同志用自己的实践、自己的心血，书写的出版史，表达的对生命的向往与追求。

我认识本瑞同志时，他已是国家出版局出版部副主任。国家出版局的职能相当于后来的新闻出版署，但出版局的出版部，管的事多，权比新闻出版署图书司大很多。那时我只是中华书局的一个编辑部副主任,没有机会和他打交道。我读过一篇记录著名作家丁玲办大型文学杂志《中国》全过程的文章。1984年,丁玲的历史问题得到平反,作家舒群、魏巍等人提议办一个刊物,起名叫《中国文学》,请丁玲当主编。不巧,这个刊名与外文局办的主要是对外发行的刊物同名,外文局来告状,国家出版局认为外文局说的有道理,要求舒群、魏巍们改名。几经周折,更名二三个,均未获国家出版局同意。当时作协党组副书记唐达成便说:干脆,咱们一块去出版局,找陆本瑞当面协商吧。很快,刊物便以《中国》为名登记了。看了这段文字,当时我还想本瑞同志权力真不小啊,也很能处理公务。

后来,我对本瑞同志产生敬意的,是因为一本名为《世界出版概观》的书。那是我奉调新闻出版署工作后的事了。党的十一届三中全会把改革开放定为国策。到20世纪90年代初,改革开放已蔚然成风。我作为新闻出版署图书司司长,认真贯彻署党组意图,积极组织了解、学习海外出版的情况和经验。那时不像今天信息交流这样发达,出国也不像今天这样方便,真是没有多少现成的材料可看。这时,我偶然得到一本中国书籍出版社刚刚出版的《世界出版概观》,如获至宝。主编者正是陆本瑞同志。我的第一个想法便是,这位陆先生真不简单,什么都走在前面。这书今天看来虽然还是很初步的,但对国际主要出版机构、出版状况、出版社的市场运作经验、新技术应用、出版教育、版权规定、版权贸易等等多有介绍,在当时确实是很有参考价值的。正如出版界的老前辈王益同志所说:

> 陆本瑞同志主编的《世界出版概观》的出版,是一件好事。我读了一部分稿子,很感兴趣。有些问题是我长期想了解而未能如愿的,有些情况是见所未见闻所未闻的。
>
> (这书)虽然与我设想的《世界出版概况》还有一定的距离,但这样的书终于会出版,可以称得上研究世界出版情况的饱学之士终于会诞生,"世界出版概况"终于会在大学里开课。

可见王益同志对此书评价极高。他是把本瑞同志主编的这部书当作春风第一枝，认为今后一定会有更好的同类书出版，一定会引来研究世界出版专家的诞生，引来大学里开设专题课的出现。显然这部书是开路先锋，是为中国出版业走向世界准备的粮草，意义远远超出单纯的一部书。1992年4月，本瑞同志的一位朋友从日本来信说，这部书弥足珍贵，日本没有这样的书，吉田公彦先生（日本出版家）正着手组织一部，而我国已走在前面。

这部书出版于1991年5月，策划、编辑当在1990年，甚至更早，是贯彻十一届三中全会精神的。随后，果然不负王益同志所望，在1996年本瑞同志又主编了《世界出版概况》，并成为高校教材。在我心里本瑞同志是新中国成立前即参加革命的老同志，是经历过新中国几十年风风雨雨的老干部，他对新事物的敏锐，对新思想的分析、鉴别与引进、吸纳，大出我意外，这又增加了我对本瑞同志的尊敬。

本瑞同志另一为人称道的特点是认真和严格。编辑部的年轻人对他是又爱又怕的。爱他因为他循循善诱，总能帮助年轻编辑排忧解难；怕，是因为他审读严格，发现编辑问题总要求找出原因，总结经验教训。本瑞同志兼着《出版参考》主编，还负责《新阅读》的终审工作，他执著、坚守着出版界的优良传统，尽着出版工作者的一份责任，始终牢记出版工作承担着传播人类文明的使命。

他最有名的话是，一个编辑要当好出版工作的"看门人"与"清道夫"。2006年7月，他已七十岁开外，仍然不顾疲劳应出版科学研究所领导之请，给年轻人上课，作了《当好"看门人"，做好"清道夫"》的报告。所谓"看门人"，就是要加强政治责任感，牢牢把握政治导向。他说，这是每一位从事新闻出版的人员必须遵循的一条重要原则。

他任主编的杂志改旬刊后，工作量增大很多，领导怕他过劳，只要他看看重点文章即可，他不放心。他说，有时问题常常出在那些不大被人注意的版面上，所以，他仍坚持通读。这些年来，他发现了很多重要问题。比如介绍云南"罗罗族"的风俗。罗罗二字仍沿用旧称"猡猡"，如这样出去说不定会引起民族矛盾。又如对日本靖国神社的评价，对两个中国、一中一台的表述，中外合资，把台资称为外资等等，他都能及时发现，及时纠正，给年轻编辑很深刻的教育。

所谓"清道夫"，就是要求每一位编辑尽自己的努力，扫清文稿中的文字差错。他提出引用经典文献一定要校对原文，怀疑不定的字、词要查对工具书，自己不懂的要虚心去请教，不可不懂装懂，要不断学习，不断总结经验教训，不断积累常识、数据和资料。他嘱咐青年编辑，对杂志上发生的差错，如同眼里的沙子，不能容忍。

在《出版参考》编辑部流传着本瑞同志的一件审读轶事。有一次，他审读刊物清样时，发现其中摘引一本书的图片说明文字有问题，便马上打电话请编辑部核对。编辑发现与原书所写一致，便放心了，也没给本瑞同志回话。等刊物出来后，本瑞同志看到错误的说明文字依然在，很不安。为了弄清事实，他乘上公共汽车，从方庄赶到美术馆附近的三联韬奋图书中心，亲自到书架上寻找原书进行核对。这一对，他发现了大问题，原来所摘引的那本原书的说明确实写错了。他急忙与原书的出版社联系，告诉他们图片说明文字的问题。这位编辑给我讲这则轶事时，仍然感叹不已。为了对读者负责，对书稿负责，他不辞辛苦，奔走于家—书店—出版社之间。他既是认真审读恪尽职守的"看门人"，又是解决问题的优秀的"清道夫"，实在值得我们学习。

本瑞同志是虚心好学的。他总能发现别人的长处，并大力推荐，体现了本瑞同志见贤思齐的精神和誉扬他人的宽广胸怀。

从本瑞同志的历史和经历看，他是有资格骄傲和自豪的。我读他的文集发现他有这样几个第一：

他参加出版工作是在新中国成立之前，第一次校对和设计封面，就是两部很有价值的马克思主义理论著作：《辩证法大全》《历史唯物论大纲》。

他第一次听到的重要报告，就是1949年9月21日，邓小平为南下战士作的集训报告。随后，在1949年10月2日，即欢庆新中国诞生的第二天，他和大部队一起，开始了挺进大西南七千里的"小长征"。

他作为一个美术爱好者，第一次集中画速写便是在部队"小长征"的征途上。他用自己的速写记录战友们跋山涉水、风餐露宿的动人情景，反映战友们访贫问苦，买卖公平，严明纪律的模范行动，鼓励战友们勇敢向前。这些宝贵史料，今天都珍藏在重庆市博物馆中，供后人学习。

作为一个出版人，一个编辑，得到上述哪一点都是幸运的，但本瑞同志从不以此自炫。相反，他在紧张的工作之余，却总能发现别人的长处，并尽力表扬。

他读薛德震的新著后，著文道：

这两本新著不仅封面设计朴实无华，而且内容深含洞见，浸透着作者的学养。

他读袁亮的《出版和出版学丛谈》后，著文道：

这些文章对今天我国出版产业重组、体制转型的新阶段，也有现实的指导意义。

他读《王建辉自选集》后，著文道：

作者以一个业余治史者的劳作表明，学术的种子不灭，史学的希望永在，并以此作为献给新世纪的一点薪火，期望引来众多的研究知音。

他在给张守义的《装帧的话与画》一书作序时说：

> 我曾多次听过守义讲课，每次都被他深邃而生动的内容所吸引。

我不必再一一举例了，单从他在本书中所列的目录，对同行朋友的誉扬，对前辈大家的赞颂，对问题的关心、批评指正，就有三十余篇。他这样关心同行朋友的进步，这样热心地撰文推介，他心里装着别人，也装着出版事业。

这里我还要谈谈我对本瑞同志速写功力的羡慕。记得在新闻出版署时，朋友送我一本速写，并感慨道：出版界人才真多啊！我看是陆本瑞同志的作品，忙打开阅读。他把大佛画得那样雄伟又那样亲和，仿佛参透了人世间一切机缘；他把瀑布画得飞流直下，仿佛能听到咆哮奔腾的声音；他把山水湖泊画得重蓝叠翠，让我们就像置身其中而流连忘返……当时我想，这是一位什么样的出版工作者，什么样的胸怀，什么样细腻丰富的感情啊！

我羡慕本瑞同志对美的发现和对美的享受。这是一种修炼。"当我全神贯注在大自然的美好景色之中，心静境清，什么烦恼也没有了，一切杂念都消失了。"（见陆本瑞《我与速写》，下面三处引文均出自此文）

我钦佩他为了自己这一份追求而作出的不懈努力。到西藏开会，"同行者抱着氧气袋，安逸地躺在舒适的宾馆里，我却跑到雪山脚下、拉萨河畔作起画来"；"集体游览时，抢先跑到别人前面，当我完成一幅速写时，别人才慢慢赶上来，这就不至于掉到队伍后面"。

我赞赏他的美术创作的出发点。"我并不奢望当什么'家'，无非是通过画速写，记录自己人生征途中的足迹。抒发情怀，提高自己的文化素养。当回首往事，追忆踪影履痕时，会感到祖国山河的壮美，生活的无比快乐。"

其实本瑞同志本来在1948年就考入刘海粟大师创办的上海美术专科学校，只因为革命工作的需要，放弃了美专的深造，弃艺从军。由于他从1946年参加出版工作即涉足书籍装帧设计，又加上他几十年锲而不舍，默默实践，创作的美术作品深得专家好评，在1987年，终于加入中国美术家协会。几十年来，本瑞同志用两支笔——编辑的笔和美术家的笔，相辅相成，佳作迭出。

我有幸看到新中国成立之前本瑞同志所在的光明书局出版的图书，那书的封底有一个标记，是一个横矩形的一盏油灯，小小的火苗在燃烧。本瑞同志在他的一篇文章中说，这个标记的创意，是要反映光明书局走过的路，让人联想：耗尽自身的油，为世人带来一点儿光芒。也许这光芒只是一丁点儿。这话让我想到本瑞同志，他不也像这个点亮的油灯吗？他尽着自己的努力，让自己燃烧，给出版界、给年轻的编辑送去光芒，也许这光芒只是一丁点儿。

2012年2月27日

司马迁之忍

——重读《报任安书》

宋朝大文学家欧阳修有一篇很有名的文章叫《梅圣俞诗集序》，文章一开头就针对当时流行的"诗人少达而多穷"的说法提出反驳，他认为"非诗之能穷人，殆穷者而后工"。从那以后，"诗穷而后工"便成为一句著名的格言。其实，第一个提出这个观点的并不是欧阳修，而应该说是汉代的历史学家司马迁。他在《报任安书》中说："文王拘而演《周易》，仲尼厄而作《春秋》。屈原放逐，乃赋《离骚》。左丘失明，厥有《国语》。孙子膑脚，《兵法》修列。不韦迁蜀，世传《吕览》。韩非囚秦，《说难》《孤愤》。《诗》三百篇，大抵圣贤发愤之所为作也。"这段话曾经激励了多少志士仁人，鼓励他们在灾难面前不屈不挠，获得新生。

司马迁为什么有如此深沉的感慨？他在什么情况下写了《报任安书》？他的悲愤、他的希望是什么？一篇文章，两千多年后仍然能够感染人、震撼人，它的力量何在？

（一）

我们先谈谈司马迁这个人。司马迁出生的时候，正值汉武帝统治时期。他的父亲司马谈长期在朝廷里做太史令。这是一个掌管"文史星卜"的小官，并不受人重视。可是，这个小人物却有一个远大的理想，他要继承孔子著述《春秋》的事业，写一部完整的史书。可惜，他只做了一些准备工作，还没有来得及动笔，就与世长辞了。临去世的时候，他把自己未完成的事业交给了他的儿子。司马迁面对即将诀别的父亲，立下了一定要完成撰写国史的庄严誓言。

不久，子继父业，汉武帝让司马迁也做了太史令。父亲的未竟事业，埋藏在心中的庄严誓言，一起召唤着他。经过三年的充分准备，司马迁便以高度的热情和创造性的劳动，开始了著述《史记》的工作。人世间从来就是风云多变。不料，在他开始写作《史记》的第七个年头，即公元前98年，巨大的灾难降临到他的头上，司马迁开始了人生征途的大搏斗。那一年，汉代名将李广的孙子李陵战败投降了匈奴。司马迁在汉武帝面前直率地说出了自己的看法。汉武帝认为他替李陵辩护，诋毁自己宠妃的哥哥李广利，立刻把他关进了监狱，处以死刑。汉朝的法律规定，死罪可以用钱赎免。司马迁是个穷官，哪有那么多钱用来赎罪？汉代还有一种代替死刑的办法，就是腐刑。这是极为残酷而又耻辱的刑罚。受了这个刑罚，不但身体受损，更主要的是失去了做人的尊严。司马迁思前想后，万般无奈之下决定忍辱就刑。出狱之后，汉武帝任命他为中书令。这个职务负责将百官的报告转达给皇帝，是皇帝的近臣，名义比太史令高。但这是由宦官充任的，对于一个健全的人来说，担当这样的官职本身就是一种耻辱。司马迁描述当时的心情说："肠一日而九回，居则忽忽若有所亡，出则不知其所往。每念斯耻，汗未尝不发背沾衣也。"我们可以想见，他内心经历了多么惨重而痛苦的煎熬啊。

正在这时，司马迁的朋友任安写来一封信，希望担任中书令的司马迁尽"推贤进士"的责任。司马迁收到这封信，内心十分复杂，他悲叹，连他的朋友也不能理解他，还以为他做了中书令，十分尊崇！经过激烈而痛苦的思想斗争，司马迁给任安写了封回信，把自己的痛苦、愤懑、决心和意志，悲怆而沉痛地呈献给他的故人——这就是我们今天所看到的著名的《报任安书》。

（二）

司马迁写《报任安书》是在公元前93年，距李陵之祸已有五六年了。日月飞逝。然而，司马迁的痛苦却丝毫没有减轻。耻辱吞噬着他的心，悲愤使他更加沉郁。

在这封信里，司马迁以无限激愤的心情，诉说了李陵之祸给他造成的耻辱和冤屈，倾吐了长期以来郁积在内心的痛苦和愤懑，揭露和控诉了封建统治者是非不明、昏庸残暴的本质。历史上留下来的有关这位中国历史上最为著名的史学家的个人资料不多，像《报任安书》这样直抒胸臆的作品对于了解司马迁的思想感情，越显得弥足珍贵。

司马迁刚做太史令的时候，他心中对生活、对前途充满了美好的理想。他要为君王、为国家干一番事业，因此对仕宦十分热心。他把他的全部热情、全部精力，都投入到君王的事业中去，没有一点保留。正如他自己所说，"绝宾客之知，忘室家之业，日夜思竭其不肖之才力，务一心营职，以求亲媚于主上"。正当此时，李陵事件发生了，他看不惯士大夫们趋炎附势的丑态，他憎恶落井下石者们的卑劣。但是，他万万没有料到，他的忠心赤胆所得到的却是"交手足，受木索，暴肌肤，受榜箠，幽于圜墙之中"这样残酷的报答。他的"款款之愚""拳拳之忠"，换得的是"诬罔主上"的死罪。

司马迁遭到了人世间最大的耻辱。"祸莫憯于欲利，悲莫痛于伤心，行莫丑于辱先，诟莫大于宫刑"，沦落到人世间最被人瞧不起的地步。司马迁说，对受过宫刑的人，人们是不把他们算作自己的同列的。这种看法"非一世也，所从来远矣"。他是个历史学家，他有幸了解历史的兴衰治乱，但他对于历史是太熟悉了——这又是多么的不幸！他知道，卫灵公与宦官雍渠同载，孔子感到羞耻，一怒而逃离卫国；他知道，商鞅靠着宦官景监的帮助，见到了秦孝公，大臣赵良因为商鞅是宦官引见的便感到寒心；他知道，汉文帝乘车，宦官赵谈陪乘，袁盎跪在车前对汉文帝说："我听说与天子一起乘车的人必定是天下的英豪，如今朝廷虽然缺乏人才，您也不应该和受过宫刑的人一起乘车啊！"汉文帝笑着，挥挥手，让赵谈下车，赵谈哭着走开了。司马迁知道得太多了，我们可以想见，他历数这些掌故的时候，内心承受着多么巨大的痛苦啊，真是一字一句，含泪带血。

　　严酷的社会现实擦亮了他的眼睛，使他对封建统治者的残忍本质看得更清楚了。他十分含蓄而又十分深刻地指出，造成这一切的根本原因就是"明主不深晓"。"明主"而"不晓"，又"明"在何处？司马迁不能再忍受了，他借对屈原的同情，呼喊出"信而见疑，忠而被谤"的悲愤之音。他在他的《悲士不遇赋》中，愤恨地指出，在"美恶难分"的压迫下，在人情浇薄的世态中，一个正直的人，等待他的只是"理不可据，智不可恃"的命运。像司马迁这样忠心正直的官吏，尚且要落得如此下场，还有什么是非曲直可言？他"家贫，财赂不足以自赎"，"交游莫救"，"左右亲近不为一言"，真是呼天天不应，叫地地不灵，只好"独与法吏为伍，深幽囹圄之中"了。

（三）

　　是什么支撑着司马迁在如此严酷的打击下，挺得住，忍耻辱，活下去，并且百折不挠地奋斗呢？是他的理想，他的事业。《报任安书》中，司马迁详尽地叙述了他著述《史记》的动机和目的。言语之中所表现出来的那种坚韧不拔、发愤著书的顽强精神，以至于今天我们在读《报任安书》时，感染他的痛苦，心仍然会激烈地颤抖。

司马迁受了腐刑之后，精神异常苦痛，徘徊于生与死的剧烈斗争之中，但他终于决定活下去。这段文字司马迁写得波澜起伏、跌宕沉郁。

在人生的旅途中，会有种种不幸。他说："太上不辱先，其次不辱身，其次不辱理色，其次不辱辞令，其次诎体受辱，其次易服受辱，其次关木索、被箠楚受辱，其次剔毛发、婴金铁受辱，其次毁肌肤、断肢体受辱。"司马迁一连排比了十余种耻辱，可以说都是人生的极大不幸，但这一切耻辱，比起腐刑来又算得了什么？司马迁说，"最下腐刑极矣！"六个字，隐藏着多少悲愤、多少沉痛！一个"最"字，一个"极"字，把耻辱写到顶点了。而司马迁自己偏偏就是蒙受了腐刑这奇耻大辱。这是第一层，它已经让人感到司马迁是很难忍受下去了。接着，司马迁又进一步写道，人的本性都是贪生怕死的，但即使贪生怕死的人，如果"激于义理"，避免受辱，还是会挺身就义、慷慨牺牲的。然而他自己呢？他受了那么大的耻辱，怎么还能自甘陷身牢狱之中而不去死呢？这是第二层。第三层，司马迁写道"臧获婢妾，犹能引决"，这意思是说，就连最底层的奴仆婢妾也能知耻而死，他司马迁怎么连奴仆婢妾也不如呢？层层递进，一层比一层加深，给人们的印象就是处于司马迁当时的境地，那是非死不足以洗净耻辱的。文章写到这里，终于逼出一句话："所以隐忍苟活，幽于粪土之中而不辞者，恨私心有所不尽，鄙没世而文采不表于后世也。"

于是，司马迁说出了一段震撼千古的名言：

> 人固有一死，或重于泰山，或轻于鸿毛，用之所趋异也。

他要为完成一个事业，为实现一个理想，活下去。他不能像蝼蚁那样轻生，他要死得重于泰山。这个理想，这个事业，就是著述《史记》——"究天人之际，通古今之变，成一家之言"。他坚信，他的著述一定可以"补敝起废","沾溉后人"。这个事业,终将为社会所理解、所承认,那时,"则仆偿前辱之责,虽万被戮,岂有悔哉"!

司马迁已经把自己的事业超越于生死之外,看得比生命还重要。这是多么伟大、多么了不起的崇高精神啊!不论是什么人,只要有了这种精神,他必将成为一个伟大的人,一个有作为的人。他从先贤们悲剧的一生和所成就的光辉事业中,悟出了自己应该坚持的道路。所以,他"就极刑而无愠色";他能忍受比死还痛苦的极端的人格耻辱;他也要像古代贤哲那样,在受迫害、受苦难的逆境中,把自己辉煌而浩瀚的巨著,留给后人。今天,当我们读《报任安书》时,我们真为司马迁而高兴。我们可以长长地舒一口气,他的辉煌的业绩足以"偿前辱之责"了。司马迁与《史记》已经成为每一个读书人心中的纪念碑。而他对于遭受耻辱与追求事业的抉择,则给后人留下了一份珍贵的人生答卷。

(四)

"文穷而后工",司马迁的受刑,在他个人当然是一个巨大的不幸,但是他的文章却因此而更加雄深雅健、逸气纵横了。司马迁可谓"穷"到了家了,但惟独这样一"穷",才使他更加接触了社会实际,逐渐地认识了封建帝王的残酷和加给人民的苦难;才使他的人生观由继承父业发展到"究天人之际,通古今之变"。范文澜先生曾经这样评价司马迁:"他著《史记》不是为了阿世,所以敢于用直笔;他著《史记》不是为了好事,所以态度极为认真;他著《史记》是为了成一家之言,所以竭尽他的才力与知识。"这恐怕也是上天给予司马迁的报偿吧。

逆境是痛苦的,有时是令人难以忍受的。但逆境是最好的教员。它可以使你认识到顺利环境中无法认识的事情,可以使你认清在顺利条件下无法认清的人。对于人生,对于事业,逆境是不可避免的。在

陕西韩城司马迁祠

逆境中,希望可以燃烧,甚至到了"居则忽忽若有所亡,出则不知其所往"的境地,希望仍然可以鼓舞人前进,造就一个人;希望也可以熄灭,那太容易了,只要听凭命运的摆布,任其飘荡,希望也就在不知不觉中破灭了。但生活、事业是美好的。当一个人执著地追求美的目标时,心灵之火,就可以继续燃烧,就可以成就"藏诸名山,传之其人"的事业。到那时,我们会为失去了美好的东西而抱恨,但我们也会因为得到了更美好的东西而欣慰。

前人评论《报任安书》,认为它"慷慨啸歌,大有燕赵烈士之风;忧愁忧思,则又直与《离骚》对垒"。这个评论主要讲的是《报任安书》所体现的风骨。鲁迅也讲过,《史记》是无韵之《离骚》。把司马迁与屈原相比。从这些评论中我们可以想见司马迁的为人。

两千多年来,司马迁以其顽强的精神、杰出的才华、辉煌的成就,沾溉着后人。他为史学家开创了纪传体史书的先河。他对后世的文学家，无论韩愈、柳宗元，无论李白、王维，无论欧阳修、归有光，都给以重大影响，成为他们的一面旗帜。但更为重要的是，司马迁不但为我们留下了一份传世不朽的文化遗产，而且为后人树立了一个百折不挠，忠于自己理想、事业的榜样。

  我想，我们今天读《报任安书》仍然感到震撼，是因为司马迁以自己的痛苦经历，让我们记住，人的一生什么最重要、人的一生应该怎样面对逆境与苦难。

尼赫鲁用了很多笔墨说到玄奘

——关于玄奘的通信

友声：

不久前去了趟印度，大开眼界，可以说是我外出收获最大的一次。过去看了《西游记》，知道唐僧去西天取经，原本就是唐太宗贞观年间大和尚玄奘取经的故事；"西天"，指的就是印度。读这本书时，我还常想，唐僧历经九九八十一难，碰上了那么多光怪陆离的事情，有多少是真的，有哪些是虚构的？玄奘在中国那么有名，在印度留下了什么？印度是否也流传着玄奘的故事呢？

这次我到了印度，时间虽然很短，但听到了很多与玄奘有关的故事。英国的印度史学家史密斯在他所著的《牛津印度史》中说："玄奘对印度历史的贡献，无论怎样评价，也不会过分。"印度著名史学家阿里说："如果没有法显、玄奘和马欢的著作，重建印度历史是完全不可能的。"这是怎样高度的评价啊！我还注意到，我们参观的几处印度教神庙，几乎每处都可以看到一群群猴子在庙里无拘无束，自由来往，印度人管这些猴子叫"神猴"。这马上让我想到，《西游记》里把孙悟空设计成一个神通广大、聪明勇敢的猴子，与印度人对猴子的喜爱不无联系吧？难怪胡适说："我总疑心这个神通广大的猴子不是国货，乃是一件印度进口的。"他和陈寅恪都认为印度史诗《罗摩衍那》中的神猴哈里曼就是孙悟空的原型。这些都使玄奘的形象在我脑海中更加丰满。让我借这封信，和你谈谈我的感受吧。

一、你知道尼赫鲁是怎么说的吗？

临出发时，我带了一本书，尼赫鲁的《印度的发现》。这本书很有名气，是尼赫鲁在监狱里写的，想一路上看看。但是，除了在去时的飞机上看了十几页，到印度后奔波忙碌，印度饭又不好吃，一页也没看。在回国的飞机上，居然把这本七百多页的书翻了个大概。也许是刚访问过印度，迫切想知道印度的伟大人物尼赫鲁对印度是怎么说的吧。

书中有一章，专论"印度与中国"，写得十分精彩。我看后得出一个结论，印度人认为中国人很爱学习，那时，尼赫鲁对中国有特别的好感。

在书中，尼赫鲁叙述了中印交往的历史。他还用了很多笔墨，说到玄奘。

他说，在公元5世纪前后，也就是中国的隋唐之前的南北朝时，拜佛求经的香客和学者已经络绎不绝地往来于中印之间了。据记载，从公元5世纪开始，中国的僧侣法显、宋云、玄奘和义净，越过戈壁沙漠、翻过喜马拉雅山，先后往来于中印之间漫长、艰苦、充满风险的旅程。在中国汉朝的时候，印度学者就到了中国。6世纪前后，洛阳有三千多印度僧人和一万户印度家庭。他们随身带去梵文写本并译成中文，有的还能用中文写作，为中国文化的发展做出了贡献。

很多中国、印度的香客、学者死在途中，死亡率高达百分之九十……但求经路上，香客、学者仍然络绎不绝。

我想，玄奘就是那百分之十的幸存者之一。我情不自禁地想起鲁迅的话。他说："我们从古以来，就有埋头苦干的人，有拼命硬干的人,有为民请命的人,有舍身求法的人……虽是等于为帝王将相作家谱的所谓'正史',也往往掩不住他们的光耀,这就是中国的脊梁。"季羡林先生说:鲁迅在这里并没有点出玄奘的名字,但他所说的"舍身求法的人"首先就有玄奘在内,这一点是无可怀疑的。我赞成这个观点,玄奘完全可以算得上"中国的脊梁"。

尼赫鲁在书中大力赞扬了玄奘等中国学者的巨大贡献,他说,玄奘在那烂陀寺得到学位,最后成为这个寺院的副院长。——这个"副院长"的头衔我过去还真不知道,你知道吗?

尼赫鲁还特别写到义净的事迹。我抄一段,请你看看。这段话虽然说的不是玄奘,但我们从义净的事迹中也可以想见玄奘、法显等人的精神。他说:

> ……义净本人是一个精通梵文的学者,他赞美梵文,说这种文字在远方的南北各国尚且都受人敬重,岂况天府神州……
>
> 虽然义净对于印度及许多印度事物赞扬万分,但他明白表示他的家乡——中国——应居第一位;印度也许是"圣方",而中国则是"神州"。"五天之地,自恃清高也,然其风流儒雅,礼节逢迎,食啖淳浓,仁义丰赡,其唯东夏,余莫能加。"至于"针灸之医,诊脉之术,瞻部州中,无以加也。长年之乐,唯东夏焉。……故号曰'神州',五天之内,谁不加尚?四海之中,孰不钦奉?"

文字中流淌着对义净的赞美,让我感到义净对祖国的挚爱,心中升起一种自豪感。

我又想,如今去美国、德国留学"取经"的学子,是否也把美国、德国看作"圣方",而祖国中国是"神州"呢?

关于中国、印度彼此交流、学习的成果,尼赫鲁有一段精彩独到的议论。他说:

> 在千年以上的中印两国的交往中,彼此相互地学习了不少知识,这不仅在思想上和哲学上,并且在艺术上和实用科学上。
>
> 中国受到印度的影响也许比印度受到中国的影响为多。这是很惋惜的事,因为印度若是得了中国人的健全常识,用之来制止自己过分的幻想是对自己很有益的。
>
> 中国曾向印度学到了许多东西,可是由于中国人经常有充分的坚强性格和自信心,能以自己的方式吸取所学,并把它运用到自己的生活体系中去。甚至佛教和佛教的高深哲学在中国也染有孔子和老子的色彩。佛教哲学的消极看法未能改变或是抑制中国人对于人生的爱好和愉快的情怀。

这段话,给我留下深刻的印象。尼赫鲁这种对两国交往的赞赏和取长补短、虚怀若谷的情怀,体现了一个大政治家的风采。

这大概也与玄奘、义净在印度的表现,给尼赫鲁的印象分不开吧?

二、玄奘在印度佛界的业绩达到光荣的顶峰

友声,你也知道,我对印度的向往是从少年时我们一起看印度电影《两亩地》《流浪者》以及苏联、印度合拍的电影《三海旅行记》开始的。我们难过过,快乐过,也为有悠久历史的印度文明赞赏过。这次访问印度,一了几十年的心愿,无比感谢命运对我的厚爱。但因为时间的关系,没能拜谒菩提迦耶、鹿野苑,没能去感受那烂陀寺的渊博,没能一睹恒河圣浴的盛况,不免遗憾。但是印度知识界对玄奘的记忆和敬意,让我这个中国人生出无比的自豪。回国之后,马上找来季羡林先生领头校注的《大唐西域记》、朱偰先生的《玄奘西游记》,完善我关于玄奘取经的知识。印度知识界的怀想,书中的记载,再加上《西游记》的渲染和浪漫的想象,在我

脑海中，玄奘的形象真是像小说里的唐僧一样栩栩如生啊！

你知道吗，玄奘去印度取经那样坚定，九九八十一难，百折不回头，他是去取什么"经"呢？什么"经"让他轻万死而直前呢？我看了《大慈恩寺三藏法师传》《大正大藏经》等书，从书中所述可见，玄奘是要解决佛性问题，要解决自佛教传入中国不久即产生的一个大问题，即凡人能否成佛？什么时候经过什么阶段可以成佛？这是要解决人的信念问题啊！玄奘还真是抓住了根本。从这一点来看，他倒像个思想家。

玄奘虔诚地信奉大乘佛教。在小乘佛教看来，一个信徒，必须经过累世修行，积累功德，才能成佛。这就需要长期的、艰苦的努力，甚至十分努力了，这辈子也不见得行。这就会让人望而却步，不利于信徒的修炼，不利于佛教的发展。大乘佛教针对这种情况提出不要求累世修行，只需皈依三宝（佛、法、僧），礼拜如来，认真苦修，一世就可以达到目的。小乘佛法严格地讲求"自度"，大乘佛法不但"自度"还要"度人"。要救一切众生，不但要救化善人，还要救化恶魔。这些主张，不但让修行者看到了希望，而且给各种人包括罪犯以希望，当然会受到更多人的欢迎。这就标志大乘佛法向整个社会开放了。

大乘佛教最重要的经典就是《瑜伽师地论》，玄奘到印度去主要是为了学习"瑜伽论"，进而充实和丰富他的大乘佛教理论。这样说是有根据、有记载的。《大正大藏经》写道，玄奘到了印度后，曾对戒日王说："玄奘远寻佛法，为闻《瑜伽师地论》。"又对戒贤法师说："从支那国来，欲依师学《瑜伽论》。"玄奘正是秉持着"普度众生"的宏愿前往印度取经的。

630年，玄奘到达印度的那烂陀寺。当时，那烂陀寺是印度最大的寺院，是世界佛教的中心。玄奘在那里学习期间，寺里有一万名学生，一千五百名教师，其中通二十部经的有一千人，通三十部经的有五百人，通五十部经的有十人。玄奘是这十人中的一个，是那烂陀寺顶尖的学者。

玄奘并不满足,他在那烂陀寺跟随戒贤法师学习五年,读完那里的藏书,又去印度各地游学,六年后回到那烂陀寺,成为"客座教授"。

这时玄奘已经是闻名全印度的大法师了。

643年,戒日王在曲女城举行佛学辩论大会,请玄奘为论主。这曲女城是当时印度的一个政治、文化中心,那时中国只有长安、洛阳可以与之相比。这位戒日王好比中国古代春秋时期的霸主,号称东、西、南、北、中五方印度的王,声名赫赫,所以来参加大会的人非常多。有印度大小藩属十八国王,熟读佛教大小乘学者三千人,婆罗门及其他教徒三千人。那烂陀寺僧侣学者一千多人。到盛会开始时,连诸王随从、僧侣俗众总计不下五万多人。在那样久远的时代有这样一个规模的大会,足见佛教历史上的兴盛。

据说,玄奘当时正在迦摩缕波国的宫廷里,与国王鸠摩罗王探讨佛经。听到戒日王的邀请,鸠摩罗王和玄奘正谈得高兴,不愿意放玄奘走,便说:"戒日王,你可以要我的脑袋,但不能要我的客人。"戒日王听到后,派使者告诉鸠摩罗:"那就麻烦你的脑袋来一趟吧。"鸠摩罗只得与玄奘一同前往。

辩论会中玄奘主讲。他先讲大乘法,再讲《破恶见论》——这是玄奘关于大乘思想的一篇最重要的学术论文,驳斥小乘一派诋毁大乘一派的偏见。一连讲了五天,讲得议论风生,头头是道。之后又任人提问。辩论进行了十八天,玄奘回答了所有的问难。后来,有一个婆罗门,向那烂陀寺挑战。那烂陀寺无人应战。为了维护那烂陀寺佛学中心的地位,玄奘又挺身而出,用流利的梵语把那婆罗门驳得无话可说。这时,全场欢腾,整个会场对玄奘无比敬佩。那烂陀寺把他当作英雄,被大乘尊为"大乘天",被小乘尊为"解脱天"。玄奘的声誉达到顶峰。

戒日王高兴异常,吩咐备象,按印度习惯,请玄奘乘大象游街。

甘地墓

街道两旁鲜花铺地,鼓乐喧天,人山人海,翘首以望,争睹中国法师的风采。

三、故国神州常在梦中

曲女城大会后,玄奘在印度佛教界可以说是达到了光荣的顶峰,但他不留恋光荣,坚决要回国。玄奘坚决要走,戒日王执意要留,"走""留"双方,情真意切,让人感动。

玄奘在627年西行印度求经,644年回到中国,前后十七年。在这十七年中,玄奘时刻不忘"取经"的目的,不忘故国神州。曲女城大辩论完成后,他立即向戒日王和迦摩缕波国王辞行。戒日王实在不愿意放玄奘回国，就想到五印度要召开第六次无遮大施会，便提出请玄奘参加。因为这是向穷人施舍的大会，玄奘同意留下。七十五天过去，大会开罢，玄奘再一次提出启程回国。戒日王还是苦苦相留，还表示如果法师留下来，他愿意造一百所佛寺作为供养。对戒日王的诚恳相留，玄奘十分为难，只好又住了十天。十天过后，玄奘诚恳地对戒日王说：我国离这里甚远，知道佛法太晚，虽然辗转知道一些，但到底不能精通要旨，所以我来学习。如今蒙各位大师不弃，多方教导，现在愿心已了，佛法已得，我要赶快回国，专心译经，广布佛法……

戒日王见玄奘回国志坚，只好不再挽留。曲女城大会后戒日王曾送玄奘金钱一万、银钱三万、上等袈衣一百套，十八国王也送了无数礼物，玄奘一概不受。这次，戒日王和鸠摩罗王见玄奘真的要走了，又送来许多金钱珍宝，玄奘仍然坚持不受。戒日王说："这些礼物也是各位法师的一片真情。"玄奘说："出家人走路，无需资粮。"戒日王知道不能勉强，心中更加敬重。

每当看到这些史料，我都感动不已。玄奘，在印度十分成功了。名，有了，到了顶峰；利，也有了，每次宣讲过后，戒日王都送他大量金银，各国国王都送他无数珍奇。在印度可以安享尊贵，潜心研究佛法。但他视名利如浮云，不留恋光荣，家乡山河常在梦中。他毅然回国，遵循着自己的人生轨迹。

一切就绪，玄奘告别了那烂陀寺的各位师友，二位国王一直送了几十里才分手。

不料，到了第五天，玄奘一行忽然看见后面风尘大起，飞驰过来一干人马。玄奘停下，发现为首的正是戒日王和鸠摩罗王。原来戒日王思念玄奘，心想，中国大唐万里之遥，中间千山万水，离别之后，就如隔世，很难再见了，玄奘不过走了三四天，又带了许多经像，一定没走多远，何不赶去再聚一聚？玄奘见到二位国王，感动得落下眼泪。双方又是互道珍重，依依惜别。这种情谊温暖着玄奘，前面纵有刀山火海、豺狼虎豹，仍然急切地向自己的祖国奔去。这种情谊鼓舞着玄奘，回到长安以后，玄奘每想到印度的师友，便兴奋不已，披星戴月地从事译经的大事业。

玄奘的贡献，不但是从印度取回了"真经"，更重要的是由于他将大量佛经带回中国，翻译、整理，就把大批佛教经典保存了下来。后来，佛教在印度日渐衰微，不少佛经在印度失传了，印度反过来又把玄奘翻译的佛经翻译回去，使之得以在印度流传。

玄奘著述的《大唐西域记》，真实生动地记述了印度等地的情况。季羡林先生说：统观全书，介绍包括一百多个"国"，而且记述有一个固定而全面的章法，都包括有：幅员大小、都城大小、地理形势、农业、商业、风俗、语言、文字、国王、宗教等等。今天，几乎找不到一本讲印度古代问题而不引用《大唐西域记》的书。就连不久前重新挖掘、修复荒废掩埋的那烂陀寺、鹿野苑，印度人也是依据《大唐西域记》的记载。如今，在这些名胜古迹的说明书中，印度学者总不忘介绍玄奘的贡献。

这就让我明白了，英国的历史学家史密斯、印度的历史学家阿里为什么给玄奘那样高的评价了。友声，回忆这段历史真让我们长志气。

四、中印学者"满怀忆旧的心情"

玄奘的访问和在印度的学术活动，在印度深入人心。特别是那烂陀寺把他当作英雄和骄傲，一直到玄奘回国多年，玄奘与印度朋友还有书信往来。一个外国学者要让本地人佩服，那要经过怎样的努力，背后会有多少故事啊。我看过印度人写的一本名叫《印度与中国》的书。那是印度加尔各答出版社1944年出版的。书中记载，玄奘回国多年以后，那烂陀寺的学者僧人还挂念着他。654年，这时玄奘回国已十一年了，那烂陀寺的两位大法师慧天和师子光思念玄奘，便派年

轻和尚法长去大唐看望玄奘,还带去信和印度特产两匹棉布作为礼物。这些信至今还在博物馆保存着。慧天和师子光的信中说:

> ……今共寄白氎一双,示不空心。路远莫怪其少,愿领。彼需经论,录名附来,当为抄送木叉阿遮利耶(指玄奘)。愿知。

玄奘在回信中说:

> 自一辞违,俄十余载,境域遐远,音徽莫闻。思恋之情,每增追结。又往年使还,承戒贤法师无常,奉闻摧割,不能已矣……玄奘所将经论,已翻《瑜伽师地论》等大小三十余部……又前渡信度河失经一驮,今录名如后,有信请为附来。并有片物供养,愿垂纳。路远不得多,莫嫌鲜薄。

这种绵长深挚的友情,真叫人温暖与感动。最有意思的是信中的这段话:"前渡信度河失经一驮,今录名如后,有信请为附来。"你还记得《西游记》第九十九回,写老鼋托唐僧向如来问寿的故事吧?结果唐僧见到如来,一高兴,忘记问了,又不敢说谎,只好实告。老鼋生气,在水中将身一晃,"把他四众连马并经,通皆落水",又有陈家庄晒经的故事,说至今"晒经石"上犹有字迹,《西游记》的故事,还真是所出有本啊!

玄奘取经的故事已经过去一千三百多年,仍然令人怀想。朱偰先生说,玄奘在世界学术史上的贡献,至今还不易予以全面估计。如今,人们纪念玄奘已不是只想到他取回来的经书,他的翻译,他的著作,而是想到他的那种精神,为了一个信念,一个追求,一个理想,"舍身求法"的精神。

说到这里,我想到《大慈恩寺三藏法师传》上记载的玄奘出家的故事。玄奘小的时候,出家做和尚是一种风尚。玄奘的二哥,先已出

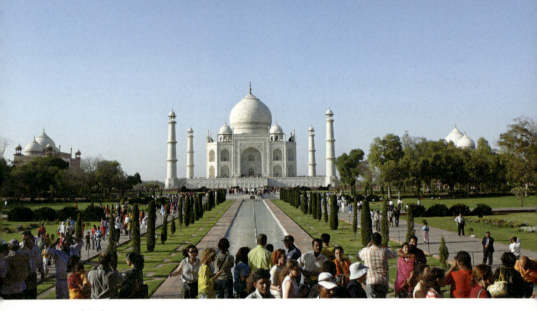

泰姬陵

家。一年,皇帝降旨,在洛阳选一十四位和尚,候选的就有几百人。玄奘只有十三岁,散场后一直不肯走。负责选拔的大臣见到旁边站着的玄奘,眉清目秀,仪表不凡,暗暗称奇,就问他是谁家的孩子,也想出家吗?玄奘答道:年纪小,学业不好,不敢报名。大臣又问他,你这么小就想出家,为了什么?玄奘回答:是想继承如来,宣扬佛法。大臣见他对答如流,又"贤其相貌",就破格录取了他。这位大臣对他的同事说:一般出家的人,"诵业易成"(念经拜佛容易),"风骨难得"(只有风骨气质最为难得)。我今天破格录取的这个孩子,将来必成大器,成为佛门有名的人物,可惜我和诸公都不及亲眼看见了。

这位大臣就是隋炀帝大业年间大理寺卿郑善果。他没有错看玄奘。他虽然没能亲自看到玄奘的辉煌,他却为社会、为历史发现了一位人才。友声,玄奘很幸运啊!

这位郑善果一生乏善可陈,《隋书》上只有他母亲的一段传记,没有专门写他。但只这一件事,已使他青史留名了。

2011 年 1 月 2 日

在匈牙利的台湾旷小姐

飞机停在匈牙利布达佩斯机场。

取了行李,出了海关,到了大厅,没见到接我们的人。

过了有二十分钟,一位女士跑了过来,说:"是杨先生吧?对不起,因为交通管制,绕道来的,晚了。"还没等我们反应过来,她又说:"你们等着,我去开车。"说着,跑走了。

又过了十多分钟,不见动静。我们正焦急,见她在大厅门口招手,说:"快出来,门口警察不让停车。"

看她那样子,个头不高,有一米六十左右,走路轻捷,大概有三十几岁。脸略黑,颧骨高,目光严肃,看起来有点厉害。我想,这位小姐怕不好打交道。

上了车,知道姓旷。我说:"你是广东人吧?"她说:"是湖南人。但我出生在台湾,父亲是湖南人。广东姓邝是'阝'旁,我是'日'字旁。我母亲是广西人。"我到底找出来点因果,广东、广西毗邻而居,看她长相,颇像广东人嘛!

见她坦率,不吝言语,觉得这位小姐可以谈话,内心便也松弛下来。

问:"来这里几年了?"

"八年了。"

"抗战八年,不容易吧?"

她说:"在这里的台湾人中我是前辈了。上次同乡会改选,他们非要我当会长,我不干。甜酸苦辣,冷暖自知。给大家帮帮忙、干点事可以,会长是绝不能当的。"

我见她说话明白,语言也讲究,内心似有苦衷,便问:"旷小姐在台湾学的什么专业?"

"舞蹈。"

我想到她跑来跑去,身轻体捷,便问:"为什么不再搞舞蹈了?"

"噢!"她瞧着我,笑了,说:"您认为我还能搞舞蹈吗?我有两个孩子,大的是女孩,二十三岁,小的是男孩,二十岁。"

轮到我们大吃一惊了。居然有那么大的孩子,即便是二十二岁生小孩,也有四十五岁了。她见我们吃惊,便说:"我已经四十七岁了。"我们更是刮目相看,一来钦佩她的坦率,一般女士都不肯让人知道年龄,这坦率中是有一种自信在;二来,步履轻捷,体形甚好,人已中年,仍然出来闯世界。

看她那风风火火的样子,车却开得很慢。我们去参观裴多菲故居,从布达佩斯城里到裴多菲居住的小镇小克勒什有一百二十公里,好好的路,她竟然跑了三个小时。中间居然以每小时三十公里的速度跟在装了满满一车木头的大卡车后面跑了半个多小时,就是不超车,直到那辆卡车转了弯。没过多久,又跟在一辆运酒糟车的后面,还是不紧不慢地跑。同行的朋友耐不住了,委婉地说:"这酒糟味可真熏人。"她不动声色,该什么速度还是什么速度,就是不超车。她开的车是自己的,VOLVO,瑞典名车,车体宽大,弹簧极好,坐着舒服,马力也大,八个缸。我想,可惜这匹千里马了,得不到施展的机会。眼看快到中午了,我们说:"咱们快跑几步吧,赶不上午饭了。"她笑了,说:"欲速则不达。"五个字,一个成语,说完,仍然不紧不慢地前行。

见我们不吭声了,她给我们讲起了故事。她说:"我曾从飞驰的车中跳出去过,你们相信吗?"一次,旷小姐和朋友去联系业务,车转弯减速时,车门突然被打开,跳上两个男人,一人一把刀,抵在她们背上,先要她们掏出钱包、摘下手表和首饰,又指挥她们把车往城外开。旷小姐说:"车开到城外,路上没有人,我害怕极了,钱物小事,人是大事,我在旁边坐着的朋友腿上摁了一下,便减慢了车速,没等劫匪反应过来,我打开车门蹿了出去。朋友见我跳了车,也打开车门,蹿了出去。"我们急忙问,摔得怎么样。她伸出小手指,说,"只是小手指骨折了,我那朋友只擦破了皮。""劫匪呢?""他们哪敢停车再抓我们哪,只好开车跑掉。"

旷小姐说这个结果就很幸运了。匈牙利人认为中国人会做生意,都有钱,又认为我们没有后台,告状也没用,所以,一些流氓、惯犯总盯着中国人。我们开车到远处去,总得格外小心。

我想起刚见面时她说过的话:甜酸苦辣,冷暖自知。这两句话里,蕴含着多深的感慨啊。这深深的感慨,来自何方?

她说,来到国外,人与人之间的关系变化很大。如果一方没出来,家庭也会发生变化。她有一个朋友,出国刚半年,丈夫便寄来离婚协议书。朋友整天以泪洗面。可是,痛苦有什么用呢?而且,谁又没有痛苦呢?我现在是好话、坏话全不听。因为你说我好,我自己知道我怎么样;你说我不好,我不好是我自己的事,与你又有什么关系?旷小姐的话让我感到她受过强烈的刺激,心里有很难愈合的创伤。

"她的心事全跟我谈,为什么呢?因为我也有和她相同的经历。我也曾蒙着被子大哭过,我也曾几天不吃饭,但那有什么用呢,总得生活啊!背井离乡本已不易,不要再自找苦吃。"听到这里,我仿佛明白了旷小姐那一脸严肃而略带严厉的神情。我们不便问,又不知道说什么好。显然,她是不需要我们安慰的。

她见我们不吭声,可能也感到气氛有些沉重,告诉我们,她现在过得不错。中国人勤劳,做事聪明,只要肯干,就会比当地人富裕。

裴多菲故居

裴多菲故居花园中的鲁迅雕像

去年,她买了二千一百平方米土地,想在这块地上,盖个房子,弄个花园,等跑不动了,就在这里办个养老院,和与她年龄相仿的老人一起度过晚年。

因为转机,我们在匈牙利停留两天。她是旅行社布达佩斯连锁店的经理,我们的吃住行旅行社都委托她的公司安排。公司太忙,分不出人来,她亲自给我们驾车。都是中国人,处熟了,便无话不说了。临走时,她送我们去机场。谈起在匈牙利的生活,她说:"去年回台湾,带回两棵小树。都是我喜欢的。一棵是竹子,一棵是桂花。收拾成小小的,放在手提包里提过来的。春天,竹子长出笋子,儿子问是什么,我说是竹笋。他说,真好啊,可以做菜烧汤了。我说,那怎么行,还要靠它传宗接代呢。我真盼着在匈牙利的家有一片竹林。桂花是我喜欢的,不显山,不露水,开起来满院生香……"

看旷小姐此时的神情，仿佛竹林就在眼前迎风摇曳，仿佛闻到了桂花飘来的香气。

这时，她的手机响了。她听了一下，告诉我们是女儿的电话。明天要去德国的法兰克福，应克莱劳斯公司之约参加面试，女儿的男友也来送行，晚上要她早点回去。

到了机场，卸下行李，我们和她道别，让她赶快回家。她说："那怎么行！"说着一直送我们到海关安检处。见我们顺利出关，她挥挥手，转身走了。

"浮云游子意，落日故人情"，我们走向飞机，飞回祖国。她出了机场，还要在异国他乡奋斗。退休后，还要去经营她的花园。

我突然觉得，人就像一粒草籽，不定什么时候，被风吹到哪里，就在哪里过一辈子。

走出特利尔

——记马克思

（一）

到柏林，去马克思广场。

广场有著名的马克思和恩格斯的塑像。马克思坐着，恩格斯站在右侧。远处有很多人游览，塑像周围却没有一个人，孤零零的。瞻仰马克思、恩格斯，总感到他们神情沉郁。一霎时，那种灵魂深处无限敬仰之情涌上心头。我情不自禁地想起毛主席那封著名的信，毛主席说：马克思在全世界不那么兴时了，全世界一百多个共产党，大多数不信马列主义了，列宁也被人们打得粉碎。但他坚信，马克思主义是会胜利的。他还预见，有一天，一些人用我的话得势于一时，另外一些人，将用我的另外一些话组织起来，将他们打倒……

环顾广场，心情很是复杂。我是第一次来德国，走之前，有关德国的许多事一一涌现在眼前。柏林墙、东西德的统一、波茨坦，甚至还想到电影中苏联与西方交换战俘的那座桥……但想得最多的还是马克思。因为德国是马克思的故乡。因为我们从小到大，我们经历风风雨雨，艰辛与欢乐，马克思的书总是和我们在一起。广场

柏林马克思与恩格斯雕像

上的这种情景、这种场面,颇让我感到抑郁。我还听说有关当局要把马克思、恩格斯塑像迁到郊外,时至今日马克思的同胞还有这样的想法,让我感到意外,转念一想,内心又洋溢起对马克思、恩格斯力量的骄傲,心情反而好了。我们献上鲜花,和马克思、恩格斯合影。本来想去马克思的故乡特利尔访问,因为时间安排得紧,开完会就要回国,几经谋划,到底没能去成。

(二)

不久,因为参加英国国际图书展,要去伦敦。接待方面问我有什么希望,我说很想去拜谒马克思墓。夜里到的伦敦,第二天倒时差,团里安排上午休息。天一亮，我们便驱车去位于伦敦西北面的海格特公墓。到得太早，公墓的铁门还关着。我们正在左顾右盼，远处走过来一位老者。他问我们：是来参观公墓吧？我们答是。他又问我们：是中国人吧？听到我们肯定后，他马上说：一定是来拜访马克思墓的。我们问你怎么知道。他说：过去还有苏联人来，现在很少了。现在来看马克思的都是中国人。说着，他开了锁，撤下拦门的铁锁链，推开大铁门。看我们往里走，他又告诉我们，进门往前走五十米，往左拐就可以找到。不过，我是提前为你们开的门，每个人要多交一英镑。

很容易就找到了马克思的墓。长方的立体墓碑置于众多坟墓之中。墓碑上马克思巨大的头像，非常突出，真像一只雄狮的头，毛发丛生，双眼凝视着远方。这就是一代伟人的墓地！这就是当年恩格斯悼念马克思发表演说的墓地！恩格斯的话仿佛在耳边回响。很感动。墓碑上镌刻着马克思的两句名言："全世界无产者，联合起来。""哲学家们只是用不同的方式解释世界，而问题在于改变世界。"与其他坟墓不同的是，墓前放着许多鲜花。一个花环上的缎带写着字，细看是用俄文写的，是一个自称"苏联公民"的人献上祭奠马克思逝世115周年的。看到卡片上写的话，我们恍然大悟，又万分庆幸。我们去的时间是3月21日。1883年3月14日是马克思逝世的日子，我们拜谒的时间是马克思逝世115周年的忌日过七天。

墓周围的草地上片片黄花，绿的叶，嫩黄的花，这一丛那一丛，生机盎然，它们是为勇士而开放的吧？我采了一束，献到马克思墓碑下，表达我的崇敬与折服。

在马克思的墓地周围，有大大小小各色人等的墓，也都立有石碑。马克思的墓碑是其中一座，只是略微高大一些。我们没走多远，回头看，它也掩在众多的墓碑之中了。这时，我想起孙中山的墓地中山陵，想起大清皇帝的十三座陵，想到我曾祭奠过的八宝山的瞿秋白的墓，也想，周恩来为什么遍撒骨灰于江河大地，不留骨灰，不建墓地？

车往回开的路上，大家都不说话。

（三）

2000年，国际ISBN中心召开四年一次的改选大会，我是中国ISBN分会主任，中国又是常务理事国，自然要赴会。上天又赐给我一次机会，打定主意，会后，哪儿也不去，直奔马克思的故乡特利尔。

特利尔属于德国的莱茵省，摩塞尔河从它身边流过，是一座风光秀丽、历史悠久的小城。公元5世纪时曾是罗马帝国的首府。诗人歌德热情描述过特利尔城，他说："这座城市有一个十分引人注目的特色，据说它比同样大的任何城市都拥有更多的教会建筑，这种情况证明了先前大主教以这里为中心的广泛活动范围。"

车驶进小城，我们怀着庄严崇敬的心情。因为这里养育了近千年来人类社会最伟大的思想家，一位改变了世界面貌的思想家。小城即便有多少缺点，也遮不住它的贡献，也抵消不了它为全世界无产者诞生了思想的启蒙者和哺育者的功劳。

布吕肯大街10号。卡尔·马克思故居纪念馆。

我们小心地走进大门。我想到马克思曾经在这里出出入入。

我们小心地走进马克思的卧室。我想到马克思曾经在这里休息。

我们小心地走进马克思家的图书室。我仿佛看到马克思的父亲在这里和他们讨论学习心得。

我们小心地走到马克思家的后花园。我想到马克思和燕妮曾在这里游戏，而燕妮的父亲冯·威斯特华伦曾在这里给他们朗诵《荷马史诗》和莎士比亚的剧作……

在三楼的展厅中，我看到四种中国纪念马克思的展品。三种是中国出版的中文版的马克思的著作。一种是《哲学之贫困》，许德珩译，北平东亚书局印行。一种是《法兰西内战》，吴黎平、刘云译。一种是《共产党宣言》，由中央编译出版社出版。还有一种是邮票。是1983年3月14日，为纪念马克思逝世100周年中国发行的纪念邮

马克思故居。特利尔市布吕肯大街 10 号

票。我感到十分欣慰。如果,马克思在天有灵,看到他的著作的中文版本,也会十分高兴吧?

  第二天一早,我们乘车离开小城。我们只有三个人,一辆车,行走方便,我便提出到摩塞尔河、莱茵河边看看。车沿着摩塞尔河走,我想象着马克思乘船沿摩塞尔河顺流而下,去波恩大学读书的情景;我想象着鬓发斑白的冯·威斯特华伦男爵带着马克思和燕妮在河边的草地上散步,老人向马克思介绍了法国空想社会主义者圣西门;我想象着马克思从这里出发,走向欧洲。

(四)

  望着缓缓流淌的河水,我心潮起伏。我想的最多的不是政治的马克思,不是理论的马克思,而是深深为之感动的人格上的马克思。特利尔古城,马克思的故居,优美的摩塞尔河,父亲是特利尔城高级法院的首席律师,岳父是贵族、普鲁士政府的枢密顾问官,妻子志同道合,两心相悦,柏林大学哲学博士文凭……美好的前程已经展示在那里。但是,马克思却义无反顾地走出特利尔,选择了一条充满荆棘的道路。

这条路使他一生艰苦备尝,饱受贫穷和疾病的折磨。

为了省几个钱,要搬到阴暗窄小的房子去住。

为了生活,一个大思想家要去谋一个铁路营业所职员的工作。因为常年写作,字写得潦草,还不被录取。

为了一两个英镑,只好向朋友张口。

他不能给自己心爱的人带来舒适和安逸,而只能看着他们在苦难中挣扎,真是痛入骨髓。万般无奈,为了使自己心爱的人摆脱苦难,他甚至"情愿把灵魂预售给魔鬼"。

但是,马克思没有退缩。他说:"不管遇到什么障碍,我都要朝着我的目标前进。"

他对目标的始终如一,忠贞不渝,无怨无悔,是源于目标的博大和宏伟。这个目标,不是个人的安乐与享受,而是无产阶级和全人类的幸福事业。他在青年时代就立下了誓言。他说:"如果我们选择了最能为人类幸福而劳动的职业,我们就不会为它的重负所压倒。因为这是为人类而献身。那时我们所感到的就不是自私而可怜的欢乐,我们的幸福属于千百万人。我们的事业并不显赫一时,而将永远存在;高尚的人们将在我们的墓前洒下热泪。"

正因为如此,他一生虽然历尽坎坷,仍然一往无前,在疾病与困苦中,他为人类完成了两大发现:一是创立了历史唯物主义,发现了人类社会的发展规律;一是创立了剩余价值学说,揭示了资本主义社会的发展规律。

恩格斯在安葬马克思时,在马克思墓前无比庄严地讲道:"现在他逝世了，在整个欧洲和美洲，从西伯利亚矿井到加利福尼亚，千百万革命战友无不对他表示尊敬、爱戴和悼念。他的英名和事业将永垂不朽！"这个评价是十分准确的。它真实地表述了敬仰他的千百万群众的肺腑之言。

我访问马克思广场，我瞻仰马克思的故居，我到大英博物馆寻找"马克思座位"和座位下的"足迹"，我到摩塞尔河体会青年马克思奔向柏林的雄心，我拜谒马克思墓，在海格特公墓这个安静的绿草如茵的角落里，马克思与燕妮这两位终生相爱的人静静地、永远地陪伴在一起。高贵、美丽的燕妮给人类社会留下了高尚……我庆幸我有这样一次漫漫的巡礼，我是一个最平凡最普通的人，但我追求人格的纯净与高尚。

回到北京时，我刚好看到一篇报道。英国广播公司在1999年9月搞了一次网上调查，请政界、商界、学术界和艺术界的知名人士投票，选举"千年最伟大的思想家"。马克思高居榜首，随后依次是爱因斯坦、牛顿、达尔文、阿奎那、霍金、康德、笛卡儿、麦克斯韦、尼采。

如果说恩格斯在1883年3月17日在安葬马克思的墓地上的讲话还是预见性的，那么，那个预见今天已经变成了无可争辩的事实。据记载，马克思下葬时参加吊唁的只有十一个人，在他生活了大半生的英国几乎没有人注意他的离去。但如今，马克思即便在西方世界的民意中，也已经是千年来最伟大的思想家。

历史确实在按着它的规律前进。

2000年3月14日

白求恩，一个多么熟悉的名字

（一）

今天我要谈谈白求恩。这个念头在我心中孕育很久了。我从加拿大回来，这个念头就更加强烈。白求恩，这是一个多么熟悉的名字，在中国有谁不知道呢？我太景仰他了，一个加拿大人那样无私地把自己的青春、热情和生命献给了中国革命；我太为他可惜了，怎么就在手术时，那么不经意地献出了自己正当壮年的生命？

后来，我有幸访问加拿大，有幸拜访了白求恩的故居，有幸接触了白求恩的乡亲，我的想法发生了变化。在我心中，白求恩由一个超凡的"圣人"，变成了一个活生生的、具体的、现实的人。我对他的认识，从对于一个领袖树立的榜样的崇尚，回到对一个人的道德和人格的热爱。人世间就真有这样的为自己信念生活的人。

那是1995年，加拿大禾林出版公司邀请我去加拿大访问，到多伦多的当天晚上，禾林的亚太地区总经理何乐贵先生告诉我们，明天一早去格雷文赫斯特镇参观白求恩的故居。

我吃了一惊。因为事先没有想过，禾林这样一些企业能想到让我们去拜访白求恩的故居，加拿大人怎么会知道中国人的心理？又想，白求恩在加拿大是不是也很有名呢?

我从小学习《纪念白求恩》一文,每次读它眼前总会浮现出白求恩那高高瘦瘦俯身做手术的形象。我一想到一个外国人,不远万里来到中国,全身心地投入到中国人民的解放事业,心里便不由得涌起一股崇敬之情。

汽车向白求恩故居奔驰,我满怀着期望。

(二)

格雷文赫斯特是个小镇,只有二点六万人,位于加拿大安大略省北部山区。正所谓靠山吃山,小镇主要经营木材业,本来没有多少人知道它。据说,自从1976年8月加拿大政府宣布白求恩是一位"具有历史意义的加拿大人",并建立了白求恩纪念馆,小镇也就出了名,慕名来访者大增。小镇管理者也很会做文章。在小镇唯一一条像样的大街上的最大建筑格雷文赫斯特剧院前面,竖立了白求恩铜像。白求恩手拿听诊器,行色匆匆。旁边一块铜牌上用英法中三种文字介绍了白求恩的生平。中文的介绍是这样说的:"胸外科及战地医生、发明家、社会化医疗制度的倡导者、人道主义者。生于格雷文赫斯特。白求恩大夫在加拿大、西班牙和中国,以他在医疗和追求人类幸福的事业中所做出的努力赢得了公认。"

这个评价不低,说他因为"在医疗和追求人类幸福的事业中所做出的努力赢得了公认",我很赞同,说他是社会化医疗制度的倡导者、发明家,是什么意思呢?他仅仅是一个人道主义者吗?这一大堆头衔,引起了我的探索与思考。

汽车停在一栋木结构的灰白色两层小楼旁。这就是白求恩的故居,也就是白求恩纪念馆。据纪念馆负责人介绍,这所房屋建于1880年,是专门建给本镇长老会牧师住的。1889年6月,白求恩的父亲从多伦多到小镇担任长老会牧师，教会就把这幢房子提供给他们居住。转年，即1890年3月3日，白求恩就在这幢小楼里出生。

1973年，加拿大政府买下了这幢小楼。纪念馆的筹建人员四方走访，查阅了大量资料，尽量恢复到1890年白求恩出生时的样子。

纪念馆的工作人员见我们是中国人，十分热情。从一楼白求恩父母的书房、会客室，到二楼白求恩父母的卧室、白求恩出生的房间，以及二楼专辟的白求恩生平展览，一一向我们做了介绍。我们看到了很多珍贵的资料。

白求恩在森林旁的伐木场里和伐木工人的合影，那时他二十一岁。

他身着加拿大海军服的照片，一个二十七岁的青年军人，英气勃勃，让人羡慕。

在美国纽约州疗养院治疗肺病时的情景（1927年），他坐在藤椅上沉思着，但不知为什么，这时他正在治疗肺病，他自己又是名医生，可手上却夹着一支香烟。

在西班牙的照片，白求恩站在救护车旁，这车就是他发起组织的"加拿大输血队"的流动血库。

在中国的照片，更多，也更有意思。

一幅是白求恩和八路军战士并肩站岗的照片。那是1938年，抗日战争如火如荼，白求恩和中国人一起站岗，让人感到很亲切。黑色褂子，半长布裤，草鞋，和八路军战士一起注视着前方，怎么看他都是中国抗日队伍中的一员。

1938年9月15日"模范医院"开幕的照片，十分珍贵。白求恩站在台上讲话，穿着八路军军服。再细看，白求恩站的地方并不是讲台，而是一扇窗户，听讲的人在窗户外，他在窗户里。白求恩旁边站着的可能是翻译，上面的横幅清楚地写着"模范医院开幕典礼"字样。

有一幅照片，白求恩在给伤员做手术，旁边有十三四个人专注地看着，有几个人在做笔记，显然白求恩在进行实地教学，培训医生。

还有一张照片照的是白求恩正在吃饭。一个大碗，一个盘子，放在一个凳子上。白求恩坐在一把木椅上,他的后面站着一个小战士,照片的说明上介绍小战士是他的勤务员,"一个十七岁的长征老战士"。小战士后面是白求恩住的窑洞。白求恩低着头,很专注地吃着鸡蛋。白求恩低着头的样子,确实有点像列宁。据记载,白求恩到达延安的第二天晚上,毛泽东在自己所住的窑洞里接见了他。毛泽东说:"你长得很像列宁。"白求恩风趣地回答:"因为我是列宁主义的实践者。"还有很多生动有趣的照片,都是很亲切、很感人的。

我们很认真地看着每一张照片。一是因为对于我们那么熟悉的人我们却并不了解;一是对于用鲜血和生命帮助过我们、支援过我们的人的尊敬。时间晚了,我们恋恋不舍地离开白求恩的故居,仿佛离开了我们的亲人,仿佛把亲人留在那里,我们自己返回了故乡。

车又上路了,跑得飞快。我脑子里出现了来时没有的问题。格雷文赫斯特镇离大城市多伦多那么远,高速路还跑了一个半小时,白求恩走出家乡,走向全国,走向世界的志向是怎样形成的?白求恩为什么要去西班牙,又为什么去了中国?发明家、社会化医疗制度的倡导者、人道主义者等等头衔包含着什么样的内容?毛泽东说他"毫不利己,专门利人",加拿大人说他"追求人类幸福的事业",他怎么会有这样的人生观,他的生命动力是什么?

为了弄清楚这些问题,我对白求恩的家族作了考证。我查阅了白求恩纪念馆的文件,我利用了渥太华国家档案馆的资料,我参考了访问过加拿大的人撰写的有关白求恩的文章。我想,白求恩生活的年代离我们并没有多么遥远,这些材料应该是可信的。考证的结果,让我明白了许多问

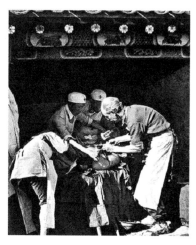

白求恩在给八路军战士做手术(沙飞摄)

题。当初,我是无条件地崇拜,后来又产生了不少疑问,一个人能够毫不利己,专门利人吗?等我访问过白求恩的家乡后,对于我来说,白求恩已经成为一个真实可感的人。我想,我还是把我的考证写下来,请读者自己去得出结论。

(三)

远在 12 世纪时,法国与比利时边界有一个小城,叫"白求恩城"。小城先后由德国和法国管理。后来,成为法国的领土。白求恩的祖先居于此地。历史学家说,可能就因为这个原因,后来这一家族便以白求恩为姓。

白求恩家族在北美洲的先辈来自英国苏格兰附近的斯开宇岛。太曾祖父移居美国时,正值美国独立战争,战后,移居加拿大蒙特利尔市。所以白求恩是法裔苏格兰血统的加拿大人。

白求恩的曾祖父叫安葛斯·白求恩,是个皮料商,曾两次到中国经商。

白求恩的祖父是多伦多大学三一学院医学系的首创大夫之一。白求恩很以做医生的祖父为自豪。他的名字诺尔曼·白求恩,其中诺尔曼一名就是从著名外科医生的祖父姓名中选取的。

白求恩的父亲马尔科姆·尼科尔森·白求恩(1857—1932)由多伦多诺斯神学院毕业,之后到格雷文赫斯特担任小镇牧师。

从上面我简要罗列的白求恩家族的情况,可以看出他们的经历是丰富多彩的,从中可以让我们有很多想象。白求恩那种富于冒险、勇于追求、不安于现状的性格,与他的家族辗转东西有没有关系呢?关于白求恩,我想读者可能想知道的更具体一些,我也想把他的履历勾勒得更清晰一些,以便我们更好地理解他的思想,认识他这个人。

1890 年 3 月 3 日,出生于格雷文赫斯特镇;

1911年，中断了在多伦多大学的生物学学业，到边疆学院工作，为伐木工人讲课；

1914年，第一次世界大战爆发，他应征入伍，在法国当担架员，受伤后回国，完成他的医学学位课程；

1917年，再次应征入伍，参加加拿大海军；复员后留在英国从事医学研究；

1923年，与英国爱丁堡法庭会计的女儿弗朗西丝·坎贝尔结婚；

1926年，在美国底特律行医；

1928年，在加拿大皇家维多利亚医院做医生助理；

1933年，与妻子离婚；

1935年8月，参加在苏联举办的国际生理学会议；
　　　　11月，加入加拿大共产党；

1936年，组织蒙特利尔保障人民健康团体；

1936年9月—1937年5月，志愿赴西班牙服务；

1938年1月8日，带了价值五千美元的医疗器具，赴中国；经香港、汉口、西安到延安；

1939年11月12日凌晨，逝世。

五十岁，还差几个月，这是多么短暂又多么光辉的一生。

（四）

我曾经想过，他去西班牙、去中国，是否有家族的影响？甚或是否有遗传的"家族不安定"基因？你看他的太曾祖父从英国的苏格兰到美国，又从美国移居加拿大；你看他的曾祖父，那还是什么年代，就曾两次来中国做生意；而他自己，只有六岁，就一个人从格雷文赫斯特跑到多伦多，说是要"看看城市是什么样子"。而当我了解了白求恩的一生，了解了他的信念，我就在更深的层次、更广大的舞台上去认识白求恩了。

白求恩从年轻时就想救助底层的平民。二十一岁时,他中断了大学学业,到边疆学院工作,为伐木场的工人开课;后来他到美国工业城市底特律行医,为贫困的工人和新移民治病,尽量少收钱,有的甚至不收钱。与底层的工人接触,白求恩渐渐发现,他想的这些办法并不能从根本上解决问题。当时蒙特利尔有三分之一的人口靠领取救济金生活,他们无钱看病。他不可能靠他个人的力量给这么多人治病。他明白了,经济萧条对穷人健康是有直接影响的;他明白了,医学必须同时注意疾病的社会根源和医疗制度。

正在他全力以赴地投入"医疗救民"的事业时,家庭发生了变化。1923年,白求恩三十三岁。当时,他在英国研究医学,与英国爱丁堡一个会计师的女儿,漂亮的弗朗西丝·坎贝尔结婚。婚后两人感情极好。不幸,三年之后,白求恩得了肺结核。这个病在当时被认为是不治之症,白求恩便提出离婚。弗朗西丝不同意。白求恩认为自己是医生,明知不治,不能拖累别人,坚决离婚。弗朗西丝没有办法,只好办了离婚手续。又过了三年,白求恩肺病痊愈。离开医院立即向弗朗西丝提出复婚。日夜思念白求恩的弗朗西丝,马上赶到白求恩身边,幸福地生活在一起。婚后,却发生了两个人都没有想到的情况。白求恩无忧无虑地全身心投入到医疗研究工作中去。而弗朗西丝希望有温馨而平静的家庭生活。白求恩经常外出,即便在家仍然埋头研究。弗朗西丝感到十分寂寞,又不愿意影响、妨碍白求恩对事业的追求,心情很苦闷。一天,她打开冰箱,突然发现白求恩研究用的一块人的肢体。她吓坏了,便断然提出离婚。白求恩十分痛苦,但转变无术,只好签字同意。此后白求恩一直没有再结婚。

婚姻的起伏没有影响他对于事业的追求。1935年8月,他去苏联参加国际生理学会议。会后他认真考察社会化的医疗制度,眼见耳闻,颇多感想,颇多思考。虽然他看到了许多他不能同意的地方,不过他深信只有政府把社会医疗管理起来,才有可能让所有的人都得到治疗。这时，白求恩的思想经历了一次重大的变化。回国后三个月，他就加入了加拿大共产党。随后，他组织了蒙特利尔保障人民健康团体，希望借此促进社会化的医疗，让医疗普惠广大民众。从此他义无反顾，直到去世前夕，他对自己的选择都很满意，他说："是的，我很累，但我很久没有像现在这样快乐，因为人们需要我。"

1936年夏天，西班牙内战爆发，佛朗哥在意大利法西斯和德国纳粹军事势力支持下，发动了反对西班牙民主政府的叛乱。白求恩毅然响应加拿大支援西班牙民主委员会的号召，志愿赴西班牙服务。1937年，日本军队入侵中国，白求恩说："西班牙和中国是同一战斗的一部分。我要到中国去，因为那里的需要最迫切。"1938年1月8日，白求恩又奔赴中国……

刚到中国时发生了一件事情，很可以看出白求恩的性格。前线战斗残酷激烈，大家为了他的安全而要让他留在后方。白求恩气愤之下抄起一把圈椅向窑洞的窗户扔去，圈椅直飞到院外，他大喊："需要照顾的是伤员，而不是我！"就这样，他去前线的要求马上得到了批准。事后他说：我可以向大家道歉，但军医的岗位是在前线。

白求恩是"不安定的"，他的朋友因此说他是"迅逝的流星"，意思是说，他一会儿到这儿，一会儿到那儿，变化很快。但我们追寻白求恩流动的轨迹，可以看得很清楚，他是在追求、在寻找最迫切需要自己的地方；他是在思考、在探索最合理的道路。他追求、寻找的视野是整个世界，是全部人类。他思考和探索的是如何更好地发挥自己的作用。

白求恩雕塑的铜牌上说他是"发明家"，当时，我真是感到奇怪，白求恩怎么又是个发明家呢？白求恩的创造精神，有性格的因素。档案资料介绍，他是一个既会使人反对他，又会使人受到鼓舞的复杂的人。"在公共场所，人们可以见到他穿着不同世俗的服装，驾着一辆漂亮的黄色跑车驰去。"他敢于尝试，敢于冒险。他得了肺病，久治不愈，当他看到人工气胸治疗法的介绍时，他要求

白求恩故居。在加拿大格雷文赫斯特镇

试用。医生告诉他,这种把气打入病肺空洞的办法是一种危险的手术,还没有百分之百的把握。他说,总要从试验开始。一个月以后,他的肺病居然康复。

他的医术是很高超的。他曾两次当选为美洲胸外科医生协会的执委。他在行医的过程中,设计了多种新仪器,并且不断改进。有一种剪刀,叫"白求恩肋剪",至今仍为外科手术所用。更有意义的是,白求恩还从医疗的体制上、医疗的组织方面去动脑筋,去改革。在加拿大,经济萧条,工人失业,他为失业者设立了免费诊所,随后,又组织了蒙特利尔保障人民健康团体。在西班牙,他看到战线很长,手术输血困难,便组织了一个"流动输血队",及时将城市里捐献的血送到最需要血的地方。这种流动血库,人们称之为"光荣的送奶队",被誉为西班牙内战时军医的最伟大创举。白求恩到了中国,看到医疗条件太差,医生水平很低,战士得不到妥当的治疗,十分焦急,决心建一所正规的医院,进行教学,培训医生。从敌强我弱、战火纷飞的形势来看,建设这样一所医院是不现实的,但出于对白求恩的尊重,首长还是批准了他的计划。经过几个月的努力,白求恩心爱的医院建成了,他决心把它变成"模范医院"。但建成开业仅仅三周,日军的炮火便把它毁掉。白求恩明白了,在敌强我弱的游击战区,医疗也应该是游击形式,流动医院。于是,他就地取材,设计了可由两头骡子负驮的手提式手术室。

"白求恩同志是个医生,他以医疗为职业,对技术精益求精。"八路军的医务队伍,多数是农村战士参军以后边干边摸索成长起来的,没有可能得到系统训练。白求恩看到这种情况,亲自编写教材,亲自讲课。他还经常到各处医院去检查,连放茶杯盖时,口要朝上一类的细节也作出交代。一次,他看到军医在手术间隙削梨吃,大怒,一把抓过梨扔出窗外。他看到医生给伤员正骨,竟忘记上夹板,怒不可遏,当场给那位医生一巴掌。他说:这会使伤员终生残疾的。火发过后,他仍然耐心地给那位医生讲解为什么要上夹板,并演示操作要领。他自己以身作则,对伤员"极端地负责任"。有一次他居然连续工作六十九个小时,做了一百一十五次手术。他年近五十岁,竟然两次为伤员输血。他的口头禅是:"你们要拿我当一挺机关枪使。"

在很短的时间内,白求恩的名字成为传奇,成为战士们的保护神。"进攻!白求恩和我们在一起!"这是战士们冲锋陷阵时呼喊的口号。

战士们认为,有白求恩在,他们的生命就有保障。

战士们认为,白求恩,一个外国人,不远万里,来到中国,把中国人民的解放事业当作他自己的事业,作为中国人更应该勇往直前!

（五）

朋友听说我在收集白求恩的资料,给我送来了白求恩临终前的

"遗嘱"。读着读着,我不禁热泪盈眶。这"外国老头"一下子走进了我的心里。

……今天我感觉非常不好,也许我要和你们永别了!请你(指时任晋察冀军区司令员的聂荣臻)给蒂姆·布克(时任加拿大共产党书记)写一封信,地址是加拿大多伦多城威灵顿街第10号门牌。用同样的内容写给国际援华委员会和加拿大民主和平联盟会。告诉他们,我在这里十分快乐,我唯一的希望就是多做贡献。

随后,在"遗嘱"中他把自己的物品一一做了分配:

两张行军床,你和聂夫人留下吧,两双英国皮鞋也给你穿了。
马靴和马裤给冀中的吕司令。
贺龙将军也要给他一些纪念品。
给叶部长两个箱子,游副部长十八种器械,杜医生可以拿十五种,卫生学校的江校长让他任意挑选两种物品作纪念吧!
打字机和松紧绷带给郎同志。
手表和蚊帐给潘同志。
一箱子食品送给董(越千)同志,算作我对他和他的夫人、孩子们的新年礼物!文学的书籍也给他。给我的小鬼和马夫每人一床毯子,并另送小鬼一双日本皮鞋。照相机给沙飞,贮水池等给摄影队。
医学的书籍和小闹钟给卫生学校。

他还不忘他的工作,不忘医疗的需要,他殷殷嘱咐:

每年要买二百五十磅奎宁和三百磅铁剂,专为治疗患疟疾者和贫血病患者。千万不要再到保定、天津一带去购买药品，因为那边的价钱要比沪、港贵两倍。

这样从容、这样周到地想到他所熟悉、所热爱的每一个人，哪里像要告别这个世界？倒好像要出远门。我想，这种视死如归，正是一个以追求人类幸福为目标的人的必然吧。

在他的"遗嘱"中用笔墨最多的是关于他已离婚的妻子。分手虽已过去六年，但在他即将离开人世时，妻子仍然是他无限牵挂的人。他满怀深情和责任地说：

请求国际援华委员会给我的离婚妻子（蒙特利尔的弗朗西丝·坎贝尔夫人）拨一笔生活的款子，或是分期给也可以。在那里我（对她）应负的责任很重，决不可以因为没有钱而把她遗弃了。向她说明，我是十分抱歉的！但同时也告诉她，我曾经是很快乐的。

这就是白求恩！一个多么富有情感和责任的革命者。

写到这里，我想起加拿大著名歌曲《红河谷》：

听说你离开家要去远方，
真怀念你的笑和目光……

歌曲的旋律在耳畔回响，我的眼泪夺眶而出……

2003年5月初稿
2004年春节改定

托尔斯泰的追求

今天去访问托尔斯泰故居。这是我心仪已久的地方。到了俄国,能不去拜访托尔斯泰吗?他给了我们那么多伟大的作品,这些作品让我们激动,引发我们思考,给我们无比美好的享受。我们怎么能不心存感激?

早上很早就上路了,车刚刚开出二十分钟,便下起雨来。这雨时大时小,一直下到我们下午六点钟回来。

托尔斯泰庄园,名字叫雅斯纳雅·波里亚纳,离莫斯科二百公里,在图拉城郊二十公里处。

庄园远看是一片非常美丽的森林。粗大的椴树、菩提树,美丽的桦树,蓬勃潇洒的枫树,远近高低像大家庭中的兄弟姐妹,个个高大俊美。雨珠挂在树叶上,在一片翠绿中间,亮晶晶,好像散落的水晶。散发着草香、泥土香的空气,延伸至村外的林荫道,让人轻松愉快。四周有河流环绕,还有几个小的湖泊,湖边停靠着捕鱼的木船。

托尔斯泰的故居就坐落在这一片森林中。两层楼,不算很大。漆着白和绿的油漆,与森林合为一体,很美。"雅斯纳雅·波里亚纳",在俄文中是"明亮的林中空地"的意思。据介绍,在这大片森林里,只有托尔斯泰的故居这块地方能照进阳光。天气好的时候，阳光透过绿叶，洒向空地，明媚灿烂。

看到这样的环境，我第一个念头就是，难怪托尔斯泰离不开这个庄园。读大学时，他住在喀山姑妈家，每到夏天放假就跑回来；在高加索当兵，在国外旅行，对看到的社会上种种不合理的事情深恶痛绝，一回到他的庄园，就心情舒畅了。当他们兄妹几个分配财产时，托尔斯泰只要求把这个其他兄妹不感兴趣的雅斯纳雅·波里亚纳留给自己。尔后一生基本上没有离开这个庄园。

最让我吃惊的是托尔斯泰的墓地。在庄园林子深处的一条小路边。一棵大树，是橡树。一小片草地。一个长方形的坟丘，高不到一米，长有两米多，宽也就一米。整个坟墓长满青草，与周围草地连成一片。不知道的话还以为是草地上的一个土堆。没有石碑，没有任何标记，如果没有人指示我们，怎么也看不出来这就是伟大的托尔斯泰的墓地。据说，是遵他的遗嘱这么做的。

站在托尔斯泰墓前，我眼前浮现出托尔斯泰生命最后的情景。

他以八十二岁的高龄，在一个冬天的早晨，毅然离家出走，病倒在阿斯塔波沃火车站。几天后，在车站站长的木屋里他停止了呼吸。

人们悲痛地将他从阿斯塔波沃送回波里亚纳。

八十二岁是一个令人尊敬的年龄。

八十二岁的人是一个古稀之人。

八十二岁，灿烂的晚霞，托尔斯泰满可以咀嚼一生奋斗的快乐。

但是，托尔斯泰却以八十二岁高龄，开始了一个新的历程。

托尔斯泰在临出走前写给妻子的诀别信中说："我的走会使你难过，不过请你理解和相信我，我实在没有别的办法。我对在家中的地位已经忍无可忍了，我不能再在这种奢华的环境中生活……"

这个念头他已经忍了十三年。十三年前，他六十九岁。当时他在一封信中写道："索尼娅，我的生活跟我的信仰不相协调，这早就使我感到痛苦。我再也不能继续下去了，因此，我已经决定现在要去做我早就想做的事情——出走。"

托尔斯泰墓

托尔斯泰工作室

一年一年,无比激烈的心灵搏斗,无比痛苦的心路历程,他的实际生活与他倡导的平民化的巨大矛盾,终于让他义无反顾地走出了决定性的一步。他是去追求"言行一致"。他是以八十二岁的高龄,无比执著地去追求自己的理想。他虽然没有完成,但他有了一个令人尊敬的开始。

细雨中,我从思考中回来,注视矮矮的坟丘。托尔斯泰还用得着墓碑、用得着墓志铭吗?对于他来说,一切一切形式都是多余的。

《战争与和平》《安娜·卡列尼娜》《复活》，哪一部书不是一座纪念碑？他确是生活在偏僻的图拉，埋葬在图拉，但他活在全世界每个读者的心里。

我看到过一份材料，讲托尔斯泰与诺贝尔文学奖如何失之交臂。1901年是诺贝尔文学奖颁奖的第一年。有三部不朽巨著蜚声全球的托尔斯泰，被公认是最具实力的竞争者，但那一年，俄罗斯作家没有参与角逐，没有报名。1902年，托尔斯泰正式获得提名。他的名气也如日中天，获奖是众望所归。但瑞典科学院的评委们没有把奖授给他。原因是这些评委们认为托尔斯泰晚年的思想、晚年的世界观不符合入选的标准。1903年，这个奖又授予非常敬佩托尔斯泰作品的挪威剧作家。

托尔斯泰到底没有获得诺贝尔文学奖。

评委们还真有"眼光"，他们还真明白了托尔斯泰的理想和追求。他们感到托尔斯泰晚年的思想很危险，让他们恐慌。但用他们的"眼光"评出来的书，有几部可以和托尔斯泰的作品比美？又有多少作品并不被评委之外的读者承认！

我在托尔斯泰的故居里参观了他写作《战争与和平》的房间。那间房在整幢房子的最下层。室内两侧各有一个小窗户，光线很暗，有点像储藏室。他写作的桌椅还在。一个很平常的小木桌子。桌面大概只有三尺长、二尺宽。一把很平常的木椅子。真是想不到。正是坐着这把木椅，伏在这简陋的小桌子上，托尔斯泰以艺术形象提出了当时社会的重大问题。

从这间朴素、简陋的工作室，到那几乎难以辨认的墓地，让我思绪绵绵。托尔斯泰用他的一生去追求。托尔斯泰用他的出走、他的死，告诉我们什么叫追求。

2001年秋

新圣母公墓的诉说

因为忘记随身带护照,怕警察找事,不敢冒险去参观克里姆林宫,便改道去参观新圣母公墓。

很高兴,很激动。看到了果戈理、法捷耶夫、奥斯特洛夫斯基、卓娅、舒拉、绥拉菲莫维奇的墓,看到了斯大林的夫人娜杰日达、大歌唱家夏里亚宾、伟大的芭蕾舞大师乌兰诺娃的墓,看到了图波列夫及许多苏联大科学家的墓,还看到了王明以及赫鲁晓夫的墓……这真是一部苏联近现代史。据说公墓中还有爱伦堡、伊萨科夫斯基、尼库林的墓,没有看到。如果有时间,能慢慢地看,如果再有一个导游,能指示一下路线,就更好了。

瞻仰着这些名人的墓碑,我仿佛听到了这些墓碑的诉说。

马雅可夫斯基的墓碑是暗红色的,前面立着黑色大理石方柱,方柱上面是马雅可夫斯基的半身胸像。他皱着眉,嘴角刚毅,目光锐利。据说雕像很获好评,雕像的作者因为这一设计而获得了斯大林奖金。我凝望着这座雕像,心里不禁发问:那么热情洋溢地为世界上第一个社会主义国家、为列宁大声呼好的马雅可夫斯基,为什么会自杀呢?他死后,留下了一封信,其中写道:"我现在的死,不要责怪任何人,更不要制造流言蜚语。死者生前对此极其反感。"然而,就在五年前,当自称为"最后一个俄罗斯乡村诗人"的叶赛宁自杀时,他曾表示:在今天,死并不新鲜。可是活下去,却困难得多,要有勇气。可见,他不赞成叶赛宁的自杀,但为什么仅仅过了五年,他自己竟也在"困难"面前退缩了呢?

奥斯特洛夫斯基的墓碑看着正像他的一生,庄严、高大,毫不苟且。墓碑的下方雕着军帽与马刀,这最具代表性、象征性的两件物品,标志着他战斗的如火如荼的青春岁月,唤起我许多回忆。奥斯特洛夫斯基斜着身,靠在枕头上,展示着他同疾病斗争的岁月;表情安详,两眼望着前方,精神乐观而豪迈。我看着他手下的那一摞书稿,想到他的名言:"人的一生应当这样度过:当他回首往事的时候,他不因虚度年华而悔恨,也不因碌碌无为而羞愧⋯⋯"颇多感慨。记得我们到乌克兰首都基辅的时候,因为保尔·柯察金的很多活动在基辅,我想基辅人一定十分怀念他吧,便同接待我们的乌克兰版权公司的两位女士谈起《钢铁是怎样炼成的》。我问她们,今天怎样看待保尔和他的战友的生活?她们说,以前在学校时读过这本书,老师还要求每个同学写读后感。但是现在没人读了,书里的事都过去了。一番话让我谈兴大减。今天,当我看着我亲手拍的奥斯特洛夫斯基墓地的照片时,我想起她们的话,眼前却浮现出保尔、朱赫来、丽达的青春身影,浮现出冬妮娅如旋风般飞跑的身姿。在我这里,他们永远不会过去。

赫鲁晓夫的墓碑是我们在墓地中穿行时无意中发现的。黑白两色的墓碑一下子就把我们吸引过去了。我在国内时读过几篇有关赫鲁晓夫的文章。这些文章多半介绍赫鲁晓夫墓碑的奇特,介绍墓碑的设计者,正是赫鲁晓夫大权在握时臭骂过的抽象派雕塑家涅伊兹维斯内,而请此人设计赫鲁晓夫的墓碑,又正是赫鲁晓夫自己的遗愿。我仔细端详墓碑。墓碑置于四块灰色的花岗石拼组成的墓基上,黑白两色的花岗石交叉地组合在一起,赫鲁晓夫的头像置于黑白框架之中。

黑色象征什么?白色象征什么?显然,雕塑家刻意要用抽象主义手法表现一下这个个性独特的政治人物,却无意中最简单明了地总结

奥斯特洛夫斯基墓

了赫鲁晓夫的一生：有黑有白，有功有过，黑白交织，难分多少。

这样的设计，这样的评论，都在人们能够理解的范围之内，不算什么特别。值得探讨的却是赫鲁晓夫为什么留下遗嘱，请自己辱骂过的雕塑家，为自己设计墓碑？

那是1962年12月，赫鲁晓夫去参观画家和雕塑家的作品展。他看到一些抽象派的美术作品，便斥责说："这是诲淫作品，不是艺术。"还指着涅伊兹维斯内的作品说，"就是一头毛驴用尾巴甩，也能比这画得好"。涅伊兹维斯内忍无可忍，便直言相问："您既不是艺术家，又不是评论家，您凭什么说这样的话？"在那时敢于指责赫鲁晓夫真是

赫鲁晓夫墓

胆大包天。赫鲁晓夫大怒,说:"我当矿工时是不懂。我当基层干部时也不懂。在我逐步升迁的每个台阶上我都不懂。可我现在是部长会议主席和党的领袖了,难道我还不懂?"据史料记载,赫鲁晓夫的话一出口,周围的人都目瞪口呆,哑口无言。

我望着赫鲁晓夫雕塑那圆圆的脑袋,直感到这话也只有他能说得出口。

赫鲁晓夫下台后,曾千方百计地要和文艺界、和知识分子和解,请很多他曾经批判过的人去他家里做客。这也不难理解,可能失去一切权力后,他才从一个常人的角度去思考问题,也许在孤寂中,良心幡然回归。他曾三次邀请涅伊兹维斯内,涅伊兹维斯内都拒绝了。

1971年9月11日,赫鲁晓夫因心力衰竭死在他家自留地的树下。9月13日葬礼结束后,赫鲁晓夫的儿子郑重地请涅伊兹维斯内为赫鲁晓夫雕塑墓碑。涅伊兹维斯内问:"为什么找我设计?"赫鲁晓夫的儿子说:"这是家父的遗愿。"

也许赫鲁晓夫这是以自己的死,最后一次请求和解?霎时,我从赫鲁晓夫头像的表情中隐约看到一个乌克兰工人的淳朴。

……我走着,一次次被感动,一次次被震惊。

娜杰日达,斯大林夫人,死时只有三十一岁。雪白色的大理石墓碑,上面是她的头像,端庄、典雅,深思而忧伤。一只手摆在前面,让人感到女性的美、女性的温柔。

图波列夫的墓碑,是一个飞机模型,两翼上镌刻着图波列夫对苏联航空事业的贡献。

果戈理,高高的墓碑,上面是白色的胸像。长发,披着外套,颇为诡秘地微笑着,两眼望着远方。文献上记载,墓中遗体上没有头颅。据说是被他的崇拜者在下葬前弄走珍藏起来了。

法捷耶夫,《青年近卫军》的作者。他的墓碑上方是胸像,下面是一组为反抗德国法西斯入侵而英勇献身的青年近卫军雕像。法捷耶夫很幸福,他和他的青年朋友永远生活、战斗在一起了。他也是自杀而死的。苏共中央的讣告中说,"因酒精中毒,在精神抑郁中自杀而死"。

我不能再列举下去了。我突发奇想,这么多大人物,这么多智者、天才聚集到一起,他们一定不会寂寞。但是他们会相安无事吗?

赫鲁晓夫同志一激动,会不会再挥舞他的皮鞋?

杰出的作曲家肖斯塔科维奇会和他们一般见识吗?他肯定会奏起悠扬、美妙的乐曲,让咆哮静下来。

他们会怎么看王明呢?一个中国人,尽管有他的夫人在旁边做伴,却只能整天和外国人在一起,回不了家乡,再也看不到安徽老家云蒸霞蔚的黄山,叶落不能归根,好不凄凉!

乌兰诺娃的亲朋为什么只简单地给她竖立了一个白玉石的碑牌？是正在精心制作，还是另有其他原因？当然伟大的乌兰诺娃是不会计较的，她曾谈过经验，说她之所以获得成功就是因为淡泊名利、心无旁骛。她说："在汽车还没有出现的时代，圣彼得堡的马车夫们为了让马在拉车时不受干扰，常常给马戴上眼罩。我这一生就是戴着这种'眼罩'走过来的，这使我的工作没有受到外界任何干扰，使我能够一心想着自己的事业。"

我很为赫鲁晓夫庆幸。据说，在苏联，当过总书记的人墓地都被安排在克里姆林宫红墙下，在那里我看到了斯大林的墓，勃列日涅夫的墓……但我觉得赫鲁晓夫还是在这里住，和这些人为伍为好。一来让他和这些天才比一比，他能认识到自己到头来只不过是一个普通工人，一个下过矿做过钳工的乌克兰工人，有助于改掉自以为是的毛病；二来，这里有这么多学问家，讨论起学问来会多么热闹，会使他真正长知识，弄明白过去不懂的事。

走出公墓，我感到阳光特别灿烂。一群幼儿园的孩子，在喷泉旁欢呼。一群青年向公墓走来。我想起中国古代大思想家老子说过的一段话："天长地久。天地所以能长且久者，以其不自生，故能长生（天地是长久存在的。天地所以能够长久，是因为它们的一切运作都不是为了自己，所以能够长久）。"这是很实在的、谁都能懂的话，细细琢磨，又满含着对人生的体验和感触。每个人的生命都有他自己得意的一页，每个人的生命都有他自己的遗憾，甚至渴望能有来生作弥补。有的人一生可能颇为成功，然而，他也有苦恼，也有郁闷，甚至有逾越不过的障碍。但不论怎样，人的一生，几十年，即便上百年，茫茫宇宙，万象归一，这是谁也不能改变的。他不能像天地那样长久存在。但是，一个人的生命，只要为人类社会有所贡献，他就能长生。

如有幸能再来俄国，我当再来参观新圣母公墓。

2001 年 1 月 1 日

相遇马德里

——记塞万提斯

离开马德里，一个五彩缤纷的城市，在我，只归结到塞万提斯，归结到一部《堂吉诃德》。细雨微风，马德里的西班牙广场，广场中间塞万提斯的纪念碑，碑上的塞万提斯雕像，这一切使我不由得不回忆塞万提斯辉煌的巨著和他命运多舛的一生。

在塞万提斯纪念碑前面是一组堂吉诃德的群雕。雕像很生动。堂吉诃德尽管瘦弱不堪，但精神抖擞；他的坐骑，尽管马瘦毛长，但昂首向前；他的盔甲，尽管七拼八凑，但也像模像样；他手里的长枪，比张翼德的丈八长矛还长，他左手持枪，右手高高举起，似乎在向人们招手致意。他的仆人桑丘骑着毛驴紧随其后，其恭谨服从、尽职尽责的神情，一目了然。

塞万提斯高高地坐在纪念碑上，看着他的作品，他的"孩子"，也看着这现代世界。

这情景真让我感慨丛生。

塞万提斯现在是无人不晓，是全世界公认的伟大作家。大诗人海涅把他与莎士比亚、歌德并称为纪事、戏剧、抒情三大艺术的顶峰。他说，他们三位的创作里流露出一种类似的精神，运行着永久不灭的仁慈，就像上帝的呼吸；发扬了不自矜炫的谦德，仿佛是大自然。但

西班牙马德里塞万提斯纪念碑

塞万提斯终其一生穷困潦倒，他在世时不被其国人重视，以至于今天连他生平的最基本数据都不甚了了。他的生日不知道具体在哪一天，他早年在哪所学校读书谁也说不上来，甚至连他的墓地确切在哪里也搞不清楚。

一个作家，一个思想家，被社会认识是多么艰难，多么不易。"让历史去作结论"，这句话是多么无可奈何，但又确实是万般无奈之下对未来的唯一期待。

《堂吉诃德》问世后的遭遇，是很发人深思的。

小说一出版，就受到读者的热烈欢迎。但是大多数人只把它看作是一部引人发笑的滑稽故事，堂吉诃德是一个疯疯癫癫的可笑骑士。据说,西班牙国王菲利普三世在阳台上看到一个学生一面看书一面大笑,就说,这个学生一定是在看《堂吉诃德》,否则,就一定是个疯子。派人一问,果然是在看《堂吉诃德》。当时西班牙的文学批评家,也看不起这部书,认为它只是通俗读物,很能逗笑而已。西班牙17世纪著名批评家瓦尔伽斯说:"塞万提斯不学无术,不过倒是个才子,他是西班牙最逗笑的作家。"于是这"不学无术"的评语,流传了近三百年。对于这种评论,其他国家的有识之士认为十分不公平。1615年西班牙大主教去拜会法国大使,大使的随员向大主教的随员探问塞万提斯的身世。大主教的随员说:"老了,是一个士兵,一个小绅士,很穷。"大使随员很惊诧,他们认为这样的人才,西班牙政府应该用国库的钱供养他。

可是,西班牙人没有这样认为。

出乎西班牙评论界的意料,堂吉诃德很快走出西班牙,走向世界。1612年被译成英文,1614年被译成法文。欧洲许多国家的作家、评论家纷纷撰文对《堂吉诃德》加以评论,而且,随着时间的推移,评价越来越高,越来越深刻。

在英国。早期,读者也把堂吉诃德当作疯子,但很快就发生了变化。英国小说家认为堂吉诃德有很多正面品质。小说家艾斐丁说:"世人多半是疯子,他们与堂吉诃德不同之处只在疯的种类而已。"英国小说家受堂吉诃德的影响,创造了一个又一个自称为"堂吉诃德型"的人物。这类人物虽然可笑,同时,又让人同情和敬爱。这种状况体现了英国人对堂吉诃德的理解。他们说:"堂吉诃德的失望,招得我们又笑他,又可怜他。我们可怜他的时候,会想到自己的失望;我们笑他的时候,自己心里明白,他并不比我们更可笑。"

在法国。法国的翻译家把这位西班牙骑士改装成法国绅士,推荐给法国读者。他们认为,堂吉诃德虽然逗笑,但仍然有他的哲学。作者一方面取笑无益的偏见,对有益的道德还是十分尊重。堂吉诃德的言论不涉及骑士道,都从理性出发,教人热爱道德。持这种观点的法国人说:"我们虽然笑他,也敬他爱他,因为我们可以笑自己敬爱的人,而不带一点恶意或轻鄙之心。"

到了19世纪,堂吉诃德又变成一个悲剧性的角色。在当时的浪漫主义者眼中,堂吉诃德情愿牺牲自己,一心要求实现一个现实世界所不容实现的理想,所以,他又可笑,又可悲。

在德国。海涅说:过去他认为堂吉诃德主义是个笑话。"后来我才知道还有桩不讨好的傻事,那就是要叫未来赶早在今天实现,而且只凭一匹弩马,一副破盔甲,一个瘦弱残躯,却去攻打现时紧要的利害关头。"但堂吉诃德宁可舍掉性命,决不放弃理想,使得海涅为他伤心落泪,因他震撼而倾倒。

在俄国。屠格涅夫也有同样看法。他说,堂吉诃德有不可动摇的信仰,他坚决相信,超越他自身的存在还有永恒的、普遍的、不变的东西。这些东西须一片至诚地努力争取,方才能够获得。他说,只为他坚信一个主义,一片热情地为这主义尽忠,人家就把他当成疯子,觉得他可笑。

随着时间的推移,人们对《堂吉诃德》的认识也越来越丰富、越深入、越多方面。诗人拜伦深刻地指出,"作品体现了理想和现实的矛盾,即让过去回到现实,或者让未来提前实现。"结果呢?"他一枪刺中了风车的翅膀;翅膀在风中转得正猛,把长枪迸作几段,一股劲把堂吉诃德连人带马直扫出去;堂吉诃德滚翻在地,狼狈不堪"(《堂吉诃德》第八章)。塞万提斯的伟大之处就在于他充满同情地揭示了堂吉诃德的悲剧命运。海涅曾经说过:他每过五年读一遍《堂吉诃德》,每次都印象不同。这也许最准确地说明了《堂吉诃德》给世人影响之深,说明堂吉诃德这个典型形象性格之复杂和内涵之丰富。2002年,由诺贝尔文学院组织的一次评选"人类伟大作品"的活动中,来自五十四个国家的百余位作家将《堂吉诃德》评为文学史上"最好、最重要的作品",以压倒多数的选票名列第一。这样的成功是塞万提斯不可能想到的。

在塞万提斯纪念馆前。堂吉诃德与桑丘

小雨越下越紧,马德里广场没有避雨之处,我们急忙往回走。坐在车里,我想起塞万提斯在小说第二部献词里讲的故事。那时由于小说影响大,而第二部作者又迟迟没能付梓,于是有人冒充《堂吉诃德》续编,抢先出版。塞万提斯幽默地说:"现在四面八方都催着我把堂吉诃德送去,好抵消那个家伙的影响,最着急的是中国大皇帝。他一个月前派专人送来一封中文信,要求我把堂吉诃德送到中国去。"塞万提斯说:"我问那使者,大皇帝是否给我送来路费。使者说,皇帝根本没想到这一层。"塞万提斯说:"这样的话,你还是回去吧。我身体有病,路途又如此遥远,怎么去得了呢?"

当然,这是塞万提斯的诙谐。据专家考证,1612年,明神宗万历四十年,正是塞万提斯写作《堂吉诃德》第二部的时期,中国皇帝确曾托传教士带给西班牙国王一封信。塞万提斯借这个由头,说了上

西班牙的孩子们和堂吉诃德、桑丘在一起合影

述这番话。从中可以看出，在塞万提斯眼里，中国多么遥远，多么神秘。但如今，恐怕塞万提斯无论如何也想不到，《堂吉诃德》早已走进中国的千家万户。如果堂吉诃德现在到中国来，中国人一定会给他换上一匹好马，送他一套崭新的铠甲，还一定会请他去北京大学演讲。请他讲讲，他为什么即便在现实生活中碰得头破血流，仍然一往直前。

高迪：曲线属于上帝

要去巴塞罗那，真是十分高兴。

我一下子就想到毕加索。后来知道他并不是出生在巴塞罗那，而是出生在西班牙的马拉加，但他是在巴塞罗那真正开始接受美术教育的，在巴塞罗那获取第一个美术作品奖励的。后来，毕加索虽然移居巴黎，一住六十几年，半个多世纪，被法国人引为骄傲，法国的文化部长以这位西班牙的毕加索（还有中国的赵无极），作为法国文化世界性的例证，说明法国文化的多样性、开放性，但毕加索还是说自己是巴塞罗那人。他在那里留下了许多画作，留下了他的"最初"，留下了饮水思源般的回忆。但是，到了巴塞罗那，给我印象最深的却是建筑家安东尼·高迪。这个城市简直就是高迪城。

早晨，汽车从我们住的位于城市中心的宾馆刚刚走了十几分钟，就停下了。西班牙人告诉我们眼前这栋楼房叫米拉之家，是高迪的代表作之一，联合国教科文组织已经确定为世界文化遗产。这样一介绍，引起了我们的注意。猛一看，好像是原始人的洞穴，真是怪异。走远一点看去，墙面弯弯曲曲，像是汹涌的波涛。一层楼又一层楼，好像 浪跟着一浪，在那里涌动。整座大楼，又像是一艘巨舰，冲破层层波浪，稳稳地前行。

高迪的代表作之一神圣家族教堂

西班牙人介绍说,这座米拉之家最好地体现了高迪的设计思想。他的名言是:"直线属于人类,而曲线属于上帝。"这意思是不是说,直线是人为的、做作的,而曲线才是自然的、天成的?据说在米拉之家里你要想找到一根直线那纯属徒然。实际上他是拒绝用僵硬的直线限定形式,他是大胆地随心所欲地表达内心的感情。我不懂建筑,但无论如何,让一个庞大建筑在没有直角的要求下能站立起来,牢固百年,即使用现代科技,恐怕也非易事吧?

乘车又往前行,十几分钟后,车又停了下来。西班牙人说,前面不远处是高迪的又一代表作——巴特洛住宅,人们习惯称之为"骨骼住宅"。听这名字,可以想见其怪异。表面看去楼面用了大量马赛克,蓝色、绿色、紫色,闪闪发光,确实像是一张浑身鳞片和角质的蜥蜴皮,而它的阳台就如同动物的骨架,真是奇特。据说高迪还有一处重要作品即帕劳群岛威尔庄园。有一个奇怪的抛物线形双门廊。它们很像是一个洞穴的入口,根本看不出是一处豪宅。主厅像一个洞穴,只不过里面布置的是风琴、画廊、漂亮的穹顶。但因为时间的关系,我们没有去参观。

在高迪的代表作中,他最为倾心的当然是神圣家族教堂。教堂从1882年动工,到如今已经一百多年,仍然没有完成。塔吊仍耸立在四个塔尖之间。据说,高迪原想修三组正面的雕塑,分别是基督诞生、基督受难与基督复活;建十八个用彩色碎陶装饰的塔,象征耶稣十二个门徒、福音书的四个作者、圣母玛利亚和耶稣本人。但很可惜,高迪去世前,只完成了陵墓和代表基督诞生的部分。教堂远看有四座塔尖,每座约有110米高。说塔尖高耸入云一点不夸张。塔顶上的雕像美丽、奇特,大部分都是用真人作模特。有人跟高迪说,塔这么高,不用费那么大劲去做这些下面的人根本看不见的装饰,高迪回答:"天使看得见。"

教堂四面的雕塑,我一眼看去,并不觉得精彩,但越琢磨,越细看,越觉出它的奇妙与深奥。柱子不再是柱子,而是一棵棵参天大树；天花板不像天花板，而是层层叠叠的树叶，在树叶缝隙间还可以看见蓝色的天空。教堂里到处充满了石制的植物装饰。钟楼的尖塔，模仿巴塞罗那远处的高山，呈现出锯齿形状。墙上伸出各种怪兽的头，它们的嘴就是滴水管头，蜥蜴、蛇、蝾螈、章鱼，比比皆是。人们都说，从来没有一个教堂是这样装饰的。这一切让人感到很熟悉，很亲切，而不觉得是到了一个让人敬畏的地方。这是高迪设计思想又一特殊之处。他自己说，他在努力地追求用建筑把人与上帝和自然联系起来。

高迪的作品，在当时就引起了争论。但是高迪不在乎。他说："波状线和蛇行线是最美的线条。美的原则就是适应性、多样性、统一性，单纯、复杂，所有的一切都参与对美的创造。"建筑史家们说，高迪作品的复杂性和独特性几乎没有先例，以后也无人模仿，使历史学者很难将其与过去和未来衔接起来。这是不是说"空前绝后"呢？英国的格兰西在《建筑的故事》中说，高迪"以他那灿烂的、植物般的设计风格为人们展现了人类进入太空的20世纪初的建筑会是什么样子"。这些话都道出了高迪作品十分突出的个性和创新水平。他的作品让我们感到"怪异"，甚至感到可笑，但当我们看到眼前这些宏伟的建筑时，却让我们感到这"怪异"中有哲学。这"怪异"，不同于一般，它给我们造成极大的视觉冲击。高迪对宗教的巨大热情，他奇异的灵感，让每一个面对他的作品的人都会感到难以抑制的震撼。

高迪在美术学校的毕业设计是一所大学的礼堂，方案出来就引起激烈的争论。有的说不符合常规，有的说太怪。最后还是通过了。学校校长在颁发给他毕业证书时曾十分感叹地说："真不知道我把毕业证书发给了一位天才还是一个疯子！"如今，高迪的作品有十七项被西班牙政府列为国家级文物，有三项被联合国教科文组织列为世界文化遗产，这样辉煌的成绩已经做出了回答。我想，如果高迪是那种乖乖的、循规蹈矩的设计家，一定不会受到嘲笑，但也一定不会有如此

高迪设计的公园大门

光辉的成就。

　　创新是生命。个性是区别于其他同类作品的决定因素。高迪之所以成为高迪,恐怕就因为其"没有先例",甚至"以后也无人模仿"。这在艺术史上有很多范例。法国艺术家丹纳在《艺术哲学》中讲的故事我至今不忘。达·芬奇、米开朗琪罗和高雷琪奥三大家用同一题材,每个人都画了一幅画。我们凡人会想,这怎么得了,还不雷同吗?但是,三位大家的作品却各有个性。因此都成为典范,至今给人们以启发。希腊神话说,宙斯爱上了斯巴达王的妻子利达,变化成天鹅去诱惑她。利达后来生了两个蛋,每个蛋里生出一男一女。用这个题材,达·芬奇画的利达,带着含羞的神气,低着眼睛,美丽身体的线条曲折起伏,十分典雅细腻。米开朗琪罗的利达则是战斗部族的王后,肌肉发达,面颊瘦削,双眉微蹙,目光凝聚,表情是严肃的,弥漫着刚强悲壮的气氛。而高雷琪奥的利达,置身于一片柔和的绿荫,和一群少女在潺潺流水中洗澡。风韵妩媚，身段丰满，像太阳底下的鲜花，娇嫩鲜艳，委婉动人。画面甜蜜而醉人。丹纳说：三个境界都符合人性中某个主要部分，或者符合人类发展的某个主要阶段。我想，三幅同一题材的画至今都受人推崇，完全在于他们都有个性，也就是都体现了作者的理想。西班牙这几个大人物，塞万提斯、高迪，以及大画家戈雅、毕加索，不都是在追求着自己的理想，塑造着自己的理想吗？他们在追求与创造中获得了永生。

高迪的一生是为建筑活着的，这可能是他成功的根本原因。他吃的比工人还简单，有时忘记吃饭，学生给他的几片面包就是一顿饭；他住得很简陋，他建筑神圣家族教堂最后的二十多年，一直生活在地窖般的小屋子里。他一直一个人生活，问他为什么不结婚，有关高迪的史料都记载着他的这样一段话："为了避免陷于失望，不应该受幻觉的诱惑。"真是有意思。一个对自己的作品那样信心十足、那样不顾时议的硬汉，对于女人却没有信心。我想，这一定另有原因。高迪三十岁出头，已红极一时，有多少人崇拜他，爱慕他，难道不会有漂亮、杰出的女性吗？但他害怕"失望"，恐怕那些追求他的人并不是他追求的目标吧？

为此，他干脆把时间、精力都用在建筑上，把他追求的美融入作品中。一个真正的建筑家从事建筑，真的不是为了自己享受，他们是给社会创造美。自己住在哪里，吃什么，穿什么，全然无所谓。

最后的悲剧终于发生了。一天，高迪已经收工，却又想回去看一眼矗立在教堂入口处的高塔，不幸被一辆电车撞倒。他被匆匆送进医院。三天后，抢救无效，这位七十四岁的老人便永远停止了他不懈追求的步伐。

他穿着寒酸，形容枯槁，人们以为他只是一个乞丐，既然已经死了，送到公共坟场一埋了之。没想到，此时一位老太太认出了这个巴塞罗那最了不起的建筑家，这个西班牙人的骄傲！

出殡的日子，全城为他送行。经宗教方同意，西班牙政府把高迪的遗体安葬在尚未完工的大教堂的地下墓室。

神圣家族教堂工程虽然建建停停,但继续工程的设计师们却按照高迪的设计理想、高迪留下的施工方案,一步一步前进,如果一切顺利,神圣家族教堂将会历经一百四十二年后,在2020年完工。巴塞罗那人认为,那时,上帝一定会准许高迪回来看一看的。因为高迪一生在努力把人与上帝和自然联系起来,他是保佑他们的圣徒。

2004年8月22日

忧郁的探戈

参观布宜诺斯艾利斯市博卡区。据说，这里非常有名，很多访问阿根廷的人，都要来这里看一看。我想，很多人肯定是来寻觅博卡青年队的，是来看马拉多纳的。我不是追星族，也不懂足球，所以，我不会因为马拉多纳跑那么远的路。到了博卡区，阿根廷的朋友把我们领到一条小街。小街人很多，最吸引我的是五颜六色的房子。房子很简陋，多是木板房或波纹铁房，但都或横或竖地刷着大片大片的蓝色、黄色、绿色的油漆。颜色强烈，谈不上艺术，却给每一位游客留下深刻印象。据说，当年这里住着的多为穷苦劳动者，如海员、码头工人等等，他们为了防潮、防水，把漆船剩下的零星油漆拿回来涂抹自己简陋的住房，有什么颜色就涂什么颜色，今天是一大块蓝的，明天又是一大块绿的，只求实用，久而久之反倒成了自己的风格。

阿根廷朋友说，这条小街可是很有名气啊。本来只是一条小道，来往人多了，成了一条街。街名叫卡米尼多，可是现在人们都管它叫探戈街。我仔细看，小街不长，只有百米左右，还保留着石块路面。它为什么叫探戈街呢？阿根廷朋友只说这里的探戈很有名。

我还看到一些雕塑，一个在人行道上，是一匹狂奔乱跳的马，想把骑在它身上的牛仔甩掉，牛仔则拼命控制马；另一个是在阳台上，

布宜诺斯艾利斯傍晚

  穿着很老式的条纹西服套装的一男一女，向行人招手，一看那笑容就知道是店主。还有几处浮雕，男女缱绻告别的场面，树下聚会商量事情的场面，一个男人还抱着吉他。让我感觉好像到了美国西部。

  再有，就是小街两旁一个挨着一个的小酒馆和咖啡馆了。我进去看了看，虽说是白天，里面仍然有很多人。

  这一切，很让我琢磨。这究竟是一座什么样的城市，他们有怎样的文化，怎样的悲欢离合。

  晚上，我们去布宜诺斯艾利斯市最为著名的探戈剧场卡洛斯·加德尔之角，观看当今最为著名的阿根廷探戈大师的表演。这真是一场高水平的演出，让人激情澎湃。可以说，每一场舞蹈，每一对演员，每一支曲子，都表演得如醉如痴，无可挑剔。据说，探戈的魅力主要在舞者的眼神和小腿的动作。尤其是探戈大师卡洛斯·古拜罗

当年水手们在博卡区用铁皮建筑的五彩斑斓的城市

与他妻子的表演,让人叹为观止。交叉踢腿,一勾一抹,一拉一扭,变幻无穷。每一个细节,都充满了舞蹈之美。他们那狂野的、渴望的、忧郁而勾人心魄的眼神,那挥洒自如、收放得体的小腿,男女之间娴熟的配合,一系列令人眼花缭乱的舞步,好像在讲述他们生活中的故事。

观众一次又一次报以热烈的掌声。

渐渐地,我从陶醉而进入思考。探戈舞的男女舞伴都身材颀长,十分精神。男士一身合体的笔挺的藏蓝色的西服,雪白的衬衫,浆熨硬挺的衬衣衣领,梳理整齐的发型。女人雪白的长裙,潇洒的披肩发,健美的双腿。男女演员一亮相,就让你赏心悦目。但是,他们为什么那么严肃?严肃中含着一些忧郁,忧郁中又充满了热情的渴望?

我在古巴的哈瓦那,在海滨大道上,看过古巴人跳伦巴。那情景真让人愉快。道旁就是碧蓝的大海,带有海腥味凉爽而湿润的加勒比海轻风，拂面而来，棕榈树在白色沙滩上摇曳，女伴曲线优美，男伴剽悍雄壮，男女舞伴诱惑与追逐，热情浓郁，柔媚而抒情。伦巴洋溢的是一派迷人的热带风情。

巴西的桑巴舞，热烈奔放。伦巴是轻松的，每分钟只有25小节，桑巴则是热烈的，每分钟要跳52小节。这与巴西人的乐观、开朗、知足密切相关。巴西丰富的自然资源，给巴西人带来了巨大的福泽。巴西人是乐天的，这才有闻名世界的狂欢节。"没有桑巴舞就没有狂欢节"。在那倾城共舞的欢呼中，欢快、煽情、激昂尽在那桑巴舞姿中表现无遗。

探戈舞呢？那忧郁，那包藏着的热情，为什么那样令人难忘？

我想起阿根廷人告诉我的一句话："探戈的发源地在哪里？在博卡区的小酒馆里。"

19世纪80年代，南美洲完成了奴隶制的废除，开始了资本主义的发展阶段。欧洲人又一次涌入南美洲。他们从德国来、从意大利来、从俄罗斯来，他们带着梦想，到南美大陆来淘金。布宜诺斯艾利斯正当拉普拉塔河入海口，欧洲的来船，便把他们由这里送上了岸。他们初来，多半在码头打工，博卡区的小街就成了他们的栖身之地。日复一日，年复一年，淘金梦没有实现。他们渐渐意识到，回去已无归路，也无脸面。望尽天涯路，妻子、儿女、家园，都只能在回忆中相见。睡梦中醒来，想到他们这一生都可能要在这块陌生的土地上漂泊，忧伤、孤独让他们难以自持。著名的探戈歌手卡洛斯·加德尔就因为一曲《忧伤的一夜》唱出了开拓者的辛酸，而名噪一时。就这样下去吗？他们又不甘心，对未来存有不尽的期望。他们无法面对漫漫长夜，只有寻找浇愁的酒杯，寻找能倾听自己的女人。正是在这种背景下，探戈诞生了——诞生在博卡区的小酒馆里，诞生在暗暗的烛光下。

有人说探戈来源于西班牙，甚至更远的非洲，都有道理，伦巴也好，桑巴也好，它们都与非洲舞蹈有不解之缘。但那只是一种最初的形式。阿根廷探戈，植根于阿根廷文化，思考着阿根廷的人生哲学，它的灵魂是阿根廷的。

探戈早期的名声并不很好,带有不少下层文化的低俗。比如小腿夹人的动作,又比如男舞伴手轻轻拍打对方,现在已只是象征性的动作,原本是拍打女伴的臀部。在正宗的探戈舞步中,男士要手持短刀,或腰佩短剑,那是防备情敌干扰;有相持进退的舞步,那是表演与情敌周旋。特别是左顾右盼的眼神和快速转头拧身的动作,更是体现了爱情的警惕。这里有一段故事:男人出海归来,约女友到舞场跳舞。跳着跳着发现女友总是扭头,他很奇怪,也扭头去看。女友见男人跟着看,急忙回头。原来男人出海期间,女友又有了新舞伴,在和男友跳舞时,扭头看看新舞伴是否来了。她发现男友已注意她了,便急速回头,假装无事。后来,探戈舞便加进了这一细节,有了左右闪动转头的动作。

为此,欧洲人看不上探戈。他们喜欢华尔兹。因为华尔兹舒展大方,华丽典雅,女士的长裙随节奏起伏,好像连绵起伏的波涛,真是优美。男士的旋转,自持而潇洒,很是高贵。

但是,从探戈早期的这些细节中,我们不是可以更具体地感受到探戈舞者的复杂心情吗?不是可以更具体地感受到他们在纵情、激动的宣泄中,寄托于探戈的真挚永恒的忧郁吗?

那部英、法、德、阿根廷合拍的很有名的电影《探戈课》很能为探戈作出注解。影片中的阿根廷出租车司机说:"只有饱经沧桑的人,才能体会探戈的灵魂。"

探戈在发展。它以火热的生命激情,哲学般的忧郁在成熟。阿根廷作家埃内斯托·萨巴托说:探戈中的真挚情感以它不可战胜的内力征服了世界。不管我们是否情愿,欧洲由此认识了我们。

1912年,阿根廷开始推行全民普选制度,不同社会阶层严格的界限被打破,这为探戈的流行提供了政治条件,来自下层的探戈以生命的激情被上层社会所钟情。

1921年,著名演员卡尔代夫和有"银幕情人"之称的鲁道夫·华

探戈

伦天奴在他们的影片中大跳探戈。它直接、大胆、美丽的表现形式和对人性的诚实,让人看得耳热心跳。这为探戈的热爱者准备好了台阶,使那些以有文化自诩的人大胆地、公开地接受探戈。

这以后,英国皇家舞蹈教师协会,综合各地探戈舞的精华,制定了统一标准,成为国际标准探戈舞。这标志着探戈舞终为上层社会所接纳,甚至不久后又享有了"舞中之王"的美誉。一个来自于民间底层的舞蹈缘何得以走上舞蹈的殿堂?据说,是由于探戈的"以抑制的情绪出现却诱引性感"。而这种"抑制"正是上层社会贵族们社交的需要。哦,掌握着谁是国标标准舞大权的艺术家们,看中了美丽探戈的美丽动人之处。探戈舞可以说是走到了辉煌,淘金者的梦想实现了吗?但,这已经不是阿根廷酒馆中烛光下的探戈,而是英国式的探戈了。

剧场里响起了歌声。这是一位男歌唱家在演唱阿根廷的《小道》。用中国话来说，也就是阿根廷开拓者之歌。演唱者那样深情、那样投入，听得我十分感动。台下几百名观众禁不住与他一起唱起来。我想象着欧洲大陆一批批先驱者从海上登上这块大陆，想象着他们经过那条小道，和当地人共同艰苦地创业，直到建成美丽的阿根廷，这期间不知付出了多少忧伤，经历了多少痛苦。于是，让我联想到我们这一代过去的岁月。一种遥远而又熟悉的亲切的情感，一种怀旧的情怀，一种对艰难而痛苦岁月的漫漫柔情，油然而生。

探戈里不仅有忧郁。探戈里还有狂野乃至悲愤，有思考、追求和旺盛的生命力。探戈是漂泊者灵魂的宣泄。

人们会记住博卡区那些简陋的颜色强烈的木板房和波纹铁房，会记住烛光摇曳的小酒馆和酒馆中美丽的探戈舞女。

2005 年立秋

滑铁卢的雨下个不停

又去狮子山,仍然觉得很想去。据说正在得意而扶摇直上的人是不去狮子山的。因为狮子山,是为纪念滑铁卢大战而堆建的。人们多把"滑铁卢"作为失败、甚至全军覆没的代名词,所以,正在兴头上的人是不愿去、不能去的,认为不吉利。就像我们中国的"落凤坡""华容道"一类的地名,人们不愿意去一样。其实,战争总是双方的,在滑铁卢有失败的一方,也有战胜的一方啊。联军统帅威灵顿不就是在滑铁卢转败为胜,一举成名,成为打败了当时最伟大的军事家、百战百胜的将军拿破仑的著名人物吗?

狮子山得名于41米高的小山上的铁狮子。1826年,滑铁卢大战十年之后,为纪念这场影响深远的战争,在战场中心,背土积山,筑起了41米高的山峰。峰顶是一头雄狮,高4.45米,长4.5米,重达28吨。那雄狮右前爪踩着象征地球的圆球,面向法国,表示威震法国,威震拿破仑。这是雕塑大师范·格尔的作品。6米高的底座上嵌着一块铜牌,上面刻着滑铁卢作战路线和主要战场。

我们去的那天下着小雨,有时中雨,顽强地下个不停。雨加风,台阶湿滑。其实台阶只有226级,却觉得爬个没完没了。我一只手举着伞,越往上攀登风越大,还怕大风把伞吹跑,让伞紧靠着身体。另一只手举着相机，有四五斤重，还得举稳，拍摄让人无限感慨的古战场。

雨水把本来翠绿的田野、树林、绿草冲洗得更加青翠，更加鲜艳。望着眼前开阔的田野，平静、无声。大概是因为下雨的缘故吧？没有一个行人。可是，我看着看着，仿佛听到了古战场上的杀伐之声，听到冲锋号声由远而近，田野恍惚活了起来，出现了战争的画面。

我想起维克多·雨果在《悲惨世界》中的描述：1815年6月17日，"大战前的一天，落了一整夜的雨，暴雨之后，一片泥泞。辎重车的轮子淹没了一半，拿破仑的炮队在泥沼中挣扎，迟迟进不了阵地……直拖到十一点半才开战。"今天这雨还在下个不停，莫非从拿破仑大败之后就没有停过？

狮子山旁边是滑铁卢纪念馆。纪念馆里有一幅壮观的360°的全景画，是法国军队画家杜默兰的杰作。画面上从远方过来的是威灵顿的援军，千军万马，左冲右突，马刀翻飞，枪弹如雨。在看台与画面之间的空地上，陈列着炮车、战马、武器，还有雕塑的横七竖八的战死者尸体。纪念馆旁的电影厅放映着电影《滑铁卢之战》，这是电影馆里一年到头放映的唯一一部电影。放映着的电影，巨幅的环形油画，有声的、无声的、动的、静的，交织在一起，栩栩如生，再现了当年鏖战的惨烈场面。站在巨画面前，仿佛置身于那场战争之中，沉重的感慨，油然而生。

1814年5月，拿破仑第一次被流放到厄尔巴岛。九个月后，1815年2月，拿破仑逃离厄尔巴岛，返回巴黎。成千上万的法国人仍然热泪盈眶地欢迎他们的皇帝，欢迎这个给法国人带来光荣与梦想的小个子将军。因为他的统治给他们带来新的空气，带来过去没有的自由和民主。他身高只有1米68公分，却总让记录者多写5公分。他很强横，对一个比他高一头的将军说："将军，你是比我高，但假如你不听我的命令，我有办法消除这个差距！"英、普鲁士、奥地利

当年滑铁卢战场如今已是农田

等国集结了 70 万大军,从多个方向进攻法国。他们不能让这个跟他们作对、反封建、反皇权的家伙卷土重来。

那一年的 6 月 17 日,拿破仑击败了由布吕歇尔率领的普军,命部下格鲁希元帅继续追击普军,务必消灭之。他自己则率主力赶往滑铁卢,筹划着在那里把联军各个击破。但格鲁希没有完成任务。布吕歇尔摆脱法军后,马不停蹄地奔向滑铁卢战场。正当拿破仑与威灵顿胶着不下,两军均疲惫不堪的时候,布吕歇尔率普军赶到。这在《悲惨世界》中有具体而生动的描述:

……英军的困惫看来是不可救药的。他们流血的程度真是可怕。左翼的兰伯特请援。威灵顿回答:"无援可增,牺牲吧!"几乎同时——这种不约而同的怪事正说明两军都已精疲力尽——内伊(元帅)也向拿破仑请求救兵,拿破仑喊着说:

"救兵！你要我到哪里去找救兵？你要我临时变出来吗？"

两军正相持难解之际，拿破仑从望远镜中看到远处有些黑影，像是军队。有人说，当然是我们的援军。有人说，是军队怎么不动？大概是树。维克多·雨果说，拿破仑一心指望格鲁希赶来，却眼见威灵顿的部下出现。救星不来，反逢"厉鬼"。真是，命运竟如此捉弄拿破仑，他正待机征服世界，却望见了圣赫勒拿岛（后来放逐他的小岛）显现眼前。

被拿破仑打败了的布吕歇尔，却给形势危殆、即将崩溃的威灵顿送来清新的"空气"，成了大败拿破仑的英雄。（布吕歇尔赶到战场附近后，看到威灵顿已不能招架，说了一句漂亮话："得送点空气给英国军队。"）

后面的事情我们就不必叙述了。不久，路易十八第二次即位。拿破仑又被流放到更为荒僻的圣赫勒拿岛。

维克多·雨果在《悲惨世界》第二部第一卷"滑铁卢"一章中说：假使地是干的，炮队易于行动，早晨六点便已开火了。战事在两点钟，比普鲁士军队的突然出现还早三个钟头就告结束。那样，布吕歇尔赶来又有什么用呢？

确实，这是造化布置下的怪诞巧合。多了几滴雨或少了几滴雨，对拿破仑就成了胜败存亡的关键。或是拿破仑的末日，或是欧洲联军世界的崩溃。

这是法国人雨果的结论。雨果对拿破仑倾注了多少同情和惋惜啊！当然，就这一战役而言，他说的也许不错。历史真是有许多偶然因素起决定作用的时候，比如眼前这件事，下了雨，炮车进不了阵地。但拿破仑的失败，真的只是因为这几滴雨吗？

我们回头看看。拿破仑从厄尔巴岛逃回巴黎，法国百姓欢迎他是考虑后做出的抉择。摆在他们面前最现实的问题是，拿破仑失败后，复辟的波旁王朝的遗老们都还乡了。他们急于反攻倒算，急于索回他

堆土而成的滑铁卢战争纪念碑

们的房屋财产，法国百姓又重新陷入水深火热之中。拿破仑正是看到这一点，看到法国百姓不堪忍受，他急忙宣称自己一定会改正过去做得不好的地方，一定不再专制，一定尊重宪法的统治。所以，"成千上万的法国人仍然热泪盈眶地欢迎他们的皇帝"。

仅仅过去三个多月，恰好101天（史称拿破仑的"百日王朝"），滑铁卢之战开打。就此一战，让"滑铁卢"一词成为失败的同义词。从此拿破仑一蹶不振。几天后，联军攻占巴黎，拿破仑又被放逐。那个过程也很让人同情。他先想去美国，但他出不了境，海岸由英国军舰守卫着。为了躲避波旁王朝的追兵，匆忙间登上了英国海军快艇，想去英国做难民，但英国人把他作为囚犯，放逐到太平洋中一个叫圣赫勒拿的小岛。六年后，就在这个孤零零的小岛上，结束了他波澜壮阔的一生。

他死了，但赞扬之声却比他在世时还多。

维克多·雨果说："失败反而把失败者变得更崇高了。倒下的拿破仑·波拿巴仿佛比立着的拿破仑·波拿巴更为高大。"

德国著名的思想家、戏剧家歌德，在拿破仑于 1813 年 10 月遭遇莱比锡惨败的当天，写下了传诵久远的诗篇：

> 英雄的心中豪情万丈，
> 他毫不犹豫，无视荆棘，
> 向王座启航……

他感慨拿破仑为创建法兰西帝国遭遇的艰难险阻，在他心中，无论成败，拿破仑都是无可争议的英雄。

滑铁卢的对立方，拿破仑的对手，联军统帅英国人威灵顿说："在过去的时代，现在的时代，在任何时代，最伟大的将军都是拿破仑。"

而在比利时，一个被法军入侵的国家，在滑铁卢战场附近，却为这个入侵大军的统帅竖立了雕像。这座雕像很能展示拿破仑的个性：他头戴三角帽，身着戎装，身体略微倾斜，一脚稍稍向前，很潇洒自在地站在那里。两臂交叉在胸前，两眼直视前方，充满了乐观和自信，俨然一副胜利者的神气。在自己的国土上竖立一座入侵者的雕像，而且还是这种神情的雕像，当然体现了比利时人的宽广气度，但是不是也体现了比利时人对拿破仑的承认和尊敬？

这原因是什么呢？我想，就在于拿破仑适应了时势的需要。他虽然侵略攻占了欧洲的许多国家，却把他的"法典"带到被他征服的这些国家去。这个《拿破仑法典》是法国大革命的胜利成果与法国启蒙思想的产物，他用法律的形式把资产阶级所有制固定下来。在封建皇权统治下痛苦不堪的欧洲各国谁不感谢拿破仑？这个法典，2281 条，迭经修改，法国一直沿用至今，并为世界各国编修法典所参考，就是明证。他创办了法兰西银行，鼓励资本主义工商业发展；他建立了许多学校，鼓励科学和教育；他否认封建等级制度，确定人人在法律面前平等。正如马克思所说，拿破仑已经接触到了现代国家的真正本质,资产阶级政权的发展、私人利益的自有存在,都是现代国家的基础。拿破仑决定承认和保护这一基础。这个论断很深刻。拿破仑所做的这些都有利于摧毁封建制度,建立和巩固资产阶级社会秩序。不管拿破仑意识到多少,理解得多深,他的主要方面,正是适应了这个时势。

拿破仑从流放地厄尔巴岛逃回后,听信了拿破仑自我批评的法国百姓,盈眶的热泪还没有流尽,拿破仑又旧病复发,而且变本加厉。其实,拿破仑前后执政不过十六七年——从 1799 年发动雾月政变,建立执政府,1804 年加冕称帝,建立法兰西第一帝国,直到 1815 年 6 月第二次退位——但这十六七年,却是他一步步走向专制与独裁的过程。他对过去的东西,对封建王朝的种种特权喜欢不已。他掌了权,忘不了自己的家族。他重用亲信,哪管是笨蛋。他实行分封制,把西班牙封给了自己的哥哥,把荷兰封给自己的弟弟,把那不勒斯给了自己的妹夫。这世界就是科西嘉波拿巴家族的。

他喜欢当皇帝,过皇帝瘾。1804 年,他坦然地在巴黎圣母院举行加冕大典,登上皇帝的宝座。皇室那一套让拿破仑向往、追求、着迷。他当了皇帝之后,也安排了侍从、女官、礼官、宫内官,后来又恢复了朝觐、行礼等繁文缛节、旧朝礼仪那一套,很过了一把瘾。不久,便完全恢复了封建时代的建制。

他十分肤浅和虚荣。他功成名就,极想让他在科西嘉的邻居和亲戚震惊和叹服,便不停地给他母亲寄钱,让她富裕,让她去炫耀,好让人知道她有一个多么了不起的儿子。但他的母亲深谙世道,尽管全法国人都为她儿子着迷,她仍然自奉节俭,过自己的日子。她说:"当一切都成为过去时,你将会对我的储蓄感到高兴。"

正如历史学家所说,这时,拿破仑既不代表旧的,也不代表新的;既背叛了新的,又赢不了旧的。最后除了自己,他什么也不能代表了。悲剧由此而生。

我们再看一看充分肯定拿破仑的维克多·雨果还说些什么:

> 拿破仑是战争中的米开朗琪罗。他是重建废墟的宗师巨匠，是查理大帝、路易大帝、亨利四世、黎塞留、路易十四、公安委员会的继承者，他当然有污点，有疏失，甚至有罪恶，就是说，他是一个人；但他在疏失中仍是庄严的，在污点中仍是卓越的，在罪恶中也还是有雄才大略的。

这些论断和他在《悲惨世界》中"滑铁卢"一卷中的描述一样，应该说都渗透着作家对资产阶级民主的历史诗情，都是从历史发展的大势中做出的评价。

但历史让我们总结出什么呢？既然他如此伟大为什么那么快地从顶峰跌落下来？我倒认为这里面包含了丰富的内容。当人们拥护他的时候，狂热会迷糊眼睛，他做什么都有理，都伟大。当人们冷静下来的时候，盲从就会清醒，理性就会占上风。拿破仑战败逃跑时，法国人开始回忆，他们的子弟，跟随他追求英雄伟业四处征战所付出的代价：40万征讨俄国的法国士兵，回来时只剩下1.8万；讨伐西班牙，又有30万法国男儿血洒疆场；在德国，战争仅仅进行了三天，就有7万法国士兵死在那里……

这种连年征战，把几十万的法国青年永远留在战场。他们的父母在看着别人欢呼拿破仑胜利时，自己面对的是永远回不来的儿子的遗像。当欢呼胜利的热情过去之后，他们还能容忍下去吗？

人们常把拿破仑与中国的项羽相比，认为都是失败的英雄，都很悲壮。但悲壮的后面是什么？

《史记·项羽本纪》记载：垓下之战，项羽带领八百壮士，从刘邦的包围中突围出来。刘邦急命五千骑追赶。项羽仓皇之中迷失道路，"问一田父，田父绐（欺骗）曰：'左。'左乃陷大泽中。以故汉（刘邦的兵骑）追之。"这一个"左"，让项羽和他仅余的二十八个随从陷入了沼泽之中。刘邦的追兵就赶到了。后世人们也问，如果田父告之"右"，历史会怎样演进呢？

云深不知处

比利时风光

拿破仑与威灵顿交战时，威灵顿援军的向导（那个牧童）却拨正了队伍前进的路径，使得援救威灵顿的布吕歇尔及时赶到滑铁卢。而拿破仑的向导却"欺心卖主"，贻误了战机。

历史竟然如此相似。一个在中国，一个在几千里外的法国。项羽、拿破仑为什么都受到欺骗？这与连年征战不得人心有没有关系？项羽的失败其中一点是连年征战，十室九空，残忍暴戾，残杀无辜，火烧阿房宫，大火三月不熄，百姓盼着战争快快结束，让较为仁慈的一方取胜。拿破仑呢？巴黎公墓中人满为患，痛哭流涕的父母，无处求告，饱受战乱的苦难，人间世已不堪重负。所以，不论是项羽还是拿破仑，两个人的失败都是早晚的事。

滑铁卢之战也好，垓下之战也好，已经不是一场战斗，而是历史更新的开始。雨果说，拿破仑败于大雨，这是"天意使然"。项羽也说"天亡我也，非战之罪也"。我看这天意，就是我们今天说的历史的必然。不过拿破仑和项羽大概都不懂什么是历史的必然。

拿破仑的作为还告诉我们，执行天意也有个度，过犹不及，物极必反。这个"过犹不及""物极必反"的道理，在一个历史人物的个人品质上也能得到证明。拿破仑的事业直挂云帆、乘风破浪时，追随者会跟着他兴高采烈。而且还会欢呼英雄人物的"狂妄"之举，大长了志气，大显了威风。但当人们从狂热冷静下来时，这种"狂妄"体现出来的个人品质，就会让观众沉思默想。

我们来看看拿破仑的威风：

拿破仑要当皇帝，不是按常规去梵蒂冈，而是让老迈的教皇，千里迢迢从梵蒂冈赶到巴黎给他服务；

教皇从下榻处出发，拿破仑却安排引领教皇仪仗队的使节骑一头毛驴开路，引得路旁的市民大笑不止；

加冕典礼即将开始，拿破仑与夫人约瑟芬乘着豪华马车缓缓而来，而教皇已在寒冷的大殿里等了近两个小时；

加冕进行到高潮时，拿破仑从教皇手里夺过皇冠，挥手让教皇站开，自己把皇冠戴到头上……

英雄拿破仑把自己的"狂妄"发挥到淋漓尽致的地步。须知，当狂热的欢呼过去后，人们会想，如此狂妄之人，今后会怎样对待他们？

法兰西历史给了拿破仑一个充分表演的时间，但又急不可耐地让它落幕。

雨中，再一次访问滑铁卢古战场，我思绪联翩。法国人是崇拜他们的英雄的，记住了他给他们带来的自豪与荣光。

1830年，拿破仑去世九年后，新的奥尔良王朝在人民的压力下，将拿破仑的塑像重新竖立于旺多姆柱上。

1840年，法国七月王朝的国王，派他儿子将拿破仑的遗体从圣赫勒拿岛接回。

这一年12月15日，拿破仑的灵柩回到巴黎。经过凯旋门，成千上万的巴黎人在冬日的严寒中等待着向他致敬，欢呼他的凯旋。最后，拿破仑被安葬在塞纳河畔的荣誉军人院。

写到这里，我突发奇想，拿破仑如果知道，在滑铁卢村，他的征讨对象比利时人给他竖起了一座充满自信的雕像，他会怎么想？

2014年6月19日

梵高与蒙马特高地

去蒙马特高地,没有别的目的,只想到那里的咖啡馆坐一会儿,喝杯咖啡。因为那里曾经容纳了上天给这个世界的一大批艺术家。雷阿诺、梵高、高更、马奈、毕加索……他们都在这里度过他们年轻的、默默无闻又充满幻想的时光。卢梭、左拉、雨果都曾在这里流连,寻找他们的灵感。据说,毕加索刚到巴黎不久,他和几个年轻朋友经常到这里的跳兔咖啡馆消遣。那时他们还没有名气,口袋里没有几个钱,很穷,几个人待一个晚上,只用一瓶啤酒、一份火腿肠。

一定去咖啡馆坐一坐,喝杯咖啡,还有另一个原因。1964年6月6日,中华人民共和国驻法大使黄镇向法国总统戴高乐递交国书,标志着中法正式建交。那次,周恩来总理没有去巴黎,他委托使馆工作人员设法找到一家名叫奥罗里的咖啡馆,替他还清当年他赊账喝的一百多杯的咖啡钱,再送拉丁区的一家咖啡馆三百盒香烟,也是用来抵偿当年的欠账。这个故事,给我留下深深的印象。这些咖啡馆见证了当年中国青年人在法兰西探索和追求的岁月,见证了留法学生跋涉的艰辛。

这个蒙马特高地我最先是在埃菲尔铁塔上看到的。我们站在铁塔第三层上,巴黎的朋友指给我看,说那高高的就是有名的圣心教堂。

在埃菲尔铁塔上所见的巴黎

圣心教堂周围就是蒙马特高地。圣心教堂是白色的。我们是傍晚去的，有嫣红的晚霞，但晚霞上面是一大片乌云。乌云作背景的圣心教堂，白得更加夺目，仿佛大海中一艘大船。教堂前面是高高低低的建筑，小径穿插来去，这里一个画像的，那里一个拉琴的，教堂里传出大风琴美妙的声音，咖啡馆比比皆是，让人觉得舒服。

那些年轻的未成名的艺术家，在那里生活得窘迫而潇洒。他们比着作画，追求着出新、出美，追求着个性。毕加索在那里潜心追求他的立体主义。他艺术生活中的"粉红时期""蓝色时期"，就是在那里度过的。他的名作《阿维农少女》是那一时期的代表作。

马奈的那幅引起争论的《草地上的午餐》，也是在这里完成的。画中两男两女在草地上聚会。男士衣冠楚楚，两个女士一个正浴罢穿衣，一个一丝不挂，和两个衣冠楚楚的男士坐在一起，让人感觉很是特别。原来，马奈试图打破绘画中只有天神可以展现裸体的传统。据说，拿破仑三世看后大为恼火，认为"这画是不道德的"。但那时的环境还是宽松，没有因为皇上不喜欢就要求作者销毁。

梵高的弟弟提奥是一个青年画商,他喜欢这些并不出名的青年画家的画,总是支持他们,所以很得这些青年画家喜欢。他把梵高引到蒙马特后,介绍他看了许多青年画家的作品,如劳特累克、高更、修拉等等。梵高在那里看到的"正在墙上冲着他发出欢笑的画,是他从未见过、也从未梦想过的",他震惊了。世界上竟然还有这样的色彩和光,还有这样的画法!傍晚,提奥回家了,发现梵高还坐在地板上发愣。提奥说:"我知道你现在的感受——大吃一惊了。那是可怕的,是不是?我们正在推翻几乎一切被奉为神圣的东西。"

梵高截住了提奥的目光,很严肃地说:"提奥,为什么你没告诉我?我为什么不知道?你让我白白浪费了整整六年的时光啊!"面对这些青年画家的创新,梵高颇为沮丧,深感自己的落伍。

弟弟安慰他,说他的作品已经很有成绩。梵高表示,要学习这些印象派青年画家的表达方式。"我一切都必须从头学起。"

于是,第二天,他便提着绘画材料到弟弟指给他的画室学习。受印象派的影响,梵高的画风发生了巨大变化。有一句比喻说,是印象派在梵高的绘画生涯中打开了一个手电筒,从此照亮了梵高的画。

梵高对绘画是十分热情的。他为了让人们了解他所崇拜的青年的画,推销他们的作品,便积极发起组织展览。他们没有钱,租不起展馆,便与饭馆老板商量,把他们的画挂在饭馆的墙上。老板同意了,条件是晚上他们一定都得来用餐。但是,直到晚上八点半,顾客结了账,一个个都走了,一幅画也没有卖出去。老板过来说要关门了,他们只好从墙上把画又一幅幅取下来,放到手推车上,推回家去。那些画后来都是价值连城的宝贝,可惜当时无人赏识!

……这些事都发生在蒙马特高地,发生在那一个个咖啡馆、饭馆中。

梵高在这里挣扎的经历,让我想起上个世纪二三十年代,中国的美术青年奔赴世界艺术之都巴黎的情况。林风眠、潘玉良、吴大羽、常书鸿、刘开渠、徐悲鸿、刘海粟、吴作人,今天这些绘画界的大师级人物，也都是在这里摸索、探寻和学习的。那里的学校管理很宽松，交了学费，便能领到随时进出博物馆、美术馆的出入证。中国的学子们如鱼得水，每天在大师们的画作前观摩。徐悲鸿出国前业已成名。到了巴黎，他十分刻苦地进行西洋画的基本功训练。他就教于法国的艺术大师，遵循"勿慕时尚"的教诲，刻苦钻研文艺复兴以来的学院派艺术。他上午听课，下午画模特，晚上拜访画家，一丝不苟地学习，坚忍不拔地训练。他努力汲取西方艺术的写实主义的内涵，想用西洋写实艺术来改造、充实中国画。他回国后，实现着自己的追求。林风眠，则走了另一条路。出国时他刚刚十九岁，并没有一定的观念和计划，到了巴黎，一下子就被塞尚、马奈、马蒂斯这些印象派大师的作品所吸引，每天在博物馆参观、浏览，完全不顾学院派的嘲讽。他追慕西方印象派画风，吸取现代绘画的营养，与中国传统水墨和讲究境界相结合，形成了自己的一种新的画风。这一批青年才俊在巴黎的奋斗，和梵高、塞尚、马奈的经历多么相似。成长的道路各种各样，有奋斗追求、开拓创新的精神，再加上自由探索的环境，总能成才。

  我们走着，捕捉着每一个咖啡馆、饭馆的招牌。心里想，说不定哪个咖啡馆、哪个饭馆会走出高更、毕加索、修拉来，会走出卢梭、左拉、大仲马、小仲马来。雨果在这里停留过两次，如今在蒙马特高地还耸立有雨果的塑像。

  ……一杯咖啡终于喝完了。这里的咖啡很贵，容不得我们再在这里流连。我想起可怜的梵高。他的画如今已成为全世界最伟大的作品，大家排着队等着看他的画展，他的一幅画都能卖到几千万美金。而当年，他却被住地居民驱赶。他穷得不敢住6法郎一天的宾馆，等帮他介绍宾馆的人走后，自己悄悄搬到3.5法郎一天的客栈。他说，我又不是资本家，怎么住得起那样的房间。

  为什么？为什么伟大的天才在他活着的时候，就那么不易被人们认识？

蒙马特高地

但是，真正伟大的艺术家毕竟有让我们感慨和欣慰的结局。他们太超前了，我们跟不上。等我们认识到的时候，他们只有在天堂里微笑了。

梵高死时，室内什么也没有，棺木放在饭馆的弹子台上，牧师也没人想起去请。梵高的好朋友、经常给他看病的医生伽赛哭着说："咱们不能就这样让他走啊！"这时，他把梵高住室里的画全部取来，又让他的儿子到他家，把梵高其余的画取来，从巴黎赶来和梵高友好的几个画家，急忙把这些画挂在停放棺木的房间的墙上。

于是，"梵高那些充满阳光的画，使这死气沉沉、昏暗的饭馆顿时变成了光辉灿烂的大教堂"。

梵高曾抱着他的刚诞生不久的侄子对他的弟弟说，我们能在身后留下什么呢？"你用你的血肉创造……我则用颜料创造。"（以上引语均见《渴望生活——梵高传》）

梵高三十七岁时死在巴黎附近的瓦兹河畔美丽的奥维尔小镇。他真正的创作生活只有十年，但他却留下了九百幅油画，一千一百幅速描。算下来，他平均每年有二百件作品问世。他给这个世界留下了非

巴黎街上为游客画像的画家

凡的美,留下了光辉灿烂。

最让我激动的是,《渴望生活——梵高传》的作者美国人欧文·斯通在 1982 年专为中文版写的"导言"中介绍的情况。他说:

> 1934 年 1 月 1 日,(我的书)出版即日,我曾试向该社负责人表示谢意。他神情阴郁地回答:"我们印了五千册,我们还在求神保佑。"
>
> 他求的那个神算是求对了。据最近的统计,《渴望生活》已经翻译成八十种文字,现已销出二千五百万册,想必也有这么多的书被人读过吧。

最后,欧文·斯通非常肯定地说:

> 不过,永远要记住,是温森特(梵高)的身世打动了读者,

我只不过以小说形式再现了它。

蒙马特高地引起我的思古幽情。我到那里坐一坐，喝杯咖啡，以寄托我多年来对当年活跃在这里的艺术家的崇敬。

2014 年 5 月 5 日

巴黎之夜的遐想

到过两次巴黎,都是早晨到晚上走,没有住下过。这次是第三次,是去比利时布鲁塞尔开会,没有买到从北京直飞那里的机票,只好先到巴黎,再换乘汽车。同行的几位没有到过巴黎,想看看卢浮宫,看看埃菲尔铁塔,渴望之情溢于言表。我们便筹划时间,把在布鲁塞尔住的一夜改在巴黎,第二天赶早去布鲁塞尔。

我们下榻在二十区一个小旅馆。房间很小,堪称蜗居。一张大床,一个衣柜,靠墙有一个简单的桌子,上面置放一台14英寸的电视机。但就是这样一个小房间,也透出巴黎人的细心和浪漫。床单和被子都是雪白的,让人放心。墙上挂着两幅照片。一幅是奥黛丽·赫本,照片虽印得不是很好,但不掩赫本的清纯。她歪着头,俏皮地看着来客,好像想问些什么。左面是另一幅照片,一看便知道,那是《魂断蓝桥》中,费雯丽扮演的芭蕾舞演员玛拉踮起脚来亲吻罗伯特·泰勒扮演的陆军上尉罗依。甜蜜、和谐,让行旅在暗暗的灯光中欣赏到美。我注视着这对情侣,耳边响起了那支著名的华尔兹舞曲。作为电影史上最为凄美不朽的爱情影片,一幕幕在我眼前演出。他们的故事是凄惨的,但眼前的画面,只让我想到爱与被爱,想到人间是有真情在的。

房子的正面是一扇落地窗。玻璃晶莹，从上到下，长长的，显得很大气。薄纱窗帘，朦胧地看到马路对面公寓的灯光。那公寓整个楼面的窗户全是黑的，都关了灯，只有这一扇窗户亮着。室内的人是在写作，在阅读，还是在和家人谈心？

静静的巴黎的夜，让人浮想联翩。与巴黎有关的名著和艺术家一个个进入我的思绪。罗曼·罗兰在《约翰·克里斯朵夫》里描写的巴黎生活画卷清晰再现。眼前的街道、房舍、匆匆来往的行人，与书中的描写还有多少相似？那里的亲情、友情、爱情，患难与共的，至死不渝的，细腻绵长的，淡泊似水的……今天的巴黎人也是这样真挚、痴情吗？

可能是因为《魂断蓝桥》里玛拉的不幸，让我想起同样不幸的罗曼·罗兰笔下的法国姑娘安多纳德。她虽然穷，但却清高而狷介，由于自尊，又有些孤僻，平静地坚持自己的操守。克里斯朵夫是一个德国青年音乐家，在巴黎求发展。但悠闲、浪漫的法国人不喜欢他的音乐，肆意嘲讽他。一次，有人在他演奏时故意大声说话。他站起来，用一只手随意弹了一曲法国的流行歌曲，另一只手指着听众，说："这才配你们的胃口！"全场大哗，要他道歉。安多纳德目睹了这一切，她觉得她和他一样，都是受这个社会欺侮的人。想到音乐家的憨直、坦率和才华，想到他也在受罪，便一腔同情，反倒忘了自己的悲苦。

但安多纳德不肯轻易表露。

他们最后一次见面，是在火车站。她乘火车外出。他恰好乘火车回来。两列火车并列停在那里。透过车窗，两人在静静的夜里互相看到了，却谁也没有说一句话。但是，在最后的一刹那，两个互相望着的人看到了从来没有窥见到的彼此的内心隐秘。两个灵魂相遇了。这一刻，只是一刹那，随后火车便启动了，但这一刻却是永久。安多纳德把它永远保存在心里，"使她凄凉的心里能有一道朦胧的光明，像地狱里的微光"。

巴黎圣母院的廊柱

在病中,她决心给克里斯朵夫写信。想了很久,却不知说什么。好不容易写了几句,又觉得难为情。她想,如今写这些还有什么用呢?她是不会寄出去的……而且即便愿意寄也不可能,因为她并不知道克里斯朵夫的住址。

不久,安多纳德在肺炎的打击下,离开了人世。

安多纳德的这种清高、自持和纯净的品格,给法兰西增加了分量。都说法国人浪漫、多情,也不乏安多纳德这样痴情、深刻而有信仰的女子啊。

从我住的小房间的窗户可望见一个塔尖,我几经分析,认为那就是蒙马特高地上圣心教堂的塔尖。那里曾经活跃着多少艺术家,高更、塞尚、修拉、劳特累克等等,特别是梵高。我想到他的画和他的一生。他本已成绩斐然,当发现蒙马特高地那些青年画家的画有那么多新东西,那样令人目眩神迷的色彩和光,他震动了,推翻了自己过去认为的几乎一切神圣的东西。第二天,梵高便毅然提着绘画材料到弟弟指给他的画室学习。从那时开始,受印象派的影响,梵高的画风发生了巨大变化。有人说,是印象派在梵高的绘画生活中打开了一个手电筒,从此照亮了梵高的画。

一个艺术家要敢于推翻自己熟悉的一切。巴黎,让多少艺术家化鲤为龙啊!

正是这个巴黎,或者这个巴黎所发生的"革命"与"反革命"的大冲击、大动荡,产生了无数经典名著和典型形象。狄更斯的《双城记》,以法国大革命为背景,把巴黎和伦敦联结起来。书中的名句,一直让读者深思,让哲学家辩论。书中写道:

"这是最好的时代,这是最坏的时代。"

"这是信仰的时期,这是怀疑的时期。"

"这是希望之春,这是绝望之冬。"

"我们拥有一切,我们一无所有。"

它们要表达什么意思呢?

《九三年》,雨果的名著。书中表述的一个命题,引起不断的争鸣。

"在绝对正确的革命之上,有一个绝对正确的人道主义,这是上帝赋予他的责任。"

革命将领郭文,明知死罪却毅然决然地放走了保皇党朗特纳克侯爵,因为后者不顾被大火烧灼与被追兵俘获而上断头台的危险,救了三个陷于烈火中的孩子。

当雨果通过惊心动魄的情节冲突,强调他对人性的最终分析,他针对的是什么社会现实?

《悲惨世界》描写了人类与邪恶之间的不懈斗争。宣称,人类本性是善良的、纯洁的,人类将一同走向幸福,但要经历苦难历程。"人类将一同走向幸福",这个命题虽然也并不是多么新鲜,但它让我们认识了雨果,它是雨果思想的一个飞跃。伟大的思想家早就说过,无产阶级只有解放全人类才能最后解放自己。为了这个"一同",为了"解放全人类",人们将做出怎样复杂而艰巨的努力呢?

《巴黎圣母院》是雨果又一部名著。无疑，那座巴黎圣母院已注入雨果的信念和爱情。各国游客去那里寻找美丽的吉卜赛少女爱丝美拉达的踪迹，为的是凭吊她的美与善良。

　　爱丝美拉达是一个心灵美与外在美完全统一的形象，是美与善的化身。卡西莫多则是善的化身，长得奇丑无比。虽然未必有美女愿意嫁给卡西莫多，但他对爱丝美拉达确实充满了感激、同情与尊重的柔情，他的爱是无私的、永恒的、高贵纯朴。这是雨果为读者塑造的人类灵魂美的典型。而作者设计爱丝美拉达提着一罐水，不顾周围人的狂笑，向遭受鞭刑痛不欲生的卡西莫多走去的情节，我想雨果是要向人们阐释"人"的观念和"人"的权利吧？

　　想到这些书，我就明白了什么是经典名著的巨大力量和长久生命力，什么是"精品"和我们与"精品"的距离。

　　巴黎，巴黎，它对世界文化做出了多么伟大的贡献！那时的巴黎有那么多新鲜而深刻的思想，这些思想至今为先进的人们探索、追求着。巴黎不仅是浪漫之都、时尚之都，更为重要的是艺术之都、文化之都。时尚就要创新，不断有新的思想，才会有生命力、竞争力。

　　我正在这样信马由缰地想着巴黎和与巴黎有关的书和人的故事，不知什么时候，对面公寓那唯一亮着的灯也熄灭了。再细看，晨曦初上，天空呈现出淡蓝色，巴黎新的一天即将开始了。

在美国越战纪念碑前

——记林璎

（一）

我拍过一幅美国"越南战争阵亡者纪念碑"全景照片，还有一幅局部的，是纪念碑中间的部分，又恰好那里摆着一个不知什么人送来的花圈。记得我当时见到这座纪念碑的时候，看着上面密密麻麻战死者的名字，心里很沉重。心想，他们为什么而死啊？后来，看到那带有野菊花、红玫瑰和常青叶的花圈，色彩鲜艳，十分亮丽，把我当初看到黑色花岗岩上一排排战死者名字时的沉重，减轻了不少。但我还是想：美国老百姓怎样评价这场战争呢？他们是如何看待这些战死者的呢？

我在出版我的散文集时，想把这幅引起我很多感想的照片作为插图放进去，想来想去，没放。

我在出版我的摄影集《远方的回忆》时，初稿仍然没有放。等到快定稿付印时，我又把这两幅照片拿出来，尝试着问出版社的编辑："你看这两幅照片怎么样？"

这位编辑说："很好看啊，怎么没放到书里去？"

我说："这是美国纪念他们在越南战争阵亡的人的，怎么介绍

林璎设计的美国越战纪念碑

啊?尤其是那个美丽的花圈,情感倾向太强烈了。"

这位编辑点点头,没再说什么。

我是编辑出身,又做过出版管理工作,当然知道一本书、一篇文章、一幅照片,什么最重要。这个问题可是个原则,是一道红线,是不能马虎、不能跨越的大问题。

但这两幅照片我总放不下,总觉得这座纪念碑不那么简单。这里面反映出的美国人的道德观、价值观是什么样子?

星期天。家里。我坐在书桌旁。阳光透过树的枝叶照在书桌上。我端详着两幅照片,突然心血来潮:不在于照片内容是什么,关键是说明文字怎样写。想到这里,我灵感迸发,只用了不到一个小时就写完了照片的说明,有五六百字。我是这样写的:

越南战争结束二十年后,美国当时担任国防部长的罗伯特·麦克纳马拉在他的回忆录中写道:"人们总是事后比事前聪

在美国越战纪念碑前 311

明。人无完人，我们也难免犯错误。我不得不带着痛苦和沉重的心情坦白承认，这句格言也同样适于我和与越南有关的一代美国领导人。"麦克纳马拉忏悔了，他希望得到社会的理解。

但是体会最深的大概还是那些在战场上出生入死的战士。1979年，一群参加过越战的老兵提出建造越南战争阵亡将士纪念碑的动议。老兵们还要求，碑身上要镌刻所有阵亡将士和失踪者名字；对于越南战争，碑身上不要有一个字的介绍和评价。不久，这个提议得到了美国国会批准。

1982年，二十一岁的华裔女大学生林璎设计的方案在1441件应征作品中被选中。她当时还是耶鲁大学建筑系四年级学生。她设计的方案是：黑色的，像两面镜子一样的花岗岩墙体，像打开的书向两面延伸。两墙相交处从下面到地平面，约有三米高，底线逐渐向两端升起，直到与地面相交。墙面上刻满阵亡者的名字。林璎说："当你沿着斜坡而下，望着两面黑得发光的墙体，犹如在阅读一本叙述越南战争历史的书。"

林璎的设计引起了广泛争议，其中最激烈的反对意见说，纪念碑应该拔地而起，雄伟壮观，而不应陷入地下。但她的方案得到更多的人的支持。七个月后，即1982年10月纪念碑建成。碑面上镌刻着58132个美军越战阵亡者的名字。

每年的节假日来此参观的人络绎不绝，纪念碑下，时常有人们献上的花圈，可以看出越战在美国人心中留下的伤痕。

记得写完后，我挺高兴。我觉得我比较客观地评论了关于越战的这一座纪念碑。又加上两幅照片给读者提供的信息是那样丰富，在最后一刻，我把两幅照片和我费尽心思写的说明文字补到书里去了。

其实，今天看看，当时我的认识还很不全面，比如反对最激烈的并不是"陷入地下"还是"拔地而起"这一问题。后面我还会详细说明。

（二）

当时这一"说明"似乎已经把问题讲清楚，可以交代了。实际上，还有一个问题我遍查材料，始终没有弄清楚，那就是我手头的另一幅照片。这幅照片是我同时在林璎设计的纪念碑不远处拍得的。那是一座"三个战士铜塑"。我一直弄不明白，它和林璎设计的纪念碑是一组呢，还是另外一个独立的纪念物？说是一组吧，从风格上看不协调；说是另外一个吧，怎么离林璎的纪念碑那么近，怎么竟然遥遥相对？说不清楚，只好回避。

突然有一天，我十分偶然地得到一份资料。这份资料很详尽地给我解读了这"三个战士铜塑"。那情况真是太复杂了。可以这样说，这座"三个战士铜塑"记录下了有关林璎纪念碑建筑过程的各种冲突。我顿悟。

让我慢慢说起。

关于越南战争，美国人一直争议不断，一部分人认为美国是在帮助越南人，另一部分人认为美国无权干预其他国家的事务。所以战后许多年都在为此争论不休。这样，参与越战或战死在战场上的人的亲属，便感到受到冷落。有人提出修一座纪念碑，以抹平人们心中的伤痕。特别是还活着的越战老兵要求更是强烈。1982年，美国国会同意越战老兵的要求，决定建一座越战阵亡者纪念碑。请谁来设计？大家一致认为要请个全国最好的建筑大师，请个大手笔。可谁是全国最好的建筑大师呢？争论不休。最后，有关方面决定进行全国性设计大赛，评委会认为哪个方案好，就用哪个。匿名审查。

林璎，一个二十一岁，大学尚未毕业的华裔女孩的作品被选中。

不服。大批专家、权威不服。那么多身价不菲的建筑大师的作品都被淘汰了，一个尚未大学毕业的女孩子的作品，怎么会好！

有人说：它像澳大利亚土著民用的回飞镖，而回飞镖意味着灾难

青年林璎

必将重演。

有人说：这是地面上的一个黑洞，是麻烦的象征。

接下来，批评逐步升级，开始了人身攻击。什么"丢脸的破墙"，"令人羞辱的阴沟"，"黑色伤疤"等等。有人嘲讽林璎，你可真幸运，只在纸上画一道黑线，就拿了冠军。最后，人身攻击又升格为政治攻击。说什么"怎么能让一个亚洲人设计在亚洲发生的战争的纪念碑，那对我们美国人岂不是太讽刺了吗！"看看，美国人真是很政治的。有一个施工中的小故事，也可以看出美国人多讲政治。纪念碑施工时，施工方从加拿大、瑞典订购了花岗岩石材，尽管这两个国家的花岗岩石材质量上乘，外观漂亮，退伍老兵却坚决不许使用。原因很简单，只是因为很多躲避越战兵役的人逃到这两个国家去了。

接着，《华盛顿邮报》发表了一篇名为《一座献给亚洲战争的亚洲纪念碑》的文章，于是一场大辩论在华盛顿爆发了。一个美国大富翁，看到纪念碑是一位亚洲人设计的，大怒。他自己掏钱给那些气愤的越战老兵买机票，鼓励他们去华盛顿抗议。他还纠集了一批人提出由政府拨款，请一位白人雕塑家，再设计一个包括三个美国军人和一面美国国旗的雕塑，建在林璎纪念碑的正前方。闹到最后，连美国内政部长沃特也出来干预，他说如果不能和反对者达成妥协，就取消建纪念碑的计划。

纽约的世贸大楼，如今已面目全非

林璎坚持自己的主张。她尖锐地指出：那些附加的东西对于原作无异于一种造成缺陷的入侵行为。她不同意野蛮地将两种风格的纪念碑放在一起的做法。

形势越来越严峻。幸运的是美国建筑界与艺术界是厚道的，主张学术公正，而且建筑和设计界大多数人认为林璎的设计理念是光辉的、天才的。他们为了平息争论，决定再度审阅一次全部1441件大赛作品。全体评委再次表决，大家仍然一致认为林璎的作品确实是最好的。

可是，他们为了调和强烈的反对声音，也是为了让这样一个天才的、杰出的作品能够问世，最后同意了在纪念碑附近再建一个"三个战士铜塑"包括一面国旗。争论持续了七八个月之久的纪念碑工程终于得以正式开工。

完工的日子举行了隆重的揭幕式。商贾政要云集，人们在纪念碑上寻找着自己在越战中牺牲的朋友或亲人的名字，献上鲜花和礼品，寄托哀思。但是,在典礼上居然没有任何人在致辞时提到林璎的名字!在典礼的节目单上,也只印着另一个人设计的"三个战士铜塑"。

林璎自己看着纪念碑前无数的参观者已心满意足。

争论的热潮尚未完全平静,林璎已离开了热潮的中心华盛顿,开始了继续求学之路。她不愿意作为"明星设计师林璎"而整日热闹,宁愿回到"学生林璎"的平静日子。这种宠辱不惊、踏实努力的品格让我一下子就想到她的家庭,想到中国知识分子的性格。她的父亲是陶瓷专家,美国俄亥俄州美术学院院长,母亲是俄亥俄州英语文学教授。姑父是中国建筑大师梁思成,姑母就是林徽因。家庭的影响,亲属的熏陶,个人所受的教育,成就了这一个林璎。几年后,她获得了耶鲁大学硕士学位,接下来又获得了耶鲁大学博士学位。正直的美国人没有忘记林璎的贡献,在纪念碑落成后的几年,大量的荣誉和奖励接踵而来,1984年她获得了美国建筑方面的权威奖项——美国建筑学院设计奖,随后又获得了总统设计奖。她被美国杂志评为"20世纪最重要的一百位美国人"。2002年,她以绝大多数选票当选为耶鲁大学校董。

在美国首都华盛顿,林璎的纪念碑已经成为最具观赏性的场所之一。据统计,每年的参观者达四百万之多。

(三)

我讲了太多的关于林璎的纪念碑的故事,是因为我想知道像对越战这样的事,像对为越战而死去的那些美国人,一个真正的美国人是怎么想的,一个真正的艺术家到底会怎么做。

林璎的成名,是不是很让我们有所启发?

林璎成名的作品,开始只是一份大学生的作业。

她自己说,我被选中时,我很清楚自己将要面临的是一次考验。

但是,我相信,尽管她说她有思想准备,但她对那即将到来的风雨仍然准备不足。她自己就说，那场考验"是让我用了几年时间才认识到其艰难程度的战斗"，后来，回首往事，她无限感慨地说："那是一段充满了压力的日子，没有人教你如何度过那段时光。"

林璎的成名应该说很偶然。但又是和她的特立独行、执著坚持分不开的。看看林璎自己是怎么说的：

> ……1980年秋天，那年我和其他五名同学正打算做一个有关墓地建筑的作业，主要强调如何通过建筑形态来处理"死亡"这个主题。有一个同学，偶然发现了征集越战纪念碑设计方案的海报。于是我想，何不把它作为毕业设计呢？

设计很快就完成了。当她把作品寄出去时，没有抱丝毫获胜的希望，也从没想过要再次听到关于这一方案的消息。以至于评审团打来电话和她联系，一连说了三次，她才听明白。林璎说："我没有过高期望。我觉得自己的设计那不规则的样式和颜色，会使他们难以认可。"

评审团主席说：

> 评选的结果的确有点出人意料，因为最后被选中的竟然是这样一个看似刻板而又平淡无奇的作品。评审团成员不止一个人有这样的感觉。直到杰克·威勒评委几乎是伸长了脖子惊叹道"这一定是一个天才的杰作"时，评审团才不得不折服于慧眼独具的那个人。

看似"平淡无奇"，作者自己也说"设计过于简单"，怎么就能在藐视、丑化，甚至攻击漫骂的围剿中脱颖而出呢？以至于让人越看越觉得好，越觉得是一个"天才的杰作"。

谁都不能否认，这种纪念碑是有强烈的政治意义的。但艺术家林璎，她不想颂扬战争，她不愿通过忘记战争的残酷而使战争文明化。我想，她头脑中也没有世界观与创作的关系的意识。但她的创作意识

奥巴马为林璎颁奖

却无不体现一个艺术家的良知,一个艺术家面对现实的勇气和魄力。

她说:"这项设计的主体肯定是'人'而不是政治。只有当你接受了这种痛苦,接受了这种死亡的现实之后,才能走出它们的阴影,从而超越它们。我的确希望人们为之哭泣,并从此主宰着自己回归光明。"

看,这说得多么好啊!一个真正的艺术家,他面对现实,承认现实,只有他用自己的艺术品让人们看到"现实"——这个越战阵亡者纪念碑是要人们明白人们的生命成了战争的代价这样一个"现实"——人们才能走出阴影,主宰自己回归光明。

评审委员会支持了她。那些专家和学者凭着自己对社会的认识和现实的理解支持了林璎的观念。评审委员会评语说:"这是与我们这个时代极相符的纪念碑。设计者创造了一个意味深长的地方,在那里,天、地及被纪念者的名字朴素相接,并为所有要了解这个地方的人提供了信息。"他们说:"你凝视它越久,你就越被它打动,就越会看到其中蕴藏的惊人的力量。"

林璎和评审委员们的目的达到了。当人们在纪念碑上找到自己朋友或亲人的名字时,他们在怀念和忧伤中思考和反省生命的代价和死亡的原因。他们看到在光可鉴人的黑色花岗岩墙面上,那些逝者名字的缝隙中映照出自己的面庞，他们痛苦自己的亲人再也不能和自己在一起享受这充沛的阳光和清新的蓝天。就连作者林璎自己，第一次走近纪念碑，抚摸找到的自己朋友父亲的名字时，也是悲从中来，想到战争夺走的实在太多。啊！这个艺术巨制中真是蕴藏着惊人的力量！

一个真正的艺术家的作品就应该具有这样的力量。这件作品，它应该是渗透着艺术家自己的感情和意志，而不是贴上标签和宣教；读者正是从艺术家创造的这个充满感情和意志的形象中受到感染，产生共鸣，流淌出精神和力量，而不是违心地、无奈地说些心口不一的话。

一个真正的艺术家就是不能迎合什么人，不能迎合什么潮流，也不能向暂时的压力低头。他不能为了一时的功名出卖自己。他应该坚守自己的心灵和心灵所感知的客观现实。我所知不多，但就我所知的真正的大艺术家、大作家来看，他们的作品能够感动世人，超越时代，原因也多半在于此。

纪念碑方案通过了，纪念碑建成了，作者获奖了，每年有四百万参观的人……这说明了美国人在逝者面前思考着，死亡的人被人们记住了，人们走出了阴影，在超越自己。

2007 年 12 月 28 日

在越战纪念碑前